www.blue-panther-books.de

Susan Jones

Der Assistent 1

Erotischer Roman

www.blue-panther-books.de

BLUE PANTHER BOOKS TASCHENBUCH
BAND 2167

1. AUFLAGE: JULI 2010
2. AUFLAGE: SEPTEMBER 2011

VOLLSTÄNDIGE TASCHENBUCHAUSGABE

ORIGINALAUSGABE

COVER: © MIROSLAV GEORGIJEVIC @ ISTOCK.COM
UMSCHLAGGESTALTUNG: WWW.HEUBACH-MEDIA.DE
GESETZT IN DER TRAJAN PRO UND ADOBE GARAMOND PRO

PRINTED IN GERMANY
ISBN 978-3-940505-96-5

WWW.BLUE-PANTHER-BOOKS.DE

Kapitel 1

Sommer. Wärme. Über der Stadt liegt die Hitze in einer unheilvollen Paarung mit Autoabgasen wie ein feuchter Nebel. Die Sonne scheint durch die große Glaswand des Penthouses, heizt den Raum und die Atmosphäre weiter auf.

Die junge Frau steht in schwarzem BH und String vor dem Kleiderschrank und seufzt. Hitze und Büro, das verträgt sich nicht. Am liebsten würde sie bleiben, wie sie ist. Das geht selbstverständlich nicht. Kurze Bluse, schwarzer Rock. Strümpfe müssen nicht sein, ausnahmsweise. Es ist heute einfach zu heiß für Strümpfe. Hochhackige Sandalen mit feinen Riemchen und drüber den schwarzen Blazer. Den kann sie ausziehen, wenn sie im Büro allein ist.

Sie tritt aus der Tür. Die schwüle Hitze umfängt sie wie ein feuchter Schoß, sie hat das Gefühl, kaum atmen zu können, zu warm und zu träge ist die Luft, ohne Sauerstoff. Schnell in die Tiefgarage, nur wenige Meter zu Fuß, dort ist es kühl, dunkel, angenehm. Die Abgase und die Geräusche von fahrenden Autos stören sie nicht. Sie ist ein Kind der Stadt, sie braucht die Laute der Zivilisation, um sich wohlzufühlen.

Sie ist auf dem Land aufgewachsen, eine behütete Kindheit, obwohl ihre Eltern immer wenig Geld hatten, keine Scheidung, keine Drogen, keine Gewalt. Draußen spielen auf der Wiese mit den vielen Kindern der Nachbarschaft, kleine Dorfschule, der erste Kuss mit sechzehn. Ein braves Mädchen war sie gewesen, gut in der Schule und gut erzogen. Höflich, freundlich, zurückhaltend.

Sie drückt auf den Knopf der Fernbedienung an ihrem Schlüsselbund. An einem schwarzen Mercedes leuchten die Blinker kurz auf. Müde lässt sie sich in die schwarzen Lederpolster fallen und steckt den Schlüssel ins Zündschloss. Ihr Mercedes. Nagelneu und bezahlt. Sie macht sich keine Sorgen um Geld, sie kauft sich, was sie will und hat keine Schulden, nicht einmal einen Dispokredit braucht sie. Ab und zu lädt sie ihre Eltern in die Stadt ein, zum Essen und ins Theater. Die fühlen sich hier nicht wohl, zu laut, zu voll, zu stressig. Aber ihr zuliebe kommen sie zweimal im Jahr und bewundern das schicke Penthouse, die Designermöbel, den Mercedes; und sind so stolz auf ihre kleine Tochter, die es geschafft hat.

Sie dreht den Schlüssel im Schloss herum und lauscht dem gefährlichen Brummen des Motors. In den ersten Tagen war sie mit einhundertachtzig Stundenkilometern über den Highway gerast, Geschwindigkeitsrausch. Dann hatte sie erschrocken abgebremst. Die Macht des Motors unter ihr erregt sie. Stark, männlich und ungezügelt. Viel zu oft, wenn sie spät abends aus dem Büro nach Hause fährt, möchte sie sich von der ungebremsten Kraft des Motors einfach tragen lassen, möchte aufhören zu denken und sich auf die Stärke der Maschine unter der Motorhaube verlassen, den rechten Fuß durchtreten, bis sie den Boden unter dem Pedal spürt. Doch dazu ist sie viel zu vernünftig.

Sie fährt aus der Tiefgarage heraus, schaltet das Radio ein. Rockmusik, ihre Lieblingsband erklingt. Sie dreht die Lautstärke hoch und fühlt sich jung wie ein Teenager. Laut singt sie den Text mit. »Take me to the bitter end ...«

Nächste Tiefgarage. Kühl, dunkel, still, wie die erste. Sie ist spät dran heute, schon halb zehn, da sind die meisten Kollegen längst im Büro. Aber montags schafft sie es nicht früher, das Nichtstun am Sonntag lähmt sie, und montagmorgens fühlt sie sich müde und träge.

Mit einem leisen Klack schließt sie die Fahrertür des Mercedes. Da waren Sounddesigner am Werk, denkt sie, satt und angenehm klingt das Geräusch, wertvoll. Deutsche Gründlichkeit. Kurz streicht sie mit der Hand über den glänzenden Lack der Motorhaube, bevor sie die Fernbedienung betätigt und zusieht, wie die Wagentüren sich automatisch verriegeln.

Der Lift. Grau und alt, er passt gar nicht in das eigentlich moderne Bürogebäude, in dem sie arbeitet. Aber der Fahrstuhl war lange vor den modernen, hellen und komplett verglasten Büroräumen hier.

»Guten Morgen, Rebecca!«, grüßt ihre Sekretärin freundlich. Natalie trägt einen für ihren Geschmack etwas zu kurzen Minirock und ein kurzärmeliges Top, das ihren Busen sehr stark betont. Stirnrunzeln, muss das sein?

»Mir ist so warm«, entschuldigt sich die Sekretärin, als sie den tadelnden Blick bemerkt. »Wenn Besuch kommt, zieh ich mein Sakko über«, fügt sie rasch hinzu und deutet auf die Stuhllehne hinter sich.

»Ist schon gut«, murmelt die junge Frau und marschiert energisch auf ihren siebeneinhalb Zentimeter hohen »Louboutin«-Sandaletten auf ihre Bürotür zu.

Am Schreibtisch angekommen, wirft sie die teure Handtasche in eine Ecke am Fenster, lässt sich auf den komfortablen Drehstuhl fallen und drückt auf den Startknopf des kleinen, flachen Laptops, der vor ihr steht. Mit einem leisen und freundlichen Geräusch verkündet das Gerät, dass es einsatzbereit ist. Schnell und diskret. Wunderbar.

Natalie kommt mit einem kleinen Tablett herein, auf dem eine mit glitzernden Kristallen besetzte Kaffeetasse, ein kleiner Teller mit drei Vollkornkeksen und ein Stück Zucker liegen.

»Anstrengendes Wochenende gehabt?«, fragt sie nur mäßig interessiert und stellt das kleine silberne Tablett auf dem Schreibtisch ab.

Rebecca schüttelt den Kopf. »Wie immer«, murmelt sie und öffnet das Mailprogramm. In Sekundenschnelle tauchen siebenunddreißig neue, ungelesene E-Mails auf dem Bildschirm auf. Sie seufzt. Natalie zieht sich leise zurück und schließt die Bürotür hinter sich.

Arbeit. Rebecca liebt ihre Arbeit. Sie liebt das Geräusch von eingehenden E-Mails am Computer. Sie liebt es, voller Adrenalin vor einem Raum von Männern in maßgefertigten Anzügen zu stehen und sie mit Fachkompetenz von ihren Ideen zu überzeugen. Darin ist sie gut, das kann sie. Sie hat viele Ideen, und sie kann sie verkaufen. Das hat ihr die einzige Führungsposition als Frau in diesem Unternehmen eingebracht. Die Kollegen und Vorgesetzten respektieren sie und schätzen ihr Wissen. Die engen Kostüme und die hochhackigen Schuhe nimmt sie sich raus, sie will ihre Weiblichkeit nicht verstecken, und manchmal nutzt sie das aus, wenn in einer anstrengenden Vertragsverhandlung der Rocksaum wie zufällig hochrutscht und einen Blick auf den Spitzenrand der halterlosen Strümpfe zulässt, wenn die Männer nervös werden und anfangen, auf ihren Stühlen herumzurutschen.

Rebecca kennt ihre weiblichen Vorzüge und kann diese einsetzen. Auch in dieser Männerdomäne. Wer erwartet schon eine Ingenieurin, die aussieht, als könnte sie ebenso gut auf dem Cover der aktuellen Playboy-Ausgabe posieren? Elegant, weiblich, durchaus sexy, trotz der herben Gesichtszüge und der strengen Frisur, die dominante Fantasien in den männlichen Betrachtern hervorrufen.

Sie hatte immer schon mehr gewollt als Gleichaltrige, nicht nur in der Schule, auch am College hatte sie alles gegeben. Andere haben Wirtschaft studiert, sie hat Marketing und Chemie gleichzeitig studiert. Und als Nebenfach noch ein bisschen

Medizin – man kann ja nie wissen …

In Rekordzeit hat sie ihr umfangreiches Studium beendet. Fünf Jahre lang hatte sie Tag und Nacht gelesen, gelernt, geschrieben und studiert, und ihr erstes Praktikum hatte sie gleich nach Seattle in dieses Pharma-Unternehmen gebracht. Das ist jetzt zehn Jahre her. Und seitdem hat sie sich kontinuierlich hochgearbeitet, bis sie endlich letztes Jahr den langersehnten Posten als Hauptabteilungsleiterin der Marketingabteilung bekommen hat.

Ihre erotischen Träume drehen sich neuerdings immer um das Unternehmen. Sie träumt davon, dass die Männer im Vorstand ihr zu Füßen liegen, sie anbeten. Der Vorstandsvorsitzende taucht in ihren Träumen als lüsterner, notgeiler Mann im dunklen Anzug auf, der während einer ihrer Präsentationen plötzlich seine Hose öffnet und sich leise keuchend selbst befriedigt, während sie von ihren Ideen und den Erfolgen ihrer letzten Projekte berichtet. Sie öffnet ihre Bluse und legt ihre prallen Brüste frei. Ihre Brustwarzen stehen steif und dunkelrot ab, während sie mit dem Laserpointer erst auf das Bild des Beamers und dann auf seinen steifen Schwanz deutet, mit dem roten Lichtpunkt seine Bewegungen verfolgt, auf und ab, auf und ab. Der Chief Financial Officer liegt unter ihrem Stuhl, seine Zunge gleitet unter ihren Rock und lutscht und saugt an ihrer feuchten Klitoris, während der Aufsichtsratvorsitzende, ein älterer Herr mit grauen Schläfen und kleinem Bauchansatz, von hinten in ihren Nacken beißt und ihre Brustwarzen liebkost.

Ja, ihre erotischen Träume sind großartig. Sie muss oft daran denken, wenn sie mit den Männern, die darin vorkommen, in einem Meeting zusammensitzt. Die Bilder tauchen dann auch am Tage vor ihr auf, und sie presst die Schenkel fest zusammen, im immer gleichen Rhythmus: anspannen, entspannen. Und dann stellt sie sich vor, dass auch die anwesenden Männer jetzt gerade, in diesem Moment, ähnliche lüsterne Träume von ihr haben.

Klackklackklack machen die kurzen, aber sorgfältig manikürten Fingernägel auf der Tastatur. Ihre E-Mails beantwortet sie schnell, routiniert. Sie sieht kurz auf die kleine goldene Uhr an ihrem Handgelenk. Schon zehn Uhr. In einer Stunde hat sie ihren ersten Termin, ein Bewerbungsgespräch. Als sie zum Head of Marketing ernannt wurde, hatte sie großmütig auf einen Assistenten verzichtet. »Eine Sekretärin genügt doch«, hatte sie gemeint. Anstelle eines Assistenten war sie mit Laptop und Blackberry bestens versorgt. Aber nach einem Jahr harter Arbeit hatte sie festgestellt, dass sie schnell den Überblick verlor, und der Vorstand hatte ihrer Anfrage nach einem Assistenten umgehend zugestimmt.

Klopfen an der Bürotür.

»Ja?«

Im Türspalt taucht ein brauner Schopf auf. Abteilungsleiter Ken. »Rebecca? Hast du fünf Minuten für mich?«

Sie schaut auf den Laptop, auf fünfundzwanzig noch unbeantwortete E-Mails, dann auf die Uhr. Noch fünfundfünfzig Minuten bis zum ersten Termin. »Ja, kein Problem. Komm rein.« Hinter ihr an der Wand hängen Auszeichnungen und Urkunden. Managerin des Jahres. »Leading Ladies Award«. Sie ist stolz auf diese Urkunden, jeder soll sie sehen. Ihr Ziel, eines Tages in den Vorstand des Unternehmens gerufen zu werden, als erste Frau aller Zeiten in diesem alteingesessen Unternehmen, rückt mit jeder Auszeichnung näher.

Sie steht von ihrem Stuhl auf und geht zu dem jungen Mann mit dem hellbraunen Wuschelkopf rüber. »Was kann ich für dich tun?« Sie hat immer ein offenes Ohr für ihre Mitarbeiter, ist eine Chefin zum Anfassen. Im übertragenen Sinne natürlich nur. Angefasst hat sie schon seit einigen Jahren kein Mann mehr, ihre Karriere ist wichtiger. Abends ist sie selten vor zehn Uhr zu Hause. Samstags arbeitet sie meistens. Die Sonntage sind die schlimmsten Tage ihrer Woche, mit dem bedrohlich leeren Terminkalender, der Stille ihrer Wohnung, keinen E-Mails, keinem Telefon ... Dann geht sie ins Fitnessstudio, stundenlang, und quält sich auf diversen Geräten und bei Fitnesskursen, wie »Step Aerobic« und »Pilates«. Danach joggt sie einige Kilometer durch den nahen Stadtpark. Erst wenn sie körperlich am Rande der totalen Erschöpfung ist, geht es ihr besser und sie kann einschlafen.

Der Abteilungsleiter hat einige Kleinigkeiten zu besprechen. Sie hört aufmerksam zu, gibt ihm einen Rat und verabschiedet ihn nach zehn Minuten wieder. Dann macht sie sich auf, die restlichen E-Mails zu beantworten.

Kapitel 2

Natalie steckt den Kopf zur Tür hinein. »Dein Bewerber ist da«, sagt sie fröhlich.

Rebecca steht vom Stuhl auf und zieht das Sakko wieder über. Ein kurzer Blick in das spiegelnde Display des Laptops. Make-up ist noch perfekt, die Frisur ebenfalls. »Kann reinkommen.« Sie nickt Natalie zu und geht zur Sitzecke mit den Cocktailstühlen hinüber.

Auf dem kleinen Tisch stehen Gläser und eine Flasche mit Wasser. Daneben liegen ein nagelneuer, leerer und weißer Notizblock und ein Montblanc-Kugelschreiber. Unter dem Notizblock ruht die Bewerbungsmappe. Sie hat sie gestern Abend im Bett studiert und kann sie nun nahezu auswendig.

Sie ist immer gut vorbereitet auf Bewerbungsgespräche, Überraschungen liegen ihr nicht.

Marc Lavie hat ein ordinäres Passfoto von sich eingeklebt. Niemand sieht besonders gut aus auf einem Passfoto, das hat sie schon mit sechzehn gewusst. Blass, leichte Ränder unter den Augen, die dunklen Haare für ihren Geschmack etwas zu lang. Und doch kann sie seine Attraktivität erkennen, die Augen sind schwarz, unergründlich, der Blick fest, im Kinn ein kleines Grübchen. Sein Lebenslauf ist großartig, und seine Referenzen sind hervorragend.

Als er den Raum betritt, ist sie überrascht. Er hat einen eleganten, katzenähnlichen Gang. Groß, stark und kerzengrade geht er die wenigen Schritte bis zu ihrem Sessel. Er lächelt strahlend mit einer Reihe von blitzweißen und schnurgeraden Zähnen. Volle Lippen, fast schon zu sinnlich für einen Mann. Der Teint ist leicht sonnengebräunt, das dunkle Haar etwas unordentlich zerstrubbelt. Der Maßanzug sitzt perfekt und lässt keinen Zweifel zu, dass sich darunter ein gut trainierter Männerkörper befindet. Wie alt war er noch gleich? Plötzlich sind all die Informationen aus seinem gut studierten Lebenslauf verschwunden.

»Guten Tag«, grüßt er immer noch lächelnd und mit nur einem kaum noch hörbaren französischen Akzent. Sein Händedruck ist fest und selbstbewusst.

»Setzen Sie sich«, bittet sie und schlägt so grazil wie möglich die Beine übereinander. Die manikürten Füße in den teuren Sandalen wippen etwas nervös.

»Danke, dass Sie sich Zeit für mich genommen haben, ich kann nur ahnen, wie beschäftigt Sie sein müssen in Ihrem Job«, beginnt er gleich das Gespräch.

Sie lächelt freundlich zurück und nickt. Dann erzählt er.

Sie kann gar keine Fragen stellen. Er plaudert einfach drauflos, erzählt von sich, von seinen bisherigen Jobs, von seinem Leben. Zweiunddreißig ist er, hat in Paris studiert, seine Mutter ist Französin, der Vater Kanadier. Er ist zweisprachig aufgewachsen, und noch dazu beherrscht er Italienisch und Spanisch. In ihrer Branche hat er keine Erfahrungen, er hat bisher in modernen Start-ups gearbeitet, ist aber an viel Arbeit und wenig Freizeit gewöhnt, ein selbstgewählter Workaholic. Das kennt sie. Wenn er mal frei hat, macht er Sport oder kocht, das ist sein Hobby. Am liebsten wäre er Koch geworden, aber seine Mutter hat ihm davon abgeraten, familienunfreundliche Arbeitszeiten und wenig Geld, hat sie gesagt. Darüber kann er heute nur schmunzeln, von familienfreundlichen Arbeitszeiten könne man ja heutzutage in jedem Beruf nur träumen.

»Sind Sie verheiratet?«, fragt sie und versucht, nicht von ihrem Notizblock aufzusehen.

»Nein, ich bin frei verfügbar«, sagt er etwas zu kokett, die schwarzen Augen blitzen. Zu forsch, zu frech, zu fantastisch.

Sie errötet. »Ich frage nur ...«, murmelt sie und ärgert sich über ihre dumme Frage.

Sie steht auf und verabschiedet sich mit einem Händedruck von ihm. Als er den Raum verlassen hat, kann sie sein After Shave noch immer wahrnehmen.

Natalie schleicht durch die Tür und schließt diese hinter sich. »Den MUSST du nehmen!«, sagt sie nachdrücklich und reibt aufgeregt die Hände an ihrem kurzen Rock.

Rebecca runzelt die Stirn.

»Wahnsinnstyp, sowas von attraktiv! Und diese Zähne!« Natalie rollt verliebt mit den Augen.

Rebecca lächelt. »Mal sehen«, murmelt sie.

Klopfen an der Tür. Eine Frau mit blondem Lockenschopf

guckt hindurch. »Hey!« ruft sie. »Hast du Zeit für Mittagessen, oder wird das heut wieder nix?«

Rebecca sieht Natalie fragend an.

»Dreizehn Uhr nächster Termin«, sagt diese geschäftsmäßig und drückt sich an der jungen Frau vorbei durch die Tür in ihr Vorzimmerreich.

»Ich komme.«

Stacy ist ihre beste und einzige Freundin. Sie haben schon in der ersten Klasse nebeneinander gesessen, und ihre Trennungen im bisherigen Leben waren immer nur kurz. Die längste Trennung hatten sie in den Jahren des Studiums gehabt, da Stacy einen Studienplatz in einer anderen Stadt bekommen hatte. Trotzdem waren sie sich auch in diesen Jahren immer nahe gewesen und hatten einander regelmäßig besucht. Mindestens einmal die Woche hatten sie stundenlang miteinander telefoniert. Als Rebecca ihren ersten festen Job im Unternehmen bekam, holte sie Stacy gleich zu sich. Seitdem arbeiteten sie auch zusammen.

Im Gegensatz zu ihr ist die Arbeit für Stacy nur ein Mittel, den Lebensunterhalt zu verdienen. Teilzeit natürlich. Sie ist verheiratet und hat eine kleine Tochter, die jetzt in den Kindergarten geht, wenn sie arbeitet. Rebecca hatte wenig Verständnis gehabt für die Wahl der Freundin, hatte gejammert, ob sie wirklich so lange gelernt, studiert hatte, nur um anschließend als Assistentin zu verkümmern und ihrem Mann die Hemden zu bügeln. Stacy hatte gelacht und gemeint, jeder sei seines Glückes Schmied, und sie lebe eben für ihre Familie, das Kind mache sie glücklich, und sie war zufrieden, wenn ihr Mann erfolgreich sei, sie selbst hatte das für sich als viel zu anstrengend empfunden. *Mutti*, denkt Rebecca lächelnd, wenn die Freundin beim Essen mit leuchtenden Augen warmherzig von ihrer kleinen Tochter erzählt, von den Fortschritten, die diese macht, und davon, wie stolz sie auf die Kleine ist. Weiterleben im Kind.

Fünfunddreißig neue E-Mails. Sie seufzt. Eigentlich müsste sie den ganzen Tag vor ihrem Laptop sitzen, nur um alle E-Mails zu lesen und zu beantworten. Manchmal glaubt sie, es gibt Menschen im Unternehmen, deren ganze Arbeit darin besteht, ihr E-Mails zu schreiben.

Vor ihr liegen die Bewerbungsunterlagen von Marc. Sie schlägt die Mappe noch einmal auf und betrachtet das Passfoto. Etwas Düsteres umgibt seine Augen, das war ihr zuvor nicht aufgefallen. Sie sind dunkel, fast schwarz, unergründlich. Er lässt sich nicht in die Karten gucken, denkt sie. Aber hatte er nicht versucht, mit ihr zu flirten? Seit Jahren hat kein männlicher Kollege es gewagt, sie auch nur länger als wenige Sekunden anzusehen, geschweige denn, mit ihr zu flirten. Sie hat den Ruf einer eisernen Lady. Von Stacy weiß sie, dass viele Kollegen das schade finden. »So eine heiße Frau, und sie lässt keinen ran«, mutmaßen viele. Natürlich gibt es auch Gerüchte, dass sie lesbisch sei und das niemanden wissen ließe.

»Die totale Verschwendung«, findet auch Stacy, doch ihre wenigen Versuche, Rebecca mit einem Mann zu verkuppeln, hat diese rigoros abgeblockt.

»Ich will keinen Mann und ich brauche auch keinen«, hat sie energisch behauptet. »Wenn ich jemanden treffe, der mir gefällt, wird sich das sicher ändern, aber bis dahin ...«

Never fuck in the office, denkt sie noch, als sie die Bewerbungsmappe zuschlägt. Doch die perlweißen Zähne und das leicht zerstrubbelte Haar, das tiefe Grübchen am Kinn und die feinen Ohrläppchen liegen wie Nachbilder auf ihrer Netzhaut. Sie seufzt und beginnt, ihre E-Mails zu beantworten. Gleich wartet schon der nächste Termin.

Kapitel 3

Einundzwanzig Uhr. Fast schon früh für ihre Verhältnisse. Die Wohnung ist noch hell und warm, das ist das einzig Gute am Sommer. Sie fährt bei Sonnenschein ins Büro und kommt nach Hause, wenn es noch annähernd hell ist. Zumindest ist es noch nicht finstere Nacht.

Sie schaltet den Fernseher ein und geht in die Küche. Die Sandalen wandern in eine Flurecke, das Sakko landet auf einem Stuhl. Die Küche glänzt und blinkt, ihre Putzfrau leistet wie immer gute Arbeit. Dreimal in der Woche kommt sie und sorgt still und diskret dafür, dass Rebecca sich abends in einem sauberen, aufgeräumten Zuhause wiederfindet und der Kleiderschrank immer gut gefüllt ist mit sauberer, gebügelter Wäsche. Wie Mama früher, denkt sie und lächelt.

Im Kühlschrank findet sie einen großen Joghurt und eine Tafel Schokolade. Das Fernsehprogramm ist abscheulich, Talkshows, Gameshows und Reality-Dokumentationen über Menschen ohne Zukunft. Ausgewandert, Frauen getauscht, raus aus den Schulden, rein in die Kartoffeln. Das will sie nicht sehen. Erfolgreiche Menschen scheinen in der Fernsehwelt nicht stattzufinden, stellt sie wieder einmal fest, und löffelt, die aktuelle Ausgabe der »Vogue« auf den Knien, den Joghurt aus dem Plastikbecher. Dann klappt sie den Laptop auf und liest ihre privaten E-Mails. Viele sind es nicht, im Gegensatz zu der Flut im Büro. Stacy hat zwei Spaßvideos geschickt, die sie kurz zum Lachen bringen. Ihre Mutter schickt liebe Grüße und die Information, dass Rebeccas alte Schulfreundin Stephanie Zwillinge bekommen hat. Sie lebt noch immer in dem Dorf, in dem sie aufgewachsen sind, hat dort einen Lehrer geheiratet und bekommt seit Jahren ein Kind nach dem anderen. Rebecca stöhnt. Sie weiß genau, warum ihre Mutter das mitteilt. Natürlich ist sie stolz auf das, was Rebecca erreicht hat, doch noch lieber würde sie sich selbst als Großmutter sehen. Sie hat diesen Traum fast schon aufgegeben, glaubt nicht mehr daran, dass Rebecca jemals einen Mann kennenlernt, mit dem sie Kinder haben wird. Trotzdem fragt sie ständig nach.

Ihr Whirlpool. Den hat sie vor etwa einem Jahr zur Feier ihrer Beförderung einbauen lassen. Baden entspannt sie so gut wie nichts sonst, das warme Wasser, das sie einhüllt und die Haut atmen lässt, als wäre sie zurück im Bauch der Mutter, in der warmen, dunklen Höhle. Beschützt und behütet. Sie lässt dampfend heißes Wasser einlaufen, gießt aus einer kleinen Flasche ein entspannendes, duftendes Aromaöl in das Wasser: Kakaobohne und Yogibeere. Süß und verführerisch duftet das ganze Bad nach dem exotischen Aroma.

Dann zieht Rebecca sich aus, betrachtet im großen Spiegel ihr Bild. Flacher Bauch, praller Busen, knackiger Po. Keine Spur von Cellulite oder Bindegewebsschwäche. Das lange Haar fällt nun ungehindert ihren Rücken hinab, im Büro steckt sie die Haare immer hoch, das sieht professioneller aus und verschafft Distanz. Die langen, mittelblonden Haare sind sonst zu niedlich für ihre Position, aber sie mag sie und will sie nicht abschneiden lassen. Außerdem muss sie nicht so häufig zum Friseur, dazu hat sie sowieso kaum Zeit.

Leise seufzend lässt sie sich in das heiße Wasser gleiten und schließt die Augen. Anstrengender Tag, viele Meetings und ein neues Projekt, das angeschoben werden muss. Heute hat sie erfahren, dass es in ihrer Verantwortung liegt. Sie freut sich, aber nun muss sie sich wirklich um einen Assistenten kümmern, sonst wird sie der Verantwortung nicht gerecht werden können, viel zu viel Arbeit ... Auch ihr Tag hat ja nur vierundzwanzig Stunden.

Plötzlich tauchen die weißen Zähne und die schwarzen Augen wieder vor ihrem geistigen Auge auf. Und diesmal ist es nicht der Vorstandsvorsitzende, der vor ihr sitzt und lüstern an seinem erigierten Penis reibt, während sie ihre Brüste knetet, sondern der neue Assistent, der vor ihrem Stuhl sitzt und mit geschlossenen Augen seinen geraden, kräftigen Schwanz bearbeitet. Ihre Finger gleiten in ihren Schoß und fangen an zu spielen. Heftige, gleichmäßige Bewegungen, direkt auf der Klitoris. Sie weiß, wie sie schnell zum Höhepunkt kommen kann.

Der Assistent küsst ihre Füße in den Sandalen, sie fährt mit dem Absatz ihrer rot besohlten Schuhe an seinem Penisschaft auf und ab. Sie könnte ihm weh tun, genießt ihre Macht über ihn, genießt seine Geilheit auf sie.

Wenn sie geahnt hätte, wie falsch dieser Traum ist, würde sie jetzt nicht laut seufzend ihren Unterleib in dem sprudelnden Wasser aufbäumen und zusehen, wie er unter ihrem Orgasmus erzittert ...

KAPITEL 4

»Lavie.« Die Stimme ist sonor, dunkel, wohlklingend. Und ein bisschen fordernd.

»Ja, Rebecca Moon hier, guten Tag. Ich rufe an, um Ihnen zu sagen, dass Sie die Stelle als Assistent bekommen können.«

»Das freut mich.«

Sie stutzt. Kein Zeichen der Freude, kühl und sachlich klingt das. »Ja, äh ... gut! Wir müssen dann noch die Details besprechen, Gehalt, Sonderboni, Arbeitszeiten, wann Sie anfangen können ...«

»Das ist nicht nötig«, sagt die dunkle Stimme ruhig. »Ich bin morgen früh um acht Uhr da.« Dann legt er auf.

Irritiert schaut sie auf den Hörer in ihrer Hand, so etwas hat sie noch nie erlebt. Ob sie die richtige Entscheidung getroffen hat?

Sie öffnet die Tür zum Vorzimmer und blickt auf Natalie. »Ich hab den Franzosen eingestellt«, sagt sie betont beiläufig.

Natalie sieht auf. »Super! Das finde ich klasse! Der ist wenigstens auch was für's Auge«, freut sie sich.

Rebecca zieht die Tür wieder zu und geht zu ihrem Schreibtisch zurück. Fünfundvierzig E-Mails. Benutzt eigentlich niemand mehr das Telefon heutzutage?

Die Bewerbungsmappe liegt zugeschlagen auf dem Schreibtisch. Rebecca sieht nicht mehr hinein, ist nicht nötig. Seine Augen haben sich bereits fest in ihr Hirn eingebrannt, sie braucht das Foto nicht mehr, das ihm nicht gerecht wird, das beinahe beschämend unvorteilhaft erscheint. Es ist schwierig, Emotionen und Persönlichkeit auf einem Bild wiederzugeben, denkt sie, auf einem Passfoto ist es nahezu unmöglich.

Sie ruft Stacy an und erzählt von dem neuen Assistenten. Sie freut sich, meint, vielleicht könne Rebecca demnächst auch mal etwas kürzer treten mit der Arbeit und endlich Zeit finden, sich einen Mann zu suchen. Schnauben. Einen Mann finden ...

Womöglich einen Ehemann, der sie schwängern will, sodass sie sich von der selbstbewussten Frau, die sie in den letzten Jahren endlich geworden ist, in das demütige Hausmütterchen verwandelt, das er sich insgeheim wünscht – so, wie alle Männer. Das unscheinbare Mädchen, seiner Mutter gleich, das er auf einen Sockel stellen kann, das für ihn da ist, sich kümmert, während er sich spät abends mit der heißblütigen Hure vergnügt. So ist es doch, denkt sie, so wird es ihnen allen gehen! Die Mutter in der Küche, die Hure im Bett, das ist es, was die Männer suchen und meistens auch finden.

Sie schüttelt sich bei dem Gedanken und widmet sich dem Projektplan, den sie gerade am Laptop geöffnet hat. Arbeit. Mit einem beruhigenden Gefühl versinkt sie in den Tiefen der Planung des Projektes, sieht das Ergebnis schon vor ihrem inneren Auge, schmeckt den kommenden Erfolg auf der Zunge, der sie stolz machen wird, der ihre Eltern stolz machen wird und sie damit endlich ankommen lässt.

***

Am Abend kommt sie spät heim, in die leere, kühl eingerichtete Wohnung, macht es sich auf dem Sofa mit einem Glas Wein und einem Buch bequem. Ein Frauenroman, von Stacy. Lustig sei der, hat die Freundin gesagt, und sie hatte recht. Es liest sich leicht und locker, eine fröhlich plaudernde Erzählung von falschen Männern, richtigen Schuhen und lästernden Freundinnen. Für eine Stunde taucht sie ein in die Welt der Frauen, der normalen Frauen, die sich ihrer körperlichen Unterlegenheit bewusst sind und diese mit jeder Pore ihres Körpers leben.

Dann geht sie schlafen, hitzig und aufgewühlt. Das Schlafzimmer ist warm trotz der Klimaanlage, deren Temperatur sie kurzentschlossen weiter reduziert, bis sie die Bettdecke eng um sich schlagen muss, um nicht zu frösteln. Karriere, denkt sie lächelnd, bevor sie endlich einschläft, vom Wein beseelt und beruhigt, der sie müde macht und ihr hilft, die Gedanken auszuschalten.

Kapitel 5

»Guten Morgen!«
Sie bleibt wie angewurzelt in der Tür stehen. Da sitzt er, auf einem der kleinen Cocktailsessel. Laptop, Handy und Notizbuch auf dem kleinen Tisch. Es ist viertel nach acht, sie hat

noch nicht einmal ihren morgendlichen Kaffee gehabt. »Hallo«, grüßt sie verdutzt und nicht ganz so freundlich, wie es sich vielleicht eigentlich gehört hätte. »Ich hatte nicht erwartet, dass Sie schon in meinem Büro sitzen.« Sie betont das Wort »meinem« übermäßig stark.

Er lacht ein ansteckendes Lachen. Kein Wort der Entschuldigung oder Erklärung. Wie selbstverständlich sitzt er da, als hätte er nie etwas anderes getan, wie ein Teil der spärlichen Deko in ihrem Büro.

Sie schluckt. Die Anziehungskraft, die seine körperliche Attraktivität auf sie ausübt, kann sie nicht negieren, und gleichzeitig irritiert sie seine Forschheit, seine Selbstverständlichkeit. Respektsperson, denkt sie, die bin doch ich. Sie habe eine natürliche Autorität, hat der Vorgesetzte ihr bescheinigt, als sie endlich befördert wurde, und ein womöglich angeborenes Führungstalent. Nun habe sie die Chance zu beweisen, dass sie auch die Männer, die nur an ihresgleichen gewöhnt sind und noch keine Frau als Vorgesetzte kennengelernt haben, leiten und lenken kann. Und sie ist gut darin, das weiß sie, manchmal steht sie abends vor dem Spiegel und übt Blicke, Gesten, die Respekt einflössen können und doch ihre weibliche Weichheit nicht verbergen, tief in ihr.

»Ich habe gehört, dass hier im Unternehmen alle Du zueinander sagen«, fährt er fort und geht einige Schritte auf sie zu.

Sie schließt die Tür hinter sich.

»Ich bin Marc«, sagt er und hält ihr seine schlanke rechte Hand hin.

Sie ergreift sie. »Rebecca«, erwidert sie und wundert sich über ihre brechende Stimme. Was ist denn los heute Morgen? Und hätte nicht *sie* diejenige sein müssen, die das kollegiale Du anbietet?

»Was kann ich für dich tun?« Mit einem feinen Lächeln, das Grübchen in seinem Kinn vertieft sich auf eine freche Art, wenn er lächelt, stellt er diese Frage, als sei sie die naheliegendste Frage der Welt, wie die Frage nach dem Wetter, nach dem Befinden.

»Mal langsam!« Sie lacht. »Am besten, du kümmerst dich erst einmal um deinen Arbeitsplatz. Natalie wird dir dabei helfen. Du brauchst einen Zugang zum Firmennetz, einen Schreibtisch – du kannst vorn bei Natalie sitzen«, fügt sie etwas schärfer als geplant hinzu und beobachtet seine Reaktion, die ausbleibt. »Richte dich erst einmal hier ein und lerne das Unternehmen kennen. Alles andere kommt früh genug.«

»Okay«, antwortet er kurz mit ruhiger Stimme. »Meine Forderungen bezüglich Gehalt und Arbeitszeit liegen auf deinem Schreibtisch.« Dann geht er hinaus.

Verdattert steht sie mitten im Raum und fragt sich, was da eigentlich gerade geschieht. Forderungen? Auf ihrem Schreibtisch liegt ein Briefumschlag. Darin findet sie ein DINA4-Blatt, mit Computer beschriftet. Die Gehaltsforderung ist moderat, stellt sie schmunzelnd fest. Bei den Arbeitszeiten schwebt ihm vor, mindestens acht Stunden Freizeit am Tag zu haben, darüber hinaus sei er verfügbar, auch am Wochenende. Er werde täglich um acht Uhr im Büro sein und erwarte, dass sie ebenso pünktlich ist wie er, damit er nicht untätig herumsitzen muss. Na, das fängt ja gut an! Was Natalie wohl dazu sagen würde? Sie traut sich seit zwei Jahren nicht einmal, nach einer Gehaltserhöhung zu fragen, und er stellt an seinem ersten Arbeitstag »Forderungen«. Rebecca stößt die Luft durch die Nase aus und bemerkt, dass sie die Luft angehalten haben muss, als sie seinen Brief las.

Die Sekretärin steht schon in der Tür, frisch und strahlend

wie immer, mit dem kleinen silbernen Tablett in der Hand. »Den Kaffee hat Marc gekocht«, sagt sie bedeutungsschwanger. »Nicht, dass ich hier noch arbeitslos werde … Da hast du dir ja eine echte Perle ausgesucht.«

Rebecca lächelt. »Das wird sich noch zeigen«, murmelt sie und nimmt auf ihrem bequemen Drehstuhl Platz, um den Laptop einzuschalten.

Das neue Projekt wird irrsinnig groß. Eine hohe Verantwortung, ein Budget von einhundertfünfzig Millionen Dollar. Das ist ihr Baby. Sie hatte die Idee dazu, und nun soll sie es tatsächlich durchführen. Die offizielle E-Mail vom Vorstand prangt noch geöffnet auf ihrem Bildschirm. Mit zitternden Fingern liest sie die Mail immer und immer wieder, während sie den heißen Kaffee trinkt. Das wird ihr eine hervorragende Reputation bringen, weit über das Unternehmen hinaus. Es muss ein Erfolg werden, das ist so wichtig wie nichts sonst im Moment. Sie schließt die Augen und sieht sich als gefeierte Managerin, der Vorstandsvorsitzende überreicht ihr eine Urkunde und teilt vor versammelter Mannschaft mit, dass sie, Rebecca Moon, endlich wohlverdient in den Vorstand des Unternehmens berufen wurde. Als erste Frau in der Geschichte des Unternehmens, als jüngstes Vorstandsmitglied aller Zeiten. Die Presse macht Fotos von ihr, alle rufen ihren Namen, wollen ein Interview.

»Rebecca, wie schafft man es, als Frau in einem solchen Großunternehmen die männliche Konkurrenz hinter sich zu lassen?«

»Ach, das ist kein Geheimnis – Fachkompetenz, viel Fleiß und Disziplin, dann schafft man es auch als Frau.«

»Rebecca, werden Sie im Vorstand einiges verändern?«

»Oh ja, ich werde tun, was in meiner Macht steht, um dieses

Unternehmen noch erfolgreicher zu machen als es jetzt schon ist. Ich habe viele Ideen und werde diese natürlich auch im Vorstand einbringen …«

»Träumst du?« Die dunkle, ungewohnte Stimme reißt sie aus ihren Interviewfantasien.

Unwirsch öffnet sie die Augen. »Hast du geklopft?«, fragt sie den Mann mit den fast schwarzen Augen stirnrunzelnd, der direkt vor ihrem Schreibtisch steht. Warum hat sie ihn nicht reinkommen hören?

»Nein«, sagt er kurz und lächelt.

Irritiert zwinkert sie nach oben.

»Brauchst du vielleicht Hilfe bei der Organisation des ersten Meetings?«

Jetzt spürt sie, dass ihr Mund offensteht, dämlich, wie ein kleines Schaf, das die Zitze der Mutter sucht. Sie ärgert sich über ihre Reaktion. »Woher weißt du …?«

»Natalie«, sagt er kurz.

Rebecca nickt verstehend. Natürlich, ihre Sekretärin war ja alles andere als ein stilles Wasser, es würde nicht viel geben, was er nicht bereits am Ende der Woche wisse, das war ihr klar.

»Ich sage dir, wenn ich etwas für dich zu tun habe«, erwidert sie. »Jetzt muss ich mich erst einmal um meine E-Mails kümmern.«

Er nickt und geht geräuschlos, mit geraden und aufrechten Schritten, aus dem Raum.

Rebecca seufzt. Einerseits ist es ja schön, einen neuen Mitarbeiter zu haben, der so voller Energie zu sein scheint, dass er sofort durchstarten möchte. Andererseits spürt sie das Verlangen, seinen Eifer zu bremsen. Er erscheint ihr bedrohlich, beängstigend. Warum nur? Normalerweise liebt sie eifrige und fleißige Menschen. Schließlich ist sie selbst eine von ihnen, von Ehrgeiz getrieben, die Gedanken stets auf das Wesentliche fokussiert, schnell und gründlich in ihrer Arbeitsweise, sie kann Prioritäten setzen und trotzdem nichts liegenlassen. Bisher hat sie das immer alles geschafft. Aber irgendetwas an seiner Art ist ihr nicht geheuer, und sie hofft, mit ihrer Wahl eines Assistenten keinen Fehler begangen zu haben ...

Jetzt ist keine Zeit, darüber nachzudenken. Sie ruft ihre drei wichtigsten Abteilungsleiter an und trommelt sie zu einem Meeting in ihrem Büro zusammen. Erste Vorbesprechung bezüglich des neuen Projektes. Marc soll dazukommen, damit die Kollegen ihn gleich kennenlernen. Während des Termins sitzt er stumm da, den Laptop auf dem Schoß in dem kleinen Cocktailsessel, und protokolliert eifrig mit, was Rebecca mit den Kollegen bespricht. Kein Wort sagt er während des gesamten Meetings, er sieht sie nicht einmal an. Sie ist etwas enttäuscht. Schließlich demonstriert sie hier gerade ihre ganze Macht. Da sitzen gestandene Männer mittleren bis gehobenen Alters, die ihr unterstehen und die andächtig an ihren vollen Lippen kleben, da wäre mindestens etwas Bewunderung oder stummer Beifall aus den schwarzen Augen fällig gewesen. Als der älteste der Abteilungsleiter ausholt und die Planung seiner Abteilung zum Projekt erklärt, schweifen ihre Gedanken ab. Ihre Augen bleiben an dem Grübchen an Marcs Kinn hängen. Zu lange schon ist es her, dass sie ein solches Grübchen angefasst, geküsst hatte. Zu lange schon ist es her, dass so starke, drahtige Arme sie umfasst hatten. Viel zu lange ist es her, dass sie in den sinnlichen, vollen Lippen eines attraktiven Mannes gefangen war, dass sie sich ihm hingegeben hat.

Sie denkt an Luke, ihren letzten Freund. Sie hatten zusammen studiert, einige Jahre lang. Ihre Eltern waren glücklich, Luke studierte auch Chemie und hatte für den Geschmack ihrer Eltern eine rosige Zukunft vor sich. Sie konnten den Tag nicht erwarten, an dem ihre Tochter ihnen verkünden würde, dass sie heiraten wollen. Zwar waren sie stolz auf das, was ihre Tochter erreicht hatte, aber trotzdem würden sie sich freuen, wenn sie eine Familie gründete. Den Gefallen tat sie ihnen nicht. Ein Jahr nach dem Studium war Luke noch immer arbeitslos und saß deprimiert zu Hause oder hangelte sich von einem unbezahlten Praktikum zum nächsten. Sie war gerade von der Praktikantin zur Marketingassistentin ernannt worden und verdiente ihr erstes richtiges Gehalt. Und hatte Blut geleckt.

Schon früh hatte sie die Strukturen in dem alteingesessenen Unternehmen verstanden und hatte begriffen, wie man hier am einfachsten nach oben rücken könnte. Sie arbeitete zehn Stunden am Tag und saß auch am Wochenende zu Hause am Computer, um im Internet zu recherchieren oder Kalkulationen zu berechnen. Sie kaufte sich teure Kostüme und teure Schuhe von ihrem Geld und verbrachte die wenige Freizeit am liebsten mit Kollegen und natürlich auch mit Vorgesetzten. Luke wurde immer deprimierter, sodass sie ihn irgendwann nicht mehr ertragen konnte, seine Erfolglosigkeit und seine Untätigkeit machten sie krank. Als sie sich von ihm trennte, beging er einen erfolglosen Selbstmordversuch. Das tat ihr weh, das hatte sie nicht gewollt und auch nicht erwartet. Sie räumte ihm eine zweite Chance ein, bestand aber darauf, dass er sich einen Job suchen müsse. Das tat er. Nach einigen Wochen waren seine Bemühungen von Erfolg gekrönt. Luke blühte auf. Auch er ging in seiner Arbeit auf, arbeitete bis zu zwölf Stunden täglich und war auch am Wochenende häufig im Büro. Sie war glücklich und zufrieden. Beide hatten große Pläne und hehre Ziele. Sie passten gut zueinander, sie waren ein echtes

Powerpaar geworden. Ihr letzter gemeinsamer Urlaub führte sie in die Karibik, eine Kreuzfahrt. Drei Wochen lang Sonne, Sex und lauwarmes, strahlend blaues Wasser. Sie fühlte sich wie im Paradies und glaubte endlich zu wissen, wofür sie sich die Strapazen der vielen Arbeit antat. Sie lebten wie Könige. Drei Wochen lang waren sie glücklich, und Luke unkte, das sei fast wie vorgezogene Flitterwochen.

Das Wort ließ ihren Magen verkrampfen, Flitterwochen. Heiraten, Kinder kriegen, Karriere beenden, mit anderen Müttern über Blähungen, Backenzähne und Masern plaudern, mit Thermoskanne und Kaffee auf Spielplätzen sitzen und abends dem Mann aufgeregt erzählen, dass das Kind allein auf das Klettergerüst gekrabbelt ist. Mehr hatte man ja nicht zu berichten als Hausfrau und Mutter. Sie stellte sich vor, wie sie seine Wäsche wusch, seine Hemden bügelte, wie er abends beim gemeinsamen Abendessen mit den Kindern stolz vom Büro erzählte, dass er befördert worden sei und sie bald wieder so viel Geld hätten wie damals, als sie noch beide gearbeitet hatten. Seltsamerweise fand sie die Gedanken gar nicht so schlimm, wie sie befürchtet hatte. Warum nicht? Und sie könnte ja trotzdem arbeiten gehen, moderne Frauen machten das doch auch. Sie war stark und voller Kraft, jung. Sie würde es schaffen können, Familie und Karriere, Doppelbelastung, das würde sie endgültig fordern und sie würde allen beweisen können, was in ihr steckte.

Am letzten Abend tranken sie viele Cocktails an der Bar, bevor sie in die Schiffskabine gingen. Die war groß, mit eigenem Bad und einem großen Bett. Im Rhythmus des sanft vor sich hinschwebenden Schiffes liebten sie sich. Sie vergrub ihr Gesicht in seiner Halsbeuge und seufzte, als er in ihr kam.

»Ich liebe dich«, flüsterte sie selig.

»Ich liebe dich auch, Susan«, flüsterte er zurück.

Zu Hause hatte Rebecca rotgeweinte Augen und packte einen Großteil ihrer Kleidung in einen großen Koffer. Luke saß stumm auf dem gemeinsamen großen Bett und sah sie mit seinem Dackelblick an. Sie meldete sich krank im Büro und fuhr zu ihren Eltern aufs Land. Die trösteten sie. Eine Woche lang lag sie in ihrem alten Jugendbett in ihrem alten Jugendzimmer, weinte sich die Augen aus und ließ sich Tee und heiße Milch mit Honig von ihrer Mutter bringen. Dann rappelte sie sich wieder auf und kehrte nach Seattle zurück, zog kurzzeitig bei Stacy ein und suchte sich eine eigene Wohnung, ihre Wohnung, das Penthouse mit den vielen, großen Fenstern, das sie mit eleganten Möbeln einrichtete. Die Demonstration ihres Erfolges, sichtbar für alle, die ihr Domizil je betreten würden.

Ein Jahr später hatte sie sich bereits zur Abteilungsleiterin hochgearbeitet, Luke war verheiratet mit der schwangeren Susan, einer Arbeitskollegin. Rebecca weinte nicht mehr, nicht um ihn und auch um sonst keinen. Danach war niemand mehr wirklich in ihr Leben gekommen, einige belanglose Affären, lust- und sinnlose Männer, die ihr für einen kurzen Moment zeigten, dass sie sie begehrten, bis sie wieder vergessen konnte, dass sie dieses Gefühl brauchte, dass sie sich danach sehnte, starke Arme um sich zu fühlen und das Begehren in den Augen funkeln zu sehen, das ihr sagte, wie schön sie war, wie erregend, wie anziehend.

Sie seufzt leise.

»Rebecca? Was hältst du davon?«

Sie blickt auf. »Hm?«

Der ältere Abteilungsleiter sieht sie beifallheischend an.

Sie schaut auf ihren leeren Notizblock und murmelt: »Ja, da müssen wir dann nochmal im Detail drüber reden.«

Der Abteilungsleiter sieht enttäuscht aus. Als sie aufblickt, sieht sie in Marcs grinsendes Gesicht, das Grübchen tief und zitternd, und wird rot.

Kapitel 6

Was andere Frauen am Einkaufen schön oder gar entspannend finden, hat sie noch nie verstanden. Für sie ist das eine lästige und zeitraubende Angelegenheit, Zeitverschwendung, unproduktive Freizeit, die sie so viel besser nutzen kann. Aber ab und zu braucht sie eben auch etwas Neues zum Anziehen. Sie hat eine feste Anlaufstelle, eine kleine, teure Boutique. Dort kauft sie alles, was sie braucht: Kostüme, Hosenanzüge, teure Schuhe, Handtaschen. Man kennt und schätzt sie dort. Die Verkäuferinnen kennen ihren Namen und bieten ihr beflissen Kaffee oder Champagner an. Sie stöbert durch das Angebot der Boutique und lässt diverse Kostüme und Kleider in die Umkleidekabine bringen. Schuhe sind schnell gefunden, da hat sie einen sehr einfachen Geschmack – teuer und hochhackig müssen sie sein. Wenn sie je eine Sammelleidenschaft entwickeln würde, müssten es Schuhe sein, das steht fest.

Nach dem Champagner fühlt sie sich merkwürdig, fröhlich und schwermütig zugleich. Sie hat einige schöne Kleider gefunden, die sie einpacken lässt, und plötzlich ist ihr danach, auch einmal der Dessousabteilung einen Besuch abzustatten, dort hat sie noch nie geschaut. Eigentlich trägt sie nur schlichte Wäsche, kauft sie meist im Fünferpack, schwarz und simpel, miteinander kombinierbar. Sie fühlt sich beschwipst und großartig in einer dunkelroten Corsage aus Samt, mit einem schwarzen Spitzenhöschen darunter. Die Verkäuferin ist entzückt. »Bei Ihrer Figur, das ist ja viel zu schade für darunter, das sieht ja einfach wunderbar aus! Sie haben aber auch eine Figur ...«

Rebecca fühlt sich geschmeichelt und merkt, wie sehr ihr diese Art von Zuneigung gefehlt hat. In der Umkleidekabine betrachtet sie sich im Spiegel. Schwarze halterlose Strümpfe, dazu die hochhackigen Lackpumps, die rote Corsage, das schwarze Höschen mit neckischer Spitze am Po. Sie dreht sich um und fühlt sich wie eine andere Rebecca, frivol, verführerisch, sinnlich, weiblich. Sie stellt sich vor, wie sie im Büro sitzt, Marc auf dem kleinen Cocktailsessel, sie am Schreibtisch, und plötzlich steht sie unvermittelt auf, verriegelt die Bürotür. Marc sieht überrascht von seinem Laptop auf, sie lächelt und geht auf ihn zu, öffnet ihre Bluse, langsam, Knopf für Knopf. Dann steht sie direkt vor ihm und drückt sein Gesicht gegen ihren Busen, der in der roten Corsage steckt. »Wunderschön«, murmelt er in ihr Fleisch und beginnt, mit seinem Mund die weiche, helle Haut abzutasten. Sie stöhnt leise und öffnet die Schnürung der Corsage mit einer Hand, mit der anderen umfasst sie seinen Hinterkopf und presst ihn noch enger an sich. Sein Mund findet ihre Brustwarzen und saugt und knabbert sanft an ihnen. Sie schiebt ihren Rock hinunter, sodass der Blick auf ihr Höschen und die halterlosen Strümpfe frei wird. Sie setzt sich auf seinen Schoß und reibt sich an seinem immer härter werdenden Geschlecht. Sie küssen sich leidenschaftlich, ihre Zungen wirbeln umher und suchen einander. Er löst ihren strengen Zopf und zieht ihren Kopf an den Haaren nach hinten, um ihren Hals zu liebkosen. Sie öffnet seine Hose und holt sein Glied hervor, das groß und mächtig ist in ihrer Fantasie. Erregt schiebt sie die zarte Vorhaut vor und zurück, bis er ganz steif ist und die ersten Tropfen seiner Erregung ein Glitzern auf ihre Finger zaubern. Sie zieht ihr Höschen zur Seite und lässt ihn in sich eindringen, sitzt auf ihm, reitet auf ihm, lässt seine Männlichkeit ein- und ausgleiten. Ihr Stöhnen wird lauter, gleich wird es passieren, gleich wird sie ...

»Ist alles in Ordnung?«, fragt die freundliche Verkäuferin besorgt von draußen. Rebecca öffnet die Augen und sieht sich verschämt um. Ihre Finger hat sie in dem schwarzen Slip vergraben, der jetzt deutlich in ihrem Schritt die Spuren ihrer Erregung trägt. »Jaja, alles gut«, ruft sie eilig nach draußen und zieht sich rasch wieder an. Warum träumt sie von ihm? Er ist ihr Assistent, sie ist seine Vorgesetzte und erwischt sich am helllichten Tage in einer Umkleidekabine, bei erotischen Träumen von ihm. Sie zittert leicht, als sie aus der Kabine kommt. Etwas beschämt bezahlt sie und verlässt mit drei großen Papiertüten das Geschäft, um nach Hause zu fahren.

Dort angekommen, greift sie zielsicher in die Nachttischschublade, um den kleinen stabförmigen Vibrator herauszuholen, den sie sich vor einigen Jahren gekauft hat und der ihr seitdem treue Dienste leistet. Rücklings fällt sie auf ihr Bett und schiebt den Vibrator dahin, wo er seiner Bestimmung nach wirken soll, die Augen geschlossen. Das Kleid hat sie anbehalten, braucht sich nicht ausziehen, nicht dafür. Und dann genießt sie den nur wenige Minuten später zuverlässlich einsetzenden Höhepunkt. Befreiung, Erleichterung. Sie wird den Dämon Marc aus ihrem Bewusstsein einfach herausvibrieren, wird ihre Gedanken an ihn verbannen und wieder die professionelle Vorgesetzte werden, die sie ist. Wenn sie nur nicht das Bild seiner schwarzen Augen, die sie fixieren und nicht loslassen wollen, immer wieder in ihrem Kopf hätte …

Geht aber nicht.

KAPITEL 7

»Ist irgendwas mit dir, du bist so abwesend heute?«, fragt Stacy beim gemeinsamen Mittagessen.
Gerade hat sie von dem schönen Ausflug in den Zoo mit ihrer Tochter erzählt, es war ja herrliches Wetter, und die Kleine hat zum ersten Mal »Koala« gesagt. Rebecca hat es nur halbherzig wahrgenommen, sie denkt an die Planung des neuen Projektes und was sie heute alles noch erledigen muss.

»Tut mir leid, aber ich habe den Kopf ziemlich voll im Moment ...«, entschuldigt sie sich.

Stacy seufzt. »Wenn ich nicht wüsste, dass es doch nur wieder Arbeit ist, die dir den Kopf verdreht, würde ich mich ja für dich freuen. Aber da ich dich kenne, bin ich sicher, geht es nur um dein neues Großprojekt.«

Rebecca lächelt verlegen. »Naja, schon. Aber da ist auch noch was anderes ...«

Stacy beugt sich neugierig über den Tisch, sodass ihre Haare in den Resten ihrer Suppe hängen.

Rebecca entfernt die Haarsträhne aus dem Essen und lacht. »Es ist mein neuer Assistent ...«

»Der französische Schnuckel? Na, kein Wunder, ich hab mich schon seit Wochen gefragt, wann da was geht mit euch. Ich meine, guck dir euch zwei doch mal an: beide wunderschön, beide ehrgeizig – ein Traumpaar!«

Rebecca wird rot. »Nein, nein, so ist es nicht. Er hat auch gar kein Interesse an mir, da bin ich mir sicher. Und ich könnte ja nie etwas mit einem Angestellten ... ich meine, das wäre ja quasi ein Kündigungsgrund!« Sie sieht kurzzeitig erschrocken aus.

»Kündige ihm doch«, erwidert Stacy knapp und lacht. »Er ist es sicher wert. Der hat schon was, so eine Ausstrahlung ...

also ich kann dich gut verstehen.«

Rebecca ist erleichtert. »Wirklich, findest du?«, flüstert sie geheimnisvoll über den Tisch. Leise sprechend beichtet sie ihrer Freundin mit hochrotem Kopf von ihren erotischen Fantasien, die sie manchmal einfach übermannen, ohne ihr Zutun, ohne zu wissen, woher sie kommen. Zum Glück sind die Plätze neben ihnen schon leer, das wäre Rebecca jetzt zu peinlich, wenn jemand davon Wind bekommen würde. Die Hauptabteilungsleiterin und der Assistent – was für ein Klischee! Und die männlichen Kollegen würden sagen: »Typisch, Frauen! Können eben nicht aus ihrer Haut, Beruf und Privatleben nicht trennen. Haben wir uns schon gedacht, warum sie ausgerechnet den attraktiven Franzosen als Assistenten genommen hat.«

Stacy prustet belustigt. »Erotische Träume von deinem Assistenten? Du? Ich hab immer gedacht, wenn du so was in der Art überhaupt hast, dann träumst du davon, dass dir der Vorstandsvorsitzende die Stiefel leckt und dich in den Vorstand beruft.«

Jetzt wird Rebecca knallrot. Sie hatte keine Ahnung, dass Stacy sie *so* gut kennt.

»Quatsch«, sagt sie schnell, »was denkst du denn von mir, ich bin doch nicht aus Stein!«

Stacy zieht eine Augenbraue hoch und schmunzelt.

»Jaja, ich weiß, manche glauben das wohl. Ist aber nicht so, und du müsstest mich doch wirklich besser kennen!«

Ihre Freundin lächelt. »Tu ich doch auch, Liebes. Mach dir keine Sorgen. Erotische Träume sind normal und gesund, egal von wem. Ich hab auch ab und zu welche, von dem Azubi in unserer Abteilung. Verrat das bloß nicht Miguel!«

Rebecca muss lachen bei der Vorstellung. Der Azubi ist gerade neunzehn Jahre alt geworden, dünn, etwas picklig und hat einen blonden Kurzhaarschnitt. Stacys Mann Miguel ist portugiesischer Abstammung, dunkelhaarig, muskulös und immer gebräunt, das genaue Gegenteil.

»Darin liegt ja gerade der Reiz von erotischen Träumen – man träumt doch von dem, was man entweder nicht haben kann oder was man im normalen Leben gar nicht haben will«, erklärt ihre Freundin.

Ja, da war wohl etwas Wahres dran, dachte Rebecca, schließlich wollte sie ja auch im wirklichen Leben niemals dem Vorstandsvorsitzenden beim Onanieren zusehen, und schon gar nicht wollte sie ihm dafür als Wichsvorlage dienen! Sie schüttelt sich kurz bei dem Gedanken und muss zugeben, dass die Träume von Marc immerhin wirklich erotisch sind, aber auch so realistisch, so nah, so intensiv ... und doch so abwegig. Mit ihrem eigenen Angestellten – nein, das ist unmöglich, daran darf sie nicht denken!

***

Oben im Büro ist die Luft stickig.

»Ist die Klimaanlage wieder kaputt?«, fragt Rebecca Natalie.

Sie nickt und fächelte sich mit einem Blatt Papier Luft zu. »Ja, morgen früh wird sie angeblich repariert. Total ätzend, oder? Ich kann mich gar nicht konzentrieren vor Hitze.«

Rebecca entdeckt durchaus die kleine rote Nagellackflasche neben dem Telefon. Natalie macht einen guten Job, da ist ein wenig Nagelpflege während der Arbeitszeit absolut okay.

»Ist Marc nicht da?«, fragt sie nach einem Blick auf seinen leeren Schreibtisch.

»Doch, der ist zu Tisch, mit seiner Freundin.« Natalie zwinkert grinsend.

»Freundin? Seit wann hat er die denn?« Rebecca bemüht sich, die Frage so uninteressiert wie möglich klingen zu lassen und wühlt demonstrativ in ihrer Handtasche nach dem Blackberry, während sie sie stellt.

»Keine Ahnung, ich wusste ja nicht mal, dass er eine hat. So ein kleines blondes Mäuschen war heute Mittag hier und hat ihn abgeholt. Allerdings ist er jetzt schon seit einer Stunde unterwegs. Müsste gleich wiederkommen.«

Kaum hat sie das gesagt, geht auch schon die Tür zum Vorzimmer auf. Marc verabschiedet sich mit der Klinke in der Hand und einem Wangenkuss von der tatsächlich sehr jungen, sehr schüchtern wirkenden blonden Frau.

»Bis später, Chéri«, sagt er und gibt der Frau zum Abschied einen frivolen Klaps auf den Po. Sie kichert verlegen und winkt ihm noch einmal über die Schulter zu, bevor sie sich umdreht und geht.

»Neue Freundin?«, fragt Rebecca ihren Assistenten unterkühlt.

Der grinst vielsagend und zuckt die Achseln. Er hat ja recht, es geht sie nichts an, denkt sie, aber warum demonstriert er ihr dann so direkt, was sie nicht wissen soll? Es ist ja nicht nötig, dass er seine Eroberungen in das Büro mitnimmt. Das wird sie ihm sagen müssen, das ist nicht korrekt.

»Die Präsentation für das Meeting ist vorbereitet. Wollen wir noch einmal zusammen ...?«

Rebecca nickt. »In fünf Minuten bin ich soweit.« Sie geht in ihr Büro und sinkt in den bequemen Drehstuhl. Das leise, begehrliche Kichern der jungen Frau und der Klaps seiner Hand gehen ihr nicht aus dem Kopf. Ein väterlicher, tröstender Klaps war es gewesen, so wie sie ihn früher so häufig von ihrem Vater erhalten hatte, wenn er sie mit anerkennender Strenge lobte. Sie hatte für das Lob ihres Vaters gelebt, das Glück in seinen Augen, wenn sie mit dem besten Zeugnis der Klasse heimgekehrt war, am letzten Tag vor den Ferien. Es war durch nichts zu ersetzen, ließ sie dieses Gefühl von Glück und Zufriedenheit spüren, das er an sie weitergab, sein Stolz floss in sie hinein und erfüllte sie mit Strahlen, und es war egal, dass sie nicht beliebt war in der Klasse, sie, die Streberin. Was war die Anerkennung der Mitschüler gegen dieses Gefühl, das der Vater in ihr wachrufen konnte?

Kapitel 8

Die Präsentation verlief großartig. Der Vorstand war begeistert von dem vorgestellten Projektplan und meldete nicht den geringsten Zweifel. »Rebecca, das klingt nach einem richtig großen Erfolg«, lobt der Vorstandsvorsitzende und schüttelt ihre Hand.

»Danke!« Rebecca strahlt und sieht aufmerksamkeitsheischend zu ihrem Assistenten hinüber, der eine hinreißende, animierte Präsentation gezaubert hatte, völlig untypisch für das ansonsten so konservative Unternehmen. Dem Vorstand hatte es offenbar gefallen.

Als alle den Sitzungsraum verlassen haben, geht Rebecca zu Marc. »Tausend Dank, die Präsentation war richtig gut!«

Marc lächelt. »Keine Ursache. Du hattest ja den größten Anteil am Erfolg, musstest du doch die Herrschaften mit Worten von deinen traumhaften Beinen ablenken.«

Rebecca wird rot. Jetzt flirtet er doch deutlich mit ihr! Sie spürt das Blut in ihren Wangen und ärgert sich, sie ist die Vorgesetzte und sollte kühl bleiben, ihm deutlich zeigen, dass der Ton unangebracht ist. Und doch treibt ihr das versteckte Kompliment in seinen Worten, das erste, das er ihr je gemacht hat, das Blut in das Gehirn. »Findest du den Rock zu kurz?«

Er lächelt wieder. »Ich würde mir ja selber ein Bein stellen, wenn ich jetzt ja sagte. Also werde ich das selbstverständlich nicht tun.« Dann geht er zum Tisch und baut den Beamer und den Laptop ab, den er mitgebracht hat.

Verwirrt geht Rebecca in ihr Büro zurück. Traumhafte Beine … ja, die hat sie, trainiert sie regelmäßig, so wie den Rest ihres Körpers. Sie ist attraktiv, durchaus, das hat sie erst spät herausgefunden, und direkte Komplimente sind noch seltener, als der Wetterbericht von Abu Dhabi im Fernsehen.

Sie ruft Stacy an und berichtet stolz von ihrem Erfolg. Dann muss sie fragen, verunsichert durch seine Worte: »Findest du meine Röcke zu kurz?«

»Bist du verrückt? Wenn ich so eine Figur hätte wie du, würde ich nur noch nackt rumlaufen!«, ruft Stacy empört durch den Hörer.

Rebecca lacht laut. Das hat sie gebraucht, die erfrischende Fröhlichkeit der Freundin, bestärkend und verstehend. Sie legt auf und wendet sich ihrem Laptop zu. Mit einem leisem »Pling« verkündet die Maschine vom Eingang neuer E-Mails. Doch Rebecca kann sich nicht auf deren Inhalt konzentrieren, beseelt von ihrem Erfolg bei der Präsentation, hängt sie ihren Gedanken nach. Der Ruf in den Vorstand rückt immer näher, da ist sie sich sicher. Spätestens nach Beendigung des Projektes muss das ja passieren, das geht gar nicht anders. Gut gelaunt greift sie erneut zum Hörer und ruft ihre Mutter an.

»Kind! Das ist ja schön, dass du mal anrufst und nicht immer nur E-Mails schreibst!« Typisch Mutter, ohne einen kleinen Vorwurf geht es nicht.

Rebecca seufzt. »Ja, ich hab grad furchtbar viel um die Ohren, tut mir leid. Aber ich bessere mich, versprochen.« Ihre Mutter lacht und fragt nach ihrem Liebesleben, ob sie denn noch immer keinen Mann ... Immer dieselben Fragen, immer dieselben Antworten. Rebecca erzählt von ihrem Erfolg, beschreibt das Meeting mit den wichtigen Männern in blumigen Worten, hört die Freude der Mutter durch den Hörer, die dem Vater im Hintergrund zuruft und beinahe jedes ihrer Worte an ihn weiterreicht. Und sie kann die stolzen Augen des Vaters durch den Hörer, über die Entfernung hinweg, auf sich spüren – das Glänzen der Augen, die sagen: »Meine Tochter! Das ist meine Tochter!«

Ihr Vater ist schon seit vielen Jahren Frührentner, er hatte in einem Kraftwerk gearbeitet und war schon mit fünfunddreißig Jahren an einer Staublunge erkrankt. Seitdem lebt er so vor sich hin, mal mehr, mal weniger krank, lebt für seine Familie, seine Tochter, die sein ganzes Glück ist und sein einziges Kind, seine Prinzessin, die er vergöttert und verehrt, und auf die er so stolz ist. Ihre Mutter arbeitet seit vielen Jahren im Krankenhaus als Krankenschwester. Nachtschichten und Wochenenddienste haben sie der kleinen Familie entzogen, häufig ist sie allein gewesen mit ihrem Vater, der manchmal so krank war, dass sie ihn trösten und pflegen musste. Ihr Vater hat immer mit tränenden Augen und lautem Husten gesagt: »Kind, lern was Gescheites, damit aus dir was wird. Guck dir an, wie du sonst endest.«

Sie legt das Telefon zur Seite, sieht aus dem Fenster. In der Scheibe spiegelt sich ihr Gesicht, nur schemenhaft. Die feinen Fältchen, die sich in der letzten Zeit eingestellt haben, die Unebenheiten der Haut sind unsichtbar, ein glattes, herbes Gesicht mit einer etwas zu langen Nase und einem etwas zu sehr vorspringenden, kantigen Kinn.

Sie war nie ein besonders hübsches Mädchen gewesen. Als Kind wurden Freundinnen immer bewundert, weil sie so niedlich, so hübsch, so nett zurechtgemacht waren. Sie hatte immer langweilige mittelblonde Haare, die zu große Nase, einen leichten Silberblick, schiefe Zähne gehabt. Niemand nannte sie je hübsch oder gar niedlich, auch die Eltern nicht. Das typisch Weiche in den Gesichtszügen kleiner Mädchen hatte sie nie gehabt. Die Zähne richtete der Kieferorthopäde Jahre später, doch dafür kamen dann Pubertätsakne und ein viel zu großer Busen dazu, der ihr einige Hänseleien der gleichaltrigen Jungs einbrachte. Erst viele Jahre später hatte sie erfahren, dass Männer ihren üppigen Busen durchaus zu schätzen wussten. Da sie sowieso am liebsten zu Hause am Schreibtisch saß und las und lernte, und im Gegensatz zu den Klassenkameradinnen keinen Gedanken an Jungs verschwendete, war es ihr egal.

Ihren ersten Kuss bekam sie mit sechzehn, von einem Jungen aus ihrer Klasse, der als Streber verschrien war und eine hässliche Brille mit Hornrand trug. Aber er war der einzige gewesen, der sich zu ihr hingezogen fühlte. Sie war zu spießig und uncool gewesen. Für Markenkleidung hatten ihre Eltern kein Geld gehabt und Rebecca hatte für die albernen Hobbys der Gleichaltrigen nichts übrig gehabt.

Ihren ersten Sex hatte sie mit achtzehn, gleichzeitig mit ihrem ersten Alkoholrausch auf dem Jahrmarkt im Dorf. Mit einem der beliebtesten Jungs aus der Schule hatte sie es gleich hinter einem Wohnwagen im nassen Gras getrieben und von dem Abend nicht viel mehr zurückbehalten als einen heftigen Kater und eine Blasenentzündung und die große Frage, warum die anderen Mädchen dauernd über Sex sprachen.

Am College traf sie dann Luke, mit dem sie viele Jahre verbrachte. Der Sex war okay, aber spannungslos gewesen, vorhersehbar schon nach kurzer Zeit. Luke war selbst nicht besonders erfahren, und meistens hatten sie zärtlichen, romantischen Kuschelsex. Aber Luke liebte ihre prallen Brüste, und ab und zu erlaubte sie ihm, seinen Schwanz dazwischen zu drängen und sich mit Hilfe ihres Busens selbst zu befriedigen. Sie guckte dann zu, wie er keuchend seinen Penis zwischen ihrem Busen rieb, und wenn ihr danach war, beugte sie ihren Kopf herab, um seine Penisspitze sacht mit der Zunge zu berühren, wenn diese von seinem Rhythmus getrieben kurz zwischen ihren Brüsten auftauchte. Das machte ihn wahnsinnig. Sie hatte den Sex mit Luke geliebt, weil er innig war. Es war jedes Mal, als verschmölzen sie zu einer Einheit, sie waren nur noch ein Körper. Luke arbeitete immer auf einen gemeinsamen Orgasmus hin, und wenn sie merkte, dass sie heute gar nicht kommen würde, dann tat sie so, als hätte sie ihren Höhepunkt gleichzeitig mit ihm. Das machte ihn wahnsinnig stolz und er badete in seinem Adrenalin, wenn er in ihr gekommen war.

Es war Stacy, die ihr zeigte, wie sie mehr aus sich machen konnte, das harte Gesicht zu weichen Konturen mit Make-up und rosa Rouge verwischen konnte, sodass sie beim Blick in den Spiegel glaubte, durch einen Weichzeichner zu sehen. Sie hatte Rebecca gezeigt, wie man die Augen betont, wie sie ihre vollen Lippen noch stärker zur Geltung bringen konnte und aus den großen, grünen Augen einen verführerischen Augenaufschlag zauberte.

All das Wissen macht heute aus ihr eine durchaus attraktive Frau, das weiß sie. Und ihre Figur hat sie jahrelang trainiert, die kann sich wirklich sehen lassen. Schade, dass niemand in Sicht ist, der ihre Mühen würdigt ...

***

Das Öffnen der Tür reißt sie aus den Gedanken. »Ja?«

Marc steckt den Kopf zur Tür hinein. »Lust auf eine kleine

Pause, zur Feier des Tages?«

Rebecca ist überrascht, aber er hat recht, eine Pause kann sie jetzt gut gebrauchen. »Gute Idee. Wollen wir unten einen Kaffee trinken?«

Marc lacht amüsiert. »Nein, natürlich nicht. Lass mich dich kurz entführen.« Fordernd streckt er seinen Arm nach ihr aus. Ihr wird warm, spürt, wie ein Anflug von lustvoller Aufregung sie durchzuckt. Entführen, mitten am Tag, kleine Pause ... Fast kann sie seine spöttischen Lippen auf ihrem Mund spüren, ja, das wäre eine angenehme Pause ... Sie atmet hörbar laut ein, dann reißt sie sich zusammen, lacht unsicher. »Na gut, warum eigentlich nicht.« Sie zieht ihren Blazer an und greift nach ihrer großen Handtasche. Fröhlich geht sie hinter ihm her durch das Vorzimmer.

Natalie zieht die Augenbrauen hoch. »Was habt ihr denn vor, so ausgelassen?«

Marc zwinkert ihr zu und legt geheimnisvoll einen Finger auf seine Lippen. »Geheimnis.«

Rebecca kichert amüsiert unter dem fragenden Blick der Sekretärin, und Marc hält ihr galant die Tür auf.

Auf der Straße angekommen, steckt sich Marc eine Zigarette an.

»Du rauchst?«

Er zuckt die Achseln. »Manchmal.« Genussvoll zieht er an der Zigarette, pustet den bläulichen Rauch als Kringel aus und zieht die Zigarette kunstvoll durch die kleine Öffnung im Rauchkringel, um sie wieder an seinen Mund zu führen, wo sich die feinen, feuchten Lippen darum legen.

Etwa fünfhundert Meter gehen sie die Straße entlang, zwischen den hohen Bürogebäuden hindurch. Sie kennt die Umgebung gar nicht, kommt immer mit dem Wagen in das

Büro, den sie zielsicher an seinen Platz in der Tiefgarage steuert, keine Zeit für Umwege.

»Wo gehen wir denn hin?« Sie mag Überraschungen nicht. Ein Blick auf die Uhr zeigt ihr, dass es zu früh ist für Feierabend und zu spät für eine Mittagspause. In all den Jahren hat sie das Büro tagsüber nie verlassen, nur ein einziges Mal, als sie krank war und ihr damaliger Chef sie mit vierzig Grad Fieber wütend nach Hause geschickt hatte. Und selbst da hatte sie ein schlechtes Gewissen gehabt und zu Hause mit Laptop und Handy im Bett gelegen – es geht nicht ohne sie.

»Überraschung«, sagt Marc kurz, lächelnd, und nimmt ihre Hand. Die unerwartete Berührung durchfährt sie wie ein Griff auf die heiße Herdplatte. Weich und warm ist seine Hand, die Haut glatt und zart, keine Spur von harter Arbeit, keine männlichen Schwielen, nichts Raues hat sie. Für eine Sekunde durchzuckt Rebecca der Gedanke, wie sich diese Hand auf ihrer heißen Haut anfühlen müsste, streichelnd, sanft und liebevoll. Gänsehaut.

»Hier entlang.« Er zieht sie in eine kleine, düstere Seitenstraße.

Sie legt den Kopf in den Nacken und betrachtet die merkwürdig schmalen, hohen Fassaden der alten Häuser, die rechts und links die Straße säumen. »Hier war ich noch nie. Bist du sicher, dass du hierher kommen wolltest? Hier ist doch nirgendwo ein Kaffee?«

Er geht gezielt auf eine Haustür zu. Das Haus ist aus den vierziger Jahren, die Fassade an vielen Stellen abgebröckelt, die Fenster offenbar noch im Originalzustand, Einfachverglasung und halb vermoderte Holzfenster. Eine große, schwere Holztür versperrt den Eingang. Er drückt auf einen der vielen Klingelknöpfe an der Tür, wartet, ihre Hand noch immer in seiner, hält sie fest, dass sie nicht fortlaufen kann.

Sie atmet schwer. »Marc, wirklich, für solche Späße hab ich keine Zeit ...« Verärgert. Was soll das?

»Ssh«, zischt er durch die Lippen, als sich auch schon die schwere, alte Holztür öffnet.

Die junge blonde Frau von heute Mittag steht im Türrahmen und strahlt. »Willkommen!« Sie beugt den Kopf vor und haucht ihm einen Kuss auf die Wange, erst rechts, dann links.

Mit einem Finger streicht er sacht über ihre Wange und dreht sich zu Rebecca um. »Rebecca«, sagt er nur, richtet den Blick wieder auf die blonde Frau, die sie freundlich anlächelt.

»Entschuldigung«, murmelt sie, kann das Gefühl in ihr nicht einordnen, sie ist verärgert, sie ist nervös, sie ist verwirrt, sie ist ängstlich, warum eigentlich?

»Ich wusste nicht, was er vorhat, sonst wäre ich nicht mitgegangen!« Sie fühlt sich schrecklich, fehl am Platz, überflüssig. Was denkt er sich dabei, sie zu seiner Freundin mitzunehmen, die offenbar auch noch in einem völlig heruntergekommenen Viertel der Stadt in einem ebenso heruntergekommenen Haus wohnt? »Ich sollte besser gehen«, sagt sie noch schnell und dreht sich um.

Doch er greift schnell nach ihrem Handgelenk und zieht sie wieder zu sich. »Du bist eingeladen«, sagt er bestimmend und deutet mit dem Kopf auf den düsteren Hausflur vor ihnen.

Die junge, blonde Frau nickt eifrig. »Selbstverständlich. Ich habe alles vorbereitet für euch, wie du gewünscht hast«, sagt sie beflissen.

Marc lächelt. »Danke.«

Rebecca staunt. Was ist hier los? Was passiert hier? Und wer ist die junge Frau, wenn nicht seine Freundin? Aber vor allem – was hat sie, Rebecca, hier zu suchen? Sie fühlt sich unwohl, als sie den dunklen Flur betritt, ein Eindringling in eine andere Welt, sie gehört hier nicht her. Die alte Holztreppe ist ausgelatscht und knarrt bei jedem Schritt, die Wand ist mit Graffiti beschmiert, vor einer Tür steht eine volle Mülltüte, sie kann die Reste von Lebensmitteln in dem engen Treppenhaus mit der schmalen Treppe riechen. In der dritten Etage öffnet die junge, blonde Frau eine alte Holztür und geht in eine Wohnung. Sie folgen ihr. Rebeccas Handgelenk im festem Griff seiner Hand. Die hohen Decken sind mit altmodischem Stuck verziert. In der Mitte des Wohnzimmers, das sie nun betreten, prangt ein großer alter Lüster mit glitzernden Kristallen, schwere dunkelgrüne Samtvorhänge umrahmen die alten Holzfenster, durch die sie einen Ausblick auf die Hinterfassade anderer Häuser hat. Die Luft ist erfüllt von einem scharfen, unbekannten Duft, der sie neugierig macht.

Unter dem Lüster steht ein großer, weißer Tisch, dessen Füße mit vergoldeten Löwentatzen verziert sind. Louis XIV-Stühle stehen um den Tisch herum, und auf dem Tisch befindet sich ein großer, alter vergoldeter Samowar, aus dem der fremde und doch so einladende Duft dringt. Kitsch, wie in einem schlechten Film. Wie kann man so leben, umgeben von so viel unnützem Kram und Tand, der Vergoldung, der alten Lampe?

»Setz dich.« Marc hat einen der Stühle für sie zurechtgerückt, lächelnd steht er dahinter, einladend.

»Danke«, sagt Rebecca fassungslos und lässt sich auf das dunkelgrüne Samtpolster des Stuhls fallen.

Er nimmt am anderen Kopfende Platz und wartet.

Die Frau namens Angelique geht in den Nebenraum und kommt mit einem silbernen Tablett voller kleiner Törtchen zurück. »Was darf ich dir anbieten? Ich wusste nicht, ob du überhaupt Süßes isst. Daher habe ich verschiedene Varianten gemacht, mit Obst, mit Sahne, mit Alkohol …« Sie lächelt und hält Rebecca das Tablett mit den kleinen Köstlichkeiten unter die Nase.

»Die hast du selber gemacht?«, staunt sie und sieht verwirrt zu Marc hinüber, der die Hände unter dem Kinn verschränkt hat und mit leicht amüsiertem Blick und schiefem Mundwinkel zu den beiden Frauen hinübersieht.

»Ja, Marc liebt meine selbstgemachten Törtchen«, sagt die junge, blonde Frau strahlend und wirft ihm einen beifallheischenden Blick zu.

Rebecca wählt ein Obsttörtchen, das Angelique ihr bereitwillig auf den Teller legt. Ein kleiner duftender Kuchen, belegt mit Erdbeeren, Ananas und einer nach Vanille und Anis duftenden Creme. Die junge Frau geht um den Tisch herum. Er zieht ihren Kopf zu seinem herunter und flüstert etwas in ihr Ohr. Das Mädchen kichert verlegen, macht zu ihrem großen Erstaunen einen kleinen Knicks und legt Marc ein Sahnetörtchen auf den Teller. Dann stellt sie das Tablett wieder auf dem Tisch ab und kehrt zu Rebeccas Platz zurück, um ihre Teetasse zu nehmen.

»Ich habe Tee gekocht, meine Spezialität. Marc liebt ihn, und er ist überaus entspannend und gesund«, erklärt sie und füllt aus dem Samowar einen dampfenden, grünlichen Tee in die zierliche Porzellantasse.

Rebecca ist sich sicher, dass sie in dieser merkwürdigen Stimmung weder etwas essen noch etwas trinken kann, nimmt aber die Tasse dankend entgegen. Sie stellt fest, dass nur zwei Gedecke auf dem Tisch sind.

»Trinkst du keinen Tee mit uns?«, fragt sie die junge, blonde Frau, die gerade auf dem Weg in den Nebenraum, offenbar die Küche, ist.

Die läuft rot an und schüttelt heftig die blonden Locken. »Nein, nein, ich lasse euch jetzt natürlich allein.« Sie huscht hinaus und zieht die Tür hinter sich zu.

»Bon appetit«, sagt Marc und beißt genüsslich in sein Sahnetörtchen.

Rebecca will aufstehen, Empörung durchfährt sie. Sie erwartet eine Erklärung, was soll sie hier, was hat das zu bedeuten, wer ist die Frau und warum hat er sie hergebracht?

Er lacht heiser. »Setz dich wieder hin«, sagt er mit fester und bestimmender Stimme. Rebecca ist so verdutzt über den Tonfall, dass sie ohne weiter nachzudenken gehorcht.

»Angelique ist eine gute Freundin von mir. Sie macht die besten Törtchen und den besten Tee. Trink ihn. Ich habe sie gebeten, dies hier für uns vorzubereiten, zur Feier des Tages.« Er beißt erneut in sein kleines Sahnetörtchen und leckt aufreizend langsam einen Rest Sahne von seinen vollen Lippen.

Rebecca schluckt und greift zu der kleinen Teetasse. Der Tee dampft und riecht fremdländisch, exotisch, lecker. Sie nimmt einen kleinen Schluck, vorsichtig. Die heiße Flüssigkeit rinnt ihre Kehle hinab, sie spürt den ganzen Weg, den der warme Saft in ihrem Körper zurücklegt, bis er sich wie ein wohltuender Schleier auf ihren Magen legt. Ein Gefühl innerer Ruhe überkommt sie, entspannt, gelöst, wohlig warm. Sie schmeckt Ingwer, er ist scharf, aber wohltuend, er öffnet die Poren und die Bronchien, sie kann atmen, schmecken. Gierig trinkt sie erneut. Erinnerungen an die Großmutter tauchen auf, sie sieht die alte Dame in ihrer kleinen Wohnung, einer Puppenstube ähnlich, mit Biedermeiermöbeln und feinen gehäkelten Zierdeckchen. Auch die Großmutter hatte einen Samowar, und wenn darin der Tee brodelte, der den Erwachsenen vorbehalten war und den sie als Kind nie kosten durfte, lag eine ganz besondere, geheimnisvolle Stimmung in der kleinen Stube. So wie hier.

Marc ist ganz still am anderen Ende des Tisches und genießt ebenso wie sie seinen Tee. Sie nippt wieder an der Tasse und schließt die Augen. Ihre Hände, ihre Füße, ihre Arme, ihre Beine, ihr Gesicht – der ganze Körper wird plötzlich warm, eine innere, beruhigende Wärme durchdringt ihren Körper und hüllt sie ein wie eine warme Decke. Sie könnte weinen, so wohl fühlt sie sich.

Schließlich öffnet sie die Augen wieder. Marc beobachtet sie schmunzelnd vom anderen Ende des Tisches. »Hab ich zu viel versprochen?«, fragt er.

Rebecca schüttelt den Kopf. »Es ist wunderbar«, sagt sie leise und stellt die leere Teetasse ab, dann lässt sie sich von ihm hinausbegleiten, hinaus aus der wohligen Wärme dieser anderen Welt, zurück auf die kleine, enge Straße, in der keine Autos fahren und nur wenige Menschen gehen.

»Danke, dass du mich eingeladen hast«, sagt sie.

»Gern«, erwidert er ernst.

***

Rebecca sinkt in ihren Bürostuhl und schaut auf den Laptop. Siebenundsechzig neue E-Mails warten auf sie.

Jetzt nicht. Zu nah und zu intensiv ist die Atmosphäre noch in ihr. Wer ist die junge Frau, die vor ihm einen Knicks macht und für ihn Tee kocht, Törtchen backt, weil er es sich so wünscht? Seine Freundin offenbar nicht, nur eine gute Freundin, kann das wahr sein?

Vielleicht ist sie seine kleine Sex-Sklavin, denkt sie grinsend und klickt ziellos auf der Tastatur herum. Ja, das würde zu ihm passen. Eine kleine Sklavin, die alles für ihn tut. Sie stellt sich vor, wie Marc in der Mittagspause in das schmale, alte Haus geht, vor der schweren Wohnungstür steht und laut und vernehmlich anklopft, bis die junge, blonde Frau ihm öffnet und ihn demütig einlässt.

»Willkommen, Meister«, haucht sie und küsst ihn.

Er setzt sich auf einen der mit Samt bezogenen Stühle und winkt das Mädchen zu sich, sie kniet sich vor ihn, öffnet den Reißverschluss seiner Hose und beginnt, sein Geschlecht mit dem Mund zu liebkosen. Er trinkt währenddessen aus der zierlichen Teetasse und sieht ganz ungerührt aus, die Kopfbewegungen des Mädchens werden immer schneller und heftiger, keine Miene verzieht er dabei, ungerührt lässt er das Mädchen seinen Dienst verrichten. Dann sieht er zu einer Person am anderen Ende des Tisches und lächelt. »Ist es nicht wunderbar?«

Am anderen Ende des Tisches sitzt sie, Rebecca.

Ihr wird heiß. Mit hochrotem Kopf blendet sie die Bilder aus ihrem Kopf aus. Was ist nur los? Ständig taucht er auf, in ihren Gedanken, die Geheimnisse, die ihn umgeben, heizen offenbar ihre Fantasie an, wie in einem schlechten Kitschroman. Und er schürt sie mit seinem Schweigen, seinen Blicken, den ganz kurzen, blitzartigen Einblicken in sein Leben, die er ihr offenbar wohldosiert zukommen lässt, wenn ihm danach ist.

Kopfschüttelnd rutscht sie auf dem Stuhl herum und widmet sich ihren E-Mails.

Kapitel 9

Ein seltener Abend mit Freundin. Stacy hat frei bekommen von Kind und Haushalt, und hat Rebecca zum Essen eingeladen. Sie genießen ein Drei-Gänge-Menü in einem kleinen italienischen Restaurant und trinken einen Rosé dazu.

Stacy prostet ihr zu. »Auf uns«, sagt sie fröhlich und trinkt. »Ach, ich weiß, es ist selten geworden, dass wir so einen Mädelsabend machen, aber ich genieße jeden einzelnen davon.«

Rebecca nickt. Viel zu selten. Keine Zeit.

Sie essen Tomatensuppe, mit Honig frittierten Rucolasalat mit Pinienkernen und ein köstliches Saltimbocca.

Nach dem vierten Glas Wein muss Rebecca sich von der Anspannung befreien, sie braucht den Rat der Freundin, wichtig! Und dann erzählt sie, leise, beschämt, von ihrem Assistenten, von ihren Träumen von ihm, davon, dass er sie nervös macht wie noch kein Mann vor ihm. Seit Jahren verkehrt sie im Büro mit den höchsten Vorstandsmitgliedern des Unternehmens, hält Vorträge und Präsentationen vor der Geschäftsführung. Keiner macht sie nervös, sie ist die Ruhe selbst, souverän und kompetent. Aber er …

»Irgendetwas an ihm macht mich nervös, und er ist doch mein Mitarbeiter. Ich kann es mir nicht erklären.«

Stacy lacht laut. »Ich hab dir gesagt, es ist zu lange her! Du bist einfach geil auf ihn, das ist alles! Und das macht dich nervös! Wie lange ist es jetzt her, dass du das letzte Mal Sex hattest? Drei Jahre? Vier Jahre?«

Rebecca schnauft empört. »Bist du verrückt? Das würde doch kein Mensch aushalten!«

Stacy grinst und winkt dem Kellner zu. »Dann rechne mal nach! Noch eine Flasche Wein, bitte.«

Fünf Jahre ist die Trennung von Luke nun her. Mindestens ein Jahr lang hat sie daran geknabbert und hatte kein Auge für irgendeinen Mann. Dann fand sie heraus, dass Luke seine neue Freundin geschwängert hatte und heiraten wollte. An dem Abend zog sie ihr kürzestes Kleid an, Größe XS, das aufgrund seiner Enge ihre Rundungen perfekt zur Geltung brachte. Dazu elfeinhalb Zentimeter hohe Stilettos, ein pralles Dekolleté, viel zu roter Lippenstift und viel zu viel Parfum.

So aufgebrezelt ging sie in eine klassische Aufreißerbar, ließ ihr langes Haar ungebändigt den Rücken mit dem tiefen Ausschnitt hinabrinnen und saß, die langen Beine dekorativ übereinandergeschlagen, an der Bar.

Drei Cocktails und eine halbe Stunde später hatte sie sich für einen der vielen Verehrer entschieden, die ihr deutliche Avancen gemacht hatten. Ein dunkelhaariger, wesentlich jüngerer Mann südländischer Herkunft machte das Rennen. Sie tranken noch einen Cocktail zusammen, dann verließen sie die Bar gemeinsam und verschwanden um die Ecke in einem dunklen Hauseingang. Sie war betrunken, sie war schön, sie war verletzt und traurig. Eine gefährliche Kombination. Im Stehen, an eine kalte, dunkle und feuchte Wand gelehnt, ließ sie den Latin Lover sein Werk verrichten. Sein Schwanz war schon steif, als sie seinen Reißverschluss öffnete, er zerriss ihren String und drang hemmungslos in sie ein. Es schmerzte zunächst ein wenig, sie war noch nicht so weit. Doch der Alkohol, die Stimmung und die unwirkliche Umgebung taten ihr Übriges. Sein steifes Glied rieb in ihr, er stöhnte an ihrem Hals, saugte an ihrem Ohrläppchen und biss in ihren Nacken. Sie kam noch vor ihm und erschauerte trotz der unbequemen Stellung, in der ihr Rücken unangenehm an dem kalten Stein scheuerte und ihr linker Fuß einzuschlafen drohte.

Als sie fertig waren, verabschiedete sie sich wortlos und ging auf die Straße zurück, um ein Taxi anzuhalten. Der Unbekannte verschwand wieder in der Bar, nachdem er sein Hemd in die Hose zurückgestopft und seinen Reißverschluss hochgezogen hatte. Was war nur damals in sie gefahren? Die ganze Situation war so unnatürlich, so unwirklich gewesen. Aber es hatte sie aus irgendeinem Grund angemacht, sie war durchaus befriedigt, eine kleine Rache nur, aber sie hatte funktioniert.

»Woran denkst du?«

Rebecca sieht auf. »Hm? Ach, ich überlege nur, wie lange es wirklich her ist.«

Stacy schenkt Wein nach. »Das muss ja ewig her sein, wenn du so lange nachrechnen musst!«, spottet sie.

»Jetzt hör aber auf!« Rebecca tut empört. »Na gut, ein paar Jahre sind es wohl tatsächlich ...«

Stacy grinst. »Und da wunderst du dich, dass du geil auf den wirklich gut aussehenden Typen in deinem Büro bist? Himmel, wenn ich nicht verheiratet wäre ...«

Sinnierend blickt Rebecca in ihr Weinglas. Niemals, es war nicht möglich, sie musste ihn aus ihren Träumen verbannen, sich mehr konzentrieren! Ja, dann würde es gehen, vielleicht, wenn er nicht ...

Sie erzählt von dem merkwürdigen Tee mit der sonderbaren jungen Frau, von der Stimmung und Atmosphäre, seinem Blick, der Demut der anderen, die ihr so fremd und doch auch so anregend vorgekommen war.

Stacy ist aufgeregt. »Natürlich kurbelt das deine Fantasie an, das ist doch klar! Was glaubst du, wer sie ist, seine Freundin, seine Sklavin? Vielleicht ist sie ihm etwas schuldig, und er benutzt sie nur?«

Rebecca zuckt die Achseln. »Ach, ich weiß auch nicht. Wahrscheinlich wird es wirklich Zeit, dass ich mir einen Kerl zum Vögeln suche, sonst machen meine Hormone mich noch total irre und ich vernasche irgendwann die arme Natalie.«

Lachend prosten sie einander zu und bestellen doch noch ein Dessert.

Kapitel 10

Es ist wieder Zeit für Strümpfe, der Sommer verabschiedet sich leise, der Herbst kündigt sich schon an. Ziemlich früh dieses Jahr, findet Rebecca. Dafür ist die Bürogarderobe schnell gefunden, ein graues Kostüm mit Bluse, schwarze halterlose Strümpfe – sie hasst Strumpfhosen, die für ihre langen Beine immer zu kurz zu sein scheinen und deren Schritt unangenehm nach unten rutscht, wenn sie darin läuft – hochhackige Pumps mit witzigen kleinen Schnallen vorn. Der Blick in den Spiegel bestätigt ihre Wahl, sie sieht gut aus, seriös und doch sehr weiblich. Die Kombination hat sie perfektioniert in den letzten Jahren.

Heute steht der wichtigste Termin im Projekt an, sie müssen den aktuellen Status im Vorstand präsentieren. Bis elf Uhr nachts haben sie gemeinsam an der Präsentation gebastelt. Um halb eins ist Rebecca endlich todmüde und erschöpft ins Bett gefallen, ohne sündige Fantasien oder Träume.

Die Präsentation ist hervorragend geworden, und sie wird das prima hinkriegen. Wie immer. Sie nimmt noch einen großen Schluck Kaffee aus ihrer Lieblingstasse und geht ins Bad, um die Feinarbeiten vorzunehmen. Pflegecreme, Grundierung, Make-up, Augenbrauen mit einem Stift nachziehen, hell- und dunkelgrauer Lidschatten, schwarzer Lidstrich am Oberlid, die Wimpern kräftig tuschen. Ein Hauch Rouge mit dem Pinsel auf dem Wangenknochen verteilt und der Lieblingslippenstift. Zufrieden betrachtet sie ihr Werk im Spiegel, die Maskerade funktioniert, sie fühlt sich schön, stolz und unnahbar.

Auf dem Weg in die Tiefgarage prüft sie in ihrer großen Handtasche noch einmal, ob sie alles dabei hat. Autoschlüssel, Wohnungsschlüssel, Büroschlüssel, Blackberry, Lippenstift,

Make-up und Rouge zum Nachlegen am Mittag, Taschentücher, Ersatzstrümpfe, falls diese eine Laufmasche bekommen sollten, Tampons, Kugelschreiber, Notizblock, Portemonnaie mit diversen Kreditkarten und Personalausweis, Firmenausweis. Die Handtasche ist neu, sie hat sie erst letzte Woche gekauft. Achthundert Euro für eine Lederhandtasche! Wenn ihre Mutter das wüsste, dass sie so viel Geld für so etwas Unnötiges wie eine Handtasche ausgab, würde sie schimpfen, und Rebecca würde lächeln – das versteht sie nicht. Aber sie musste sich belohnen, für die viele Arbeit, und sie musste die ungestillte Sehnsucht in sich beruhigen, ihre Gedanken ablenken von etwas, das sie nicht haben konnte.

Ihre erotischen Fantasien um Marc hatten ziemliche Auswüchse angenommen, mittlerweile mochte sie ihm kaum noch in die Augen sehen, weil sie fürchtete, er könne ihre Gedanken darin lesen, so durchdringend, so wissend war sein Blick. Das wäre ungeheuer peinlich, sie würde im Erdboden versinken, wenn er auch nur ahnte ...

»Hey, guten Morgen!«, ruft Natalie fröhlich und steht schon mit dem silbernen Tablett in der Tür, als sie das Büro betritt. »Heute ist also der große Tag! Marc ist schon da!«

Rebecca nickt und betritt ihr Büro. Er sitzt wie so häufig morgens auf einem der kleinen Cocktailsessel, seinen Laptop auf dem Schoß. »Fühlst du dich gut vorbereitet, Chéri?«

Sie lacht. »Wunderbar. Dank deiner großartigen Hilfe gestern.«

Er sieht gut aus, trägt einen schmal geschnittenen schwarzen Anzug, der seine schlanke und trainierte Figur betont. Sie würde ihn doch zu gern einmal nackt sehen, denkt sie, während sie den Posteingang beobachtet. Ob er wirklich so eine gute Figur macht, wie es den Anschein hat?

Die Präsentation war gut, der Vorstand war begeistert und machte ihr zahlreiche Komplimente über die gelungene Vorbereitung, und alle befanden, dass das umfangreiche Projekt in den besten Händen des Unternehmens gelandet war. Er war zuversichtlich, dass alles so klappen würde wie geplant.

Im Büro steht Marc, die Arme hinter dem Rücken verschränkt. »Madame«, sagt er und macht eine Kopfbewegung in Richtung eines Cocktailsessels.

Rebecca lächelt. »Was hast du jetzt wieder vor?«

»Setz dich«, sagt er mit fester Stimme und rückt den Sessel zurecht, sodass sie in ihrem Kostüm bequem Platz nehmen kann. Sie lässt sich in den weichen Sessel fallen und streckt die Beine aus. Ihr Rock rutscht gefährlich hoch und gibt den Blick auf den unteren Rand ihrer halterlosen Strümpfe frei. Sein Blick fällt darauf, das kann sie sehen, doch er lässt sich nichts anmerken. Hinter seinem Rücken zieht er eine Flasche Champagner und zwei Glaskelche hervor. »Zeit, uns zu feiern«, sagt er und öffnet mit einem lauten Plopp die Flasche, sicher und selbstbewusst, ohne auch nur einen Tropfen des kostbaren Getränkes zu verschwenden. Er reicht ihr ein Glas und stößt mit seinem Glas ganz sacht an ihren Rand. »Auf dich. Auf uns. Auf das gelungene Projekt.«

Sie trinkt dankbar. Der Alkohol rinnt warm die Kehle hinab und wärmt sie von innen. »Du hast so recht – das haben wir uns verdient. Und weißt du was« – der Champagner hat sie mutig gemacht, beflügelt – »ich lade dich zum Essen ein. In ein feines französisches Restaurant. Was sagst du?«

Er lächelt verwegen und trinkt sein Glas in einem Zug aus. Dann hält er ihr den Arm hin. »Worauf warten wir noch, Madame?«

Sie ergreift selbstbewusst seinen Arm, schwerelos und beflügelt von der mächtigen Mixtur aus Erfolg und Alkohol, und so verlassen sie das Gebäude durch die Tiefgarage.

»Piep«, macht der Mercedes blinkend, als sie seine Türen öffnet. »Wir können mein Auto nehmen«, sagt sie.

Marc bleibt stehen und sieht ihr in die Augen. Dann greift er den Schlüssel aus ihrer Hand. »Gern – aber ich fahre.«

Verdattert sieht sie ihn an. Ihr Mercedes? Ihr Heiligtum? »Äh, ich weiß nicht ...«

Er legt ganz sacht, aber bestimmt, den Finger auf ihre Lippen. »Vertrau mir.«

Sie erschauert von seiner Berührung. Das muss aufhören, denkt sie, wir sind Kollegen, er ist der beste Assistent, den man sich wünschen kann, diese Gedanken gehören hier nicht her. Er ist einfach freundlich und zuvorkommend, alles andere bilde ich mir nur ein.

Im Restaurant bestellt sie noch eine Flasche Champagner, sie will die köstliche Stimmung, die schwebende, gelöste Stimmung, in der sie sich befindet, festhalten, verstärken. Sie trinken und essen Hummer und Quiche Lorraine, eine merkwürdige Mischung aus Luxus, Dekadenz und einfachem Genuss. Sie plaudert, ungezwungen und fröhlich, über die Arbeit, über Kollegen, über das erfolgreiche Meeting heute. Er sitzt ihr gegenüber, leicht nach vorn gebeugt, lauscht ihren Worten, teilt auch die nächste Flasche Champagner mit ihr, hört zu, nickt zwischendurch, kommentiert ihr Geplauder durch Mimik und kleine Gesten, die er mit den schlanken und gepflegten Fingern macht. Sie ist wie in einem Rausch, erzählt von ihren Eltern, ihren Freundinnen, die sie auf dem Weg in die Karriere zurückgelassen hat, in dem kleinen Dorf, in dem sie aufgewachsen ist. Stundenlang, so kommt es ihr vor, redet sie sich ihr Leben von der Seele, kleine Geschichten, nichtssagend eigentlich und doch so bedeutungsvoll für sie. Er scheint jedes Wort zu inhalieren, seine Augen ruhen fest auf ihrem Gesicht, wandern nur zwischen ihren Augen und ihrem Mund umher, suchend nach Emotionen, die das Gesagte auf ihrem Gesicht widerspiegeln. Sie ist betrunken. Aber seine Augen beruhigen sie, die schwarzen Augen, die tief in sie hineinzusehen scheinen und jede kleine Bewegung ihres Gesichtes registrieren, quittieren mit einer Regung, die sie in ihm zu sehen glaubt.

***

Sie fahren mit dem Taxi nach Hause, ihre Wohnung ist das erste Ziel. Als der Fahrer anhält, zögert sie kurz. Soll sie ihn noch raufbitten oder wäre das missverständlich? Wäre es nicht anders herum unhöflich, wenn sie es nicht täte?

Er bemerkt ihr Zögern, scheint ihre Gedanken zu lesen, denn jetzt grinst er, frech und siegessicher. »Ich komme gern mit zu dir, danke«, sagt er forsch und steigt auch schon aus dem gelben Wagen aus.

Sie errötet, lacht unsicher. »Ich wusste nicht, ob es unhöflicher ist zu fragen oder nicht zu fragen.« Champagner ist ihr Lieblingsgetränk, er macht sie mutig.

»Ich habe entschieden«, erwidert er und reicht ihr seinen Arm.

Sie hakt sich unter, schwankt ein wenig, öffnet kichernd, ob ihrer unbeholfenen Versuche, die Tür zu der modernen Wohnanlage und lässt ihn hinein. Sie fahren mit dem Fahrstuhl, direkt in ihre Wohnung hinein, sie macht Licht und stellt erleichtert fest, dass ihre Putzfee, die Gute, heute da war – die Wohnung glänzt und blinkt, wie einem Designkatalog entsprungen.

Marc pfeift durch die Zähne und geht ungeniert durch

den Flur in das Wohnzimmer, wo er sich neugierig umsieht. »Schön«, sagt er. »Etwas kühl, aber interessant.« Er setzt sich auf ihr weißes Designersofa und streckt die langen Beine aus.

»Kaffee?«, fragt sie etwas nervös.

»Cognac, bitte«, erwidert er kurz und zieht eine Packung Zigaretten aus der Jackentasche, sieht suchend zu den Glasfenstern und den Türen. »Und dann möchte ich gern deinen Balkon bewundern.«

Rebecca strahlt. »Balkon ist eine glatte Untertreibung«, prahlt sie und öffnet eine der vielen Türen, die nach draußen führen. »Du kannst darauf einmal um die ganze Wohnung spazieren!«

Er tritt nach draußen und blickt über die Lichter der Stadt, zündet sich eine Zigarette an. Sie geht in die Küche und durchsucht den Schrank nach Alkohol. Hier stehen diverse Flaschen, die meisten davon hat sie irgendwann einmal geschenkt bekommen, von den Kollegen im Büro. Pernod, Wodka, Champagner, Prosecco, Whisky ... und auch ein Cognac. Das ist gut. Sie findet sogar zwei passende Gläser, groß und schwer aus Kristallglas, zwei der wenigen Erbstücke ihrer Großmutter.

Mit den beiden schweren Gläsern in der Hand betritt sie den Balkon.

»Danke.« Er nimmt sein Glas und probiert. »Sehr gut, du hast Geschmack.«

Rebecca lacht. »Nein, habe ich nicht, den habe ich irgendwann mal geschenkt bekommen. Erst auf den dritten Blick habe ich gesehen, dass es Cognac ist.«

Er schmunzelt. Lässig lehnt er an der Balkonbrüstung, ihr zugewandt, in einer Hand die Zigarette, in der anderen das Cognacglas. In dem dämmrigen Licht, das durch die Fenster auf den Balkon hinausscheint, sieht er verlockend aus, geheimnisvoll, düster, die Gesichtszüge zur Hälfte in Dunkelheit gehüllt, die sie nicht sehen kann, nur ahnen. Das schöne Gesicht, denkt sie und spürt ihr Herz bis zum Hals schlagen. Bitte, nein, das darf nicht passieren, das kann nicht ... ihre Knie werden weich, sie muss sich setzen, aber die Balkonstühle hat sie schon in den Keller geräumt, es ist ja Herbst und sie sitzt abends nicht mehr draußen. Mit einer Hand hält sie sich verzweifelt am Balkongeländer fest, um nicht umzufallen … nicht umfallen, nicht schwach werden ...

»Hoppla!« Marc wirft die Zigarette über die Brüstung hinter sich und hält sie fest. »Ist dir nicht gut? Möchtest du dich hinlegen?«

Hinlegen? Oh ja! Und zwar mit dir! Sie sieht ihm fest in die Augen, sein Gesicht ist jetzt ganz nah bei ihr, ein besorgtes Gesicht. Er denkt, sie hat zu viel Alkohol getrunken, dabei ist ihr aus einem ganz anderen Grund schwindelig. Aber das kann sie ihm nicht sagen, sie kann doch nicht sagen: »Ich will dich, ich brauch dich, ich habe seit drei oder vier Jahren keinen Mann gehabt und du machst mich scharf, nimm mich jetzt und hier, auf dem Balkon.« Ihr wird ganz flau bei dem Gedanken, ihre Knie versagen den Dienst und sie spürt noch, wie sie zusammensackt. Dann greifen zwei starke Männerhände nach ihr und tragen sie durch die Balkontür zum Sofa.

»Rebecca?« Marc klingt ernsthaft besorgt. Kein Wunder, sie liegt bleich und halb ohnmächtig auf dem Sofa, ihr Herz rast, ihr ist warm und kalt, schwindelig. Kein klarer Gedanke möglich. War das wirklich nur Cognac, den sie da getrunken hat? Leise stöhnend schließt sie die Augen, versucht, das unmissverständliche Pochen zwischen den Beinen zu ignorieren, zu verhindern. Sie kann nicht ...

»Marc ...«, flüstert sie heiser.

Er beugt sich zu ihr herunter und streichelt sanft ihre Wange. »Chéri, ich hole dir ein Glas Wasser.«

»Kein ... Wasser«, flüstert sie matt. Sie kann nicht mehr, kann sich nicht länger beherrschen, ihre rechte Hand umklammert die Sofalehne, die linke wandert nach oben, seinen Arm hinauf, ein muskulöser Oberarm, stark, sehnig, fest. Sie knetet ihn ein wenig, nur ganz vorsichtig, die Hand gleitet weiter hinauf, bis sie Haut erfühlen kann, weiche, warme Haut, duftend nach Männlichkeit und ihm. Sie spürt seinen Hals, spürt seinen Atem an ihrem Finger, als ihr Finger sich eigenmächtig auf die Suche nach den weichen, zartrosa Lippen macht, dem vollen Mund, den sie jetzt zärtlich streichelt. Dann durchzuckt es sie, durch die Wolke aus Alkohol und Erregung, in der sie zu schweben scheint, hindurch. Was tut sie da? Oh Gott! Erschrocken über ihren eigenen Mut, über die Selbstständigkeit ihres Körpers, der ihr nicht mehr gehorcht, ihren Verstand ausgeschaltet hat und sich einfach unkontrolliert holen will, was er braucht, öffnet sie die Augen. Seine Lippen zucken, das Grübchen am Kinn ist tief, wie sie es noch nie zuvor gesehen hat, die schwarzen Augen dringen in sie ein, wild und behutsam, als seine Hand die ihre bestimmend ergreift und sie festhält.

»Enfin«, flüstert er, endlich, und beugt sich zu ihr herab, um ihren Mund mit seinen Lippen zu verschließen ...

Kapitel 11

Die Herbstsonne dringt durch die große, breite Fensterfront des Wohnzimmers. Träge öffnet Rebecca die Augen und stellt fest, dass sie auf dem Sofa liegt. Nackt. Erschrocken blickt sie sich um. Ihr Kostüm, ihre Wäsche, ihre Strümpfe liegen auf dem Boden verteilt. Auf dem Couchtisch stehen zwei leere Cognacgläser. Ihr Kopf schmerzt, das Licht ist viel zu grell für ihre Augen. Was ist passiert? Was hat sie getan?

Da tauchen Bilder wieder vor ihren Augen auf, ihr wird übel. Oh mein Gott! Was habe ich getan? Wo ist er? Suchend lässt sie den Blick im Zimmer umherschweifen. Wann ist er gegangen?

Stöhnend steht sie auf und reibt mit beiden Händen über ihre Schläfen. Kopfschmerzen. Watte. Kann nicht klar denken. Sie geht langsam ins Badezimmer, auch das ist leer. Schnell in die Dusche, lauwarmes Wasser, das tut gut, wird sie aufwecken aus dem, was hoffentlich nur ein Traum war. Sie hält das Gesicht in den Strahl und prustet.

Sie haben sich geküsst. Er war leidenschaftlich, fordernd, so, wie sie es sich vorgestellt hatte in ihren Fantasien. Er hatte sie langsam und genussvoll entblättert, ihren Körper mit heißem Atem und Küssen bedeckt, ihre Brustwarzen in sich eingesogen, und sie endlich mit seiner Zunge quälend langsam in einen schreienden, bebenden Höhepunkt getrieben. Sie zittert, als sie daran denkt. Die Erinnerung zuckt durch ihren Schoß, sie ist so heftig gekommen, dass sie schreien musste. Er hat gelacht. Er hatte sich nicht einmal ausgezogen, denkt sie, ich habe nicht einmal gesehen, ob sein Körper wirklich so schön ist, wie ich ihn mir vorstelle.

Oh mein Gott, er hat mich mit der Zunge befriedigt! Er hat mich kommen sehen, direkt vor sich, mitten in sein Gesicht bin ich gekommen. Ich kann ihm nie wieder in die Augen sehen, ich kann nicht mehr mit ihm zusammenarbeiten, ich muss ihn entlassen, ich kann ihn nicht ansehen, ich versinke im Erdboden, wenn er mich ansieht. Sie verbirgt das Gesicht in den Händen. Was hat sie getan? Wie konnte sie das nur zulassen?

Schnell trocknet sie sich ab, schon neun Uhr, viel zu spät. Anruf bei Natalie.

»Hey, wo bleibst du denn? Wir warten hier schon seit einer halben Stunde auf dich! Ist alles okay?«

Sie schluckt. »Wir? Wer wartet?«

Natalie lacht. »Marc und ich natürlich, wer denn sonst?«

Jetzt wird sie rot. Knallrot. Sie kann es fühlen, gut, dass sie niemand sehen kann, die Wangen heiß und brennend, als hätte jemand ein Bügeleisen darauf abgestellt. »Ich ... mir geht es nicht gut heute, ich glaube, ich habe mir gestern den Magen verdorben«, stammelt sie. »Guckst du mal in meinen Kalender und sagst die Termine für heute ab? Ich schau nachher von hier aus in meine E-Mails, und wenn was Dringendes ist, stell durch auf mein Handy, ja?«

Natalie brummt. »Nix da. Du warst schon seit Jahren nicht mehr krank, das muss auch mal sein. Marc und ich regeln das schon. Du bleibst zu Hause und kurierst dich aus. Wir sehen uns dann morgen. Gute Besserung!« Erleichtert legt sie auf. Ein Tag Schonzeit. Bei dem Gedanken daran, dass er allen Kollegen erzählen könnte, was gestern passiert ist, wird ihr flau im Magen, muss sich übergeben, muss ohnmächtig werden, muss sterben.

Dann ruft sie Stacy an, sie soll herkommen, schnell, ein Notfall, sie muss erzählen, muss sich erleichtern, Stacy weiß Rat, ganz sicher, Stacy weiß immer, was zu tun ist. Sie hört noch, wie Stacy ihrem Chef zuruft: »Mein Kind hatte einen Unfall im Kindergarten, ich muss sofort weg.« – Die Gute!

Kaffee. Schwarz, sämig, dunkel und stark. Den braucht sie jetzt, er soll sie aufwecken aus diesem Albtraum, diesem surrealen Erlebnis, dessen Erinnerung ihren Magen verknotet und in ihrem Leib umherdreht, gleichzeitig wie ein Messer in ihren Schoß fährt und die Feuchtigkeit zurückholt, die ihr sagt, dass es kein Traum war, zu intensiv. Sie kann seine Zunge wieder fühlen, rau und fest, fordernd und verführerisch, unnachgiebig und sanft, und möchte weinen. Sie hat sich noch nie zuvor von einem Mann lecken lassen. Luke mochte das nicht und bei ihren wenigen Affären und One-Night-Stands hatte sich das nie ergeben. Sie hatte keinen Gedanken daran verschwendet, es wäre ihr wohl auch zu peinlich gewesen, schmeckt nicht, riecht nicht gut. Sie steckt einen Finger in ihre Vagina und zieht ihn wieder heraus, riecht daran – süßlich und ein bisschen herb, aber nicht unangenehm. Sie steckt den Finger in den Mund und schmeckt zum ersten Mal in ihrem Leben den Geschmack ihrer eigenen Lust, der sie mit beißender Sehnsucht erfüllt, bitter und zart, ein wenig scharf.

Es klingelt. Stacy steht vor der Tür, mit Schokoladenmuffins bewaffnet. Rasch zieht sie die Freundin in das Wohnzimmer, schluckt, um tief Luft zu holen, und erzählt leise, mit hochrotem Kopf und gesenktem Blick, vom gestrigen Abend. Sie hat schon oft mit Stacy über Sex geredet, das war nie ein Problem gewesen unter ihnen, häufig haben sie gemeinsam gelacht über ihre Erlebnisse, hatten Tipps ausgetauscht. Stacy hört geduldig zu, ohne zu unterbrechen, dann lacht sie.

»Du bist ja eine!« ruft sie. »Klingt doch gut, ich weiß gar nicht, was du hast? Ein Mann, der gut lecken kann, ist doch Gold wert! Mein Gott, das hätte ich auch mal wieder gern, aber Miguel macht das nicht ... katholisch erzogen.« Sie grinst schief. »Ach, das wurde doch auch Zeit!«

Rebecca guckt sie entgeistert an. »Bist du irre? Das ist nicht nur peinlich, das ist einfach unmöglich! Ich habe mich von meinem Angestellten lecken lassen! Ich bin in seinem Gesicht förmlich explodiert! Ich kann ihm nie wieder in die Augen sehen! Ich muss ihn entlassen!« Wieder schießen verzweifelte Tränen in ihre Augen.

Stacy rät, mit ihm zu sprechen, sich für den Ausrutscher zu entschuldigen und klarzumachen, dass es sich um ein einmaliges Versehen handelte.

Als die Freundin sich verabschiedet, ist Rebecca immer noch flau und übel, sie kann den Gedanken an seine flinke, bewegliche Zunge nicht verdrängen, ihre Knie werden weich, sobald die Erinnerung in ihren Kopf hineinschießt, unkontrollierbar, nicht auszuschalten. Eine Sinfonie in ihrem Schoß, eine geheimnisvolle Melodie, unbekannte Gefühle, das erste Mal. Wie soll sie je wieder professionell mit ihm arbeiten können?

KAPITEL 12

Der nächste Tag ist schrecklich, der Himmel unheilvoll grau und wolkenverhangen, Nieselregen. Heute muss sie ins Büro zurück, sie hat kurz darüber nachgedacht, ihn einfach zu entlassen, es wäre so einfach, Flucht aus der Bredouille. Aber das geht natürlich nicht, nicht in so einem großen Unternehmen, ohne Grund, da stünde der gesamte Betriebsrat vor ihrer Tür und sie würde erklären müssen, aber nicht können.

Der Blick in den Spiegel gruselt sie, in ihren Augen sieht sie noch immer die Lust von vorgestern leuchten, jeder würde es sehen können. In ihrem Schoß brennt es, wenn sie an ihn denkt. Nervös zieht sie sich an. Weiße Bluse, schwarzer Hosenanzug mit Nadelstreifen, das Sakko ist weit geschnitten und hochgeschlossen. Flache Schuhe, keine High-Heels, ausnahmsweise. Das Make-up kaum sichtbar für ungeübte Augen, ohne Lidstrich und Lippenstift, nur ein Hauch rosa Lipgloss, um nicht ganz nackt zu sein. Das Haar bindet sie zu einem straffen Knoten am Hinterknopf zusammen und wünscht sich, eine Brille zu haben, eine Brille würde helfen, Distanz zu schaffen, ein Schutzschild zwischen ihren Augen und seinem stechenden, durchdringenden Blick. Leider brauchte sie noch nie eine, und eine Sonnenbrille wäre in Anbetracht des Nieselwetters dann doch zu albern, zu durchsichtig gewesen.

Der Weg ins Büro ist heute schmerzhaft. Ihr Magen krampft sich vor Aufregung zusammen, zwischendurch hat sie das Gefühl, sich übergeben zu müssen, und dann betritt sie aufgeregt das Vorzimmer.

»Hey! Geht es dir besser? Du siehst noch etwas ... blass aus«, sagt die Gute besorgt.

Rebecca lächelt gequält. »Geht schon wieder, danke.« Ängstlich sieht sie sich um, kein Marc in Sicht. Erleichterung, aber doch nur ein Aufschub, irgendwann wird er ja kommen, irgendwann wird sie ihn ansehen müssen und sich anstrengen, nicht rot zu werden, nicht vor Scham im Erdboden zu versinken. »Ist Marc noch nicht da?«

Natalie nickt. »Doch, ist er. Er wartet in deinem Büro.« Ein Schlag in die Magengrube trifft sie, schmerzhaft. Immerhin erspart er ihr die Peinlichkeit, ihm vor Natalies Augen entgegentreten zu müssen, wie aufmerksam.

Hastig betritt sie ihr Büro und zieht die Tür ruckartig hinter sich zu. Hier fühlt sie sich geschützt, hier ist sie die Chefin, das ist ihr Reich, hier hat sie sich bereits bewiesen, was soll schon passieren? Nicht hier, nicht in ihrem Büro.

Er steht am Fenster. Als er die Tür hört, dreht er sich langsam um und lächelt. »Guten Morgen, Chéri. Geht es dir besser?«

Sie schnappt hörbar nach Luft, er weiß doch wohl, dass sie nicht wirklich krank ...? »Ja, danke«, sagt sie heiser und eilt zu ihrem Schreibtisch, hinter die schützende Barriere, die Bastion der Sicherheit. Warum sagt er nichts?

Nüchtern erklärt er, dass er gestern zwei Termine für sie wahrgenommen habe, die Zusammenfassung könne sie in ihren E-Mails finden, unspektakulär. E-Mails. Bestimmt hat er ihr eine E-Mail geschrieben, vorgestern. Wieso ist sie nicht früher darauf gekommen? Diskret, seriös, professionell. »Pling«, macht der Laptop. Einhundertsechsundfünfzig neue E-Mails. Mist, die kann sie jetzt nicht alle durchsuchen. Seinen stechenden Blick fühlt sie auf ihrer Haut brennen, er beobachtet sie amüsiert, neugierig, wartet auf eine Reaktion. Da ist eine E-Mail von Marc, der Name leuchtet förmlich auf dem Bildschirm. Das Protokoll seiner Meetings, weitere E-Mails von ihm kann sie auf die Schnelle nicht entdecken.

»Alles gut?«, fragt er und setzt sich auf einen der Cocktailsessel. Sie sieht ihn überrascht an, zwinkert ungläubig, fährt sich verunsichert durch die Haare, räuspert sich, vertraut ihrer Stimme nicht, die bestimmt brechen wird, wenn sie jetzt etwas sagt, oder noch schlimmer, sie wird weich und weiblich, vielleicht sogar wollüstig, klingen, kaum hörbar für normale Menschen. Doch er wird es hören, das feine Vibrieren in den Stimmbändern, das ihm verrät, was durch ihren Kopf geht, durch ihren Schoß.

»Alles gut«, erwidert sie so kurz wie möglich, um zu prüfen, ob ihr Kehlkopf noch gehorcht. »Ich muss erst meine E-Mails lesen, danach können wir uns an die Tagesplanung machen.« Sie sieht vom Laptop auf und demonstrativ zur Tür.

»Gut«, sagt er. »Ich warte vorn, bis du bereit bist für mich.

War das eine anzügliche Zweideutigkeit? Sie schluckt, als er ihr kurz zunickt und das Büro verlässt.

Sie ist wütend auf sich. Warum hat sie ihn nicht einfach angesprochen auf den Abend, hat nicht gesagt, was sie sagen will, dass es ihr leid tut, dass es ein Ausrutscher war, zu viel Champagner, zu lange allein, beseelt von seiner Aufmerksamkeit, die er ihr entgegengebracht hat, übermütig von Erfolg und Alkohol, mutig von seiner stummen Zustimmung. Sie blättert durch die E-Mails, keine weitere E-Mail von Marc, keine Nachricht für sie, weder versteckt noch offensichtlich.

Der Tag braust wie ein Schnellzug an ihr vorüber, wenig Zeit für Gedanken, für Scham und Entschuldigung, ein Meeting jagt das nächste. Marc ist distanziert und professionell, kein Wort, keine Andeutung. Das hält sie nicht aus, sie will mit ihm darüber sprechen, will sich entschuldigen, schließlich hatte sie begonnen, ihre gute berufliche Zusammenarbeit zu ruinieren. Sie war es ja gewesen, die den Anfang gemacht hat, ihn eingeladen hat, und sie war es gewesen, die sich nicht gewehrt hat, als er seine Zunge zwischen ihren Beinen spielen ließ, wollüstig und unverschämt.

Erst am Abend steckt sie den Kopf durch die Tür und sieht in das Vorzimmer, will ihn zu sich bitten, als sich die Tür öffnet und eine attraktive, rothaarige Frau hereinkommt. Sie trägt seltsamerweise einen Pelzmantel, der mit einem breiten Ledergürtel eng um ihren Leib gewickelt ist. Es ist früher Herbst, viel zu warm für einen Pelzmantel, denkt Rebecca.

Die Frau lächelt strahlend, er lächelt zurück, begrüßt sie mit einem zarten Kuss auf die Wange. »Bonjour, Chéri.«

Rebecca schluckt. Sie will nicht Zeugin dieser Szene sein, kann sich aber auch nicht abwenden, sich einfach zurückziehen in den schützenden Kokon ihres Büros. Fasziniert bleibt sie im Türrahmen stehen und beobachtet, atemlos.

»Ich komme später zu dir«, sagt er mit seiner tiefen Stimme und sieht Rebecca an, die schwarzen Augen forschend und fest auf ihr Gesicht gerichtet, die Lippen amüsiert schmunzelnd nach oben verzogen, nur ganz leicht. Doch sie sieht es, spürt, dass er in sie hineingesehen hat und den wahnsinnigen, unsinnigen Anflug von Eifersucht erkannt hat, den sie plötzlich und unerwartet in sich spürt. Warum?

***

Eine gute Stunde später öffnet sich ihre Bürotür. Es ist spät, sie will nach Hause, die Füße hochlegen und sich vom Fernseher berieseln lassen, die Gedanken dort, wo sie nicht sein dürfen.

»Ist es jetzt gut?«, fragt er.

Rebecca nickt und steht auf.

Er schließt die Tür und tritt mit lässigem Lächeln im Gesicht auf sie zu. »Was kann ich für dich tun?«

Da – das war eindeutig zweideutig gemeint. Oder nicht? Sie ist verwirrt. »Marc, ich ... ich weiß gar nicht, wie ich anfangen soll ...«

Er zieht eine Augenbraue hoch und steckt die Hände in die Taschen seines Jacketts, gibt ihr mit seinem festen Blick zu verstehen, dass er jetzt keinen Rückzieher dulden wird, er will es hören, er will, dass sie es ausspricht, das Unaussprechliche, will von ihr hören, dass sie sich schämt, und gleichzeitig in ihre Augen sehen und verstehen, dass es ihr gefallen hat. Natürlich hat es das, das weiß er, er hat es gesehen und gehört. Was soll sie nur sagen? Du hast mich zum geilsten Orgasmus meines Lebens geleckt und tust den ganzen Tag lang so, als sei nichts passiert? Geht nicht! Ihre Gedanken geraten ins Trudeln. Just hat sie wieder an seine Zunge gedacht, an seine weichen Lippen. Sie könnte in seinen Augen versinken, sie möchte seine Haut an ihrer spüren, sie möchte ihn anfassen, ihn küssen ... ihr wird schwindelig.

Marc streckt rasch die Hand aus und stützt sie. »Nanu – du scheinst in meiner Gegenwart neuerdings ein Gleichgewichtsproblem zu entwickeln.« Er grinst frech.

Sie sieht ihn an. Jetzt ist es passiert. Sie kann sich kaum beherrschen, der grinsende Mund, das Grübchen am Kinn, die Augen …

»Bitte«, haucht sie, »Marc …« Er muss doch sehen, was in ihr vorgeht! Sie kann sich nicht lösen, kann sich nicht trennen, diese unheilvolle Verbindung, das schmerzhafte Pochen in ihrem Schoß, der so ungestillt und unkontrolliert klarmacht, was er will. Was sie will. Sie geht einen Schritt weiter auf ihn zu, öffnet die Lippen, nur ganz wenig, kaum sichtbar, aber er muss verstehen, er wird wissen …

»Nicht hier«, sagt er bestimmt, dirigiert sie zu einem Sessel und nötigt sie, sich hinzusetzen. »Komm morgen Abend zu mir, um zehn Uhr.« Mit einem Kugelschreiber schreibt er in eleganten, geschwungenen Buchstaben einen Straßennamen auf den Notizblock, legt den Zettel auf den kleinen Tisch und verlässt wortlos das Büro.

Kapitel 13

Sie ist ungewöhnlich früh zu Hause. Eine Verabredung – kann sie das so nennen? War seine Einladung als positive Reaktion auf ihre Sehnsucht zu werten oder will er ihr nur sagen, was sie ihm zu sagen gedenkt, dass sie seine Vorgesetzte ist, dass sich das nicht wiederholen kann, dass sie professionell bleiben müssen?

Der Aufenthalt vor dem Kleiderschrank dauert heute unverhältnismäßig lang. Sie weiß nicht, was er ihr sagen wird, was sie ihm sagen will. Der Gedanke an ihn, seine behände Zunge, die ein französisches Gedicht auf ihre Klitoris geschrieben hat, lässt ihre Knie zittern und jagt Schauer durch ihren Körper, die sie bis in den kleinsten, verborgenen Nerv spürt. Sie ist nur »geil« auf ihn, wie Stacy so schön sagte. Das tröstet sie, das kann auch Frauen passieren. Warum sollen nur Männer so denken und beim Anblick einer attraktiven Frau sexuelle Fantasien entfachen? Männer denken alle zehn Sekunden an Sex, das hat sie mal irgendwo gelesen und gestaunt. Kein Wunder, dass sie so eine rasche Karriere hinlegen konnte in dem männerdominierten Unternehmen. So viel verschwendete Energie, so viel Zeit mit unproduktiven Gedanken vergeudet. Lächerlich.

Sie entscheidet sich für ein kurzes, schwarzes Kleid, das nur knapp über dem Knie endet, nicht zu sexy, aber auch nicht zugeknöpft. Sie weiß noch nicht, was der Abend bringen wird, für sie, für ihn, für ihre Möse ... Sie ist zufrieden mit sich. Die Haare steckt sie nur locker am Hinterkopf zusammen.

Nervös steigt sie in ihren Mercedes. Das beruhigende Gefühl der Macht stellt sich wieder ein, als sie den Motor startet und auf der Fahrt viel zu schnell, viel zu heftig, beschleunigt. Sie ist die Chefin, sie ist die Vorgesetzte, sie wird entscheiden, ob und wie es weitergeht. Wenn sie nur selbst wüsste ... Sie blickt in den Rückspiegel und dreht ihn so, dass sie ihr Gesicht sehen kann. Nur ein Hauch von Make-up, nicht zu viel, kein roter Lippenstift. Nur nicht zu verführerisch aussehen, keine Schwäche zeigen.

Das Navigationssystem behauptet, das Ziel in fünfzehn Minuten zu erreichen. Es ist halb zehn. Sie fährt langsamer und sieht sich die Gegend an, sucht einen Parkplatz und geht den Rest des Weges zu Fuß weiter. Schöne alte Häuser, villenartig, stehen hier, mit großen Vorgärten und kleinen Toren oder Zäunen versehen. Wohnt er hier, in einem dieser Häuser? Wie kann er sich das leisten?

Die angegebene Adresse hat sie erreicht. Im zweiten Stock ist Licht, die anderen Etagen sind dunkel. Eine Mauer ist um das Haus gezogen, ein gusseisernes Tor versperrt den Weg zu einer Kieseinfahrt. Drei Schilder an den Klingeln: »Centrum Communications ltd«, »Indax Services«, und ganz oben steht schlicht »Lavie«. Zaghaft drückt sie auf den weißen Knopf und wird von dem plötzlich eingeschalteten Licht geblendet, dann hört sie ein Summen, drückt gegen das kleine, eiserne Tor, das sich tatsächlich öffnet. Über den nun hell angestrahlten Kiesweg geht sie auf die große Haustür zu. Die schwere Holztür öffnet sich, als sie sich vorsichtig dagegenpresst. Im Hausflur eine breite Marmortreppe, ein geschwungenes schwarzes Holzgeländer. Sie geht die Treppe hinauf, an einer verschlossenen Tür vorbei, im zweiten Stock ist die Wohnungstür geöffnet. Sie tritt ein und zieht die alte Holztür leise hinter sich zu. Ihr Herz pocht bis zum Hals, Angst und Erwartung, Lust und Sehnsucht, Sorge und Ohnmacht. Das Blut rauscht in ihren Ohren, sie denkt an die großen Muscheln, die sie bei ihrer Großmutter als Kind immer bestaunt und an ihr Ohr gehalten hat. Erst viele Jahre später wusste sie, dass es nicht das Meer war, das sie in der großen Muschel hören konnte, sondern nur das Rauschen ihres eigenen Blutes, dessen sonst so zarter, kaum wahrnehmbarer Ton durch den Klangkörper der Muschel um ein vielfaches verstärkt zurückgeworfen wurde. Was erwartet sie, was sucht sie hier?

Der Flur ist schummrig. Sie fühlt einen dicken, schweren Teppichboden unter ihren Füßen, nur eine kleine Lampe mit einer kerzenförmigen Glühbirne an der Wand spendet wenig Licht. Bedruckte Stiltapeten, weiß und cremefarben, voller Ornamente. »Hallo?«, ruft sie leise, fragend. Wie Alice im Wunderland steht sie vor der geheimnisvollen Tür in ein fremdes Land, hin- und hergerissen von Neugier und Furcht. Soll sie gehen oder nicht? Sie ist doch geschrumpft, jetzt passt sie hindurch.

»Geradeaus, Chéri«, hört sie seine wohlklingende Stimme. Sie geht die wenigen Schritte durch den schmalen, hohen Flur und schiebt vorsichtig die vor ihr liegende Holztür mit dem vergoldeten, kitschigen Türknauf auf. Das Wohnzimmer raubt ihr den Atem. Eleganter Parkettboden, eine dunkelrote Chaiselongue vor einem offenen Feuer, an den Wänden hängen schwarz-weiße Fotografien von Menschen in goldenen, verschnörkelten Rahmen, sie wirft einen schnellen Blick aus den Augenwinkeln darauf, über fünfzig müssen es sein. Eine Ahnengalerie? An einer Wand steht ein altes, antikes Buffet. Die Mitte des großen Raumes nimmt ein massiver Tisch aus einem seltenen, fast schwarzen Holz ein, um ihn herum sechs große Stühle mit Armlehnen und Polstern. Vorhänge vor den Fenstern, ein brokatähnlicher schwerer Stoff, altmodisch und sicherlich teuer, das kann sie sehen. Auf der Chaiselongue liegt Marc in einem langen Bademantel mit englischem Karo, nackten Füßen und einer Zigarette in der Hand, ein Cognacglas auf dem Tisch. Der Duft des Alkohols liegt schwer und süßlich im Raum und hat sich mit dem beißenden Aroma der Zigarette vereint. Er macht keine Anstalten, sich von seiner Liege zu erheben, lächelt und macht eine angedeutete, winkende Geste mit dem Arm.

»Komm her, Chéri«, sagt er.

Sie schluckt, sie will gehen, sie will fort, will raus aus diesem Panoptikum, aus diesem Klischee, fort von der nackten Haut, die sie unter dem Bademantel sehen kann, will ihn nicht ansehen, will den forschen und lockenden Blick der schwarzen Augen nicht länger auf sich spüren. Doch wie von einer verborgenen, hauchzarten Schnur gezogen spürt sie, dass ihre Beine langsam über den Holzboden gehen, auf ihn zu. Willenlos.

»Setz dich zu mir«, sagt er, entblößt eine kräftige, muskulöse Wade, als er sich auf der Chaiselongue zurechtsetzt, um ihr Platz zu machen. »Ich wusste, dass du kommen würdest«, flüstert er jetzt, ganz nah an ihrem Ohr.

Sie spürt seinen heißen Atem auf ihrer Haut, die Nackenhaare richten sich auf, sträuben sich, sie will etwas sagen, doch ihre Stimme verweigert sich ihr, kann nicht reden, kann nicht denken. »Ich ...«, beginnt sie mit brechender Stimme, doch bevor sie weitersprechen kann, hat er sie schon zu sich heruntergezogen und küsst sie leidenschaftlich.

Sie lieben sich auf der Chaiselongue. Sein Körper ist noch schöner, als sie ihn sich erträumt hat, immer wieder gleiten ihre Finger über die feste, straffe Haut, unter der sich wohlgeformte Muskeln spannen, und endlich, endlich kann sie sich davon überzeugen, dass sein Schwanz so prachtvoll, stramm und lustvoll erigiert ist, wie sie es sich gewünscht hat. Er erscheint ihr beinahe übermächtig groß, sie ist ein wenig erschrocken, als sie ihn mit zitternden Händen entblößt hat, die Augen fasziniert auf den beinahe bedrohlich wirkenden Schwanz gerichtet, in den erregenden Anblick vertieft. Marc lacht heiser, als er ihre Furcht bemerkt, und versenkt seinen Kopf in ihrem Schoß, um sie auf seine pralle Männlichkeit vorzubereiten, die kurz nach ihrem ersten Orgasmus in ihre nasse, offene Möse eindringt. Sie stöhnt, sie keucht, sie schreit, zerkratzt ungehemmt seinen Rücken. Er gleitet hinein und wieder heraus, vögelt sie kreuz und quer über die breite Chaiselongue, wechselt die Stellung nach wenigen Stößen, bis sie nicht mehr denken kann, nicht mehr atmen kann, nur noch fühlt. Sie verschmilzt mit ihm. Das Feuer wirft rote, flackernde Schatten auf ihre Körper, und sie kann nicht ablassen von ihm, auch als er laut aufstöhnend in ihr kommt und ihren vollen Busen fest an sich drückt, will sie weitermachen, nicht aufhören – mach weiter, hör nicht auf ...

***

Erschöpft liegt sie auf ihm, die Augen geschlossen, die heiße Wange auf seiner warmen, vom Schweiß feuchten Haut, die nur von wenigen Haaren bedeckt ist. Sie wird ihn nie wieder ansehen können, alles verdorben, Scham und Trauer darüber, dass es vorbei ist, Angst, dass sie mit der sie jetzt ausfüllenden Leere leben muss, ohne ihn.

Er hebt ihr Kinn und dreht ihr Gesicht zu seinem. »Chéri, was ängstigt dich?« Er kann es lesen, liest in ihren Gefühlen wie in einem Buch. Keine Regung, kein Zucken der feinen Muskeln im Gesicht entgeht ihm, er ist ein guter Beobachter, sein stechender Blick fixiert das Gegenüber wie ein geduldiger Jäger, der auf der Lauer liegt und auf sein Opfer wartet, ganz ruhig und unbeweglich, der darauf wartet, dass es einen Fehler macht, eine Regung von sich gibt, die ihm sagt: »Jetzt kannst du abdrücken, jetzt ist es dein.«

Sie lacht verlegen. »Ich weiß nicht ... ich kann nicht ... ich will nicht.« Sie stockt verzweifelt. Was will sie eigentlich sagen? Noch nie war ihr Kopf so leer gewesen, waren die Worte, die sie suchte, einfach verschwunden, der Muttersprache nicht mehr mächtig, eine Fremde in einem Land, deren Sprache sie nicht versteht, nicht begreift, die etwas sagen will und doch nicht kann.

Er küsst sie leidenschaftlich, seine Lippen verschließen ihren Mund und hindern sie am Weitersprechen. Dann streichelt er sanft ihren Rücken, ihren Po, ihre Schenkel. Sie erschauert, bebt unter seiner Berührung. »Niemand muss wissen, was wir tun. Mystère«, flüstert er.

Wie kann das geschehen? Sie seine Geliebte, seine Vorgesetzte? Niemand weiß davon, ihr Geheimnis, darf nicht darüber sprechen ...

Erlösung, das ist eine Lösung, das ist gut, das ist wunderbar, das ist mehr, als sie erhofft hat. Wird sie es schaffen, ihm im Büro zu begegnen, ohne sich nach ihm zu verzehren, nach dieser wunderbaren Haut, diesem unnachahmlichen Duft, der diese Gefühle in ihr wachruft? Sie will es versuchen, das ist doch das Wenigste, es kann doch funktionieren. Wer weiß schon, was die Zukunft bringt. Sie muss es versuchen, sie ist noch nie ein Aufgeber gewesen.

Ihr Blick fällt auf die Bilder an der Wand, es sind Frauen in den Bilderrahmen. Schwarz-weiße Fotografien von schönen Frauen, junge und ältere Frauen, in Nahaufnahme als wunderschöne, sinnliche und doch auch traurige Porträts fotografiert.

»Wer ist das?«, fragt Rebecca und wendet den Kopf, um ihn sehen zu können. Doch sie erhält keine Antwort, nur ein geheimnisvolles Lächeln, bevor er sich erneut ihrer noch immer brennenden, feuchten Haut widmet.

Stunden später, so scheint es, steht er abrupt auf, streift seinen Morgenmantel über und verlässt diskret das Wohnzimmer, nachdem er ihr gesagt hat, dass sie nun nach Hause gehen müsse, in ihr Zuhause, sie kann nicht hierbleiben. Beschämt zieht sie sich an, viel zu hektisch, das Kleid nicht richtig geschlossen, und verlässt über die breite Marmortreppe das Haus. Unten am Tor hört sie wieder das Summen. Das Tor öffnet sich für sie. Hastig eilt sie zu ihrem Auto und fährt in ihr modernes Penthouse zurück. Alice kehrt heim. Vorerst. Bisher hat sie nur einen kleinen Blick in das Wunderland gewagt. Was sie noch erwartet, hätte ihre Vorstellungskraft gesprengt.

Kapitel 14

Whirlpool. Warm, beruhigend. Ideal zum Nachdenken. Eine Woche ist ihr Besuch in seiner Wohnung nun schon her, und eine weitere Einladung von ihm erfolgte bis jetzt nicht. Sie wagt nicht, ihn zu bitten, zu ihr zu kommen, obwohl sie sich nach ihm verzehrt, sein Anblick treibt ihr qualvolle Lust in den Leib, ganz nah und doch weit weg, unerreichbar. Ab und zu zwinkert er, wenn sie allein sind, sodass sie sich vorstellt, es sei eine geheime Einladung, oder er streicht sich nahezu beiläufig kurz über den Schritt, wenn er genau weiß, dass sie gerade hinsieht. Dann muss sie sich beherrschen, um nicht laut zu keuchen. Doch im Büro, das weiß sie, muss sie professionell sein, ihnen beiden zuliebe.

Das Projekt läuft weiterhin erstaunlich gut, was auch sein Verdienst ist. Er ist ein perfekter Organisator, er hält ihr überflüssige Termine vom Hals und bereitet wichtige Meetings akribisch und voller Perfektion vor. Er ist ein großartiger Assistent. Im Büro ist sie die Chefin, er respektiert das auch, befolgt ihre Anweisungen, korrekt und genau, ohne je ein Wort der Widerrede. Sie sind ein hervorragendes Team, als würden sie schon seit Jahren zusammenarbeiten.

Außer Stacy hat Rebecca kaum Freunde. Sie hat viel zu viel gearbeitet in den letzten Jahren, viele Freunde waren nach der Trennung von Luke in der Versenkung verschwunden. Die einzigen Bekannten sind die Kollegen und Mitarbeiter im Unternehmen. Ab und zu trifft man sich auf eine Pizza nach der Arbeit, Sommerfest, Weihnachtsfeier, alles ganz unverbindlich, belangloser Smalltalk und Geplänkel über andere Kollegen, vor allem Reden über die Arbeit, das verbindet sie ja miteinander, die so unterschiedlichen Menschen. Stacy ...

zu gern würde sie ihr von ihren Seelenqualen erzählen, so wie früher, mit sechzehn. Der erste Liebeskummer – der attraktive Ben aus der dreizehnten Klasse hatte es ihr angetan. Seine Ausstrahlung war umwerfend gewesen, zumindest für sie, damals, mit sechzehn. Schüchtern und unsicher war sie, die Beste der Klasse, aber in Liebesdingen unerfahren. Er hatte etwas Gefährliches an sich, trieb sich mit zwielichtigen Gestalten herum, trug schwarze Kleidung und Lederjacken und hatte einen Teil seiner dunklen Haare abrasiert. Ihre Mutter würde einen Infarkt bekommen, wenn sie mit ihm ... Doch trotzdem, oder gerade deshalb, übte er eine große Anziehungskraft auf sie aus, gefährlich fremd und so ganz anders als sie selbst. Natürlich würdigte er sie keines Blickes, sie war unsichtbar für ihn. Er umgab sich mit den frechen, sexy gekleideten Mädchen, von denen sie schon damals wusste, dass sie in spätestens zwei Jahren mit einem Baby im Kinderwagen als alleinerziehende Mütter ohne Ausbildung durch das Dorf laufen würden. Ihr Leid klagte sie Stacy, die natürlich Verständnis für sie hatte. Stacy gab ihr Tipps, was sie ändern sollte, half ihr, aus der schüchternen Rebecca eine forschere Rebecca zu machen, die nicht nur eine Musterschülerin war, sondern auch durchaus sexy auf Partys auftreten konnte.

Aus Ben und ihr wurde trotzdem nichts, aber sie hatte gelernt, wie sie Jungs für sich interessieren konnte. Es war gar nicht schwer, und im Laufe der Zeit perfektionierte sie dieses Wissen mit Hilfe wertvoller Lektüre von diversen Frauenzeitschriften.

Auch als ihr Leben kurzzeitig durch Luke aus der Bahn geworfen wurde, der ihr deutlich machte, dass es nie eine Garantie geben würde, nicht für Liebe und nicht für Pläne, war Stacy bei ihr gewesen. Sie hatte sie beruhigt und getröstet, hatte sich mit ihr gemeinsam über den treulosen Exfreund empört, über die Neue gelästert, die ein gebärfreudiges Becken hatte und ihr natürlich nicht das Wasser reichen konnte. Langweilig und gemütlich sah sie aus, im Gegensatz zu ihr, der energiegeladenen Karrierefrau, die doch immer wusste, was sie wollte.

Nach ihrer Beförderung hatten sie natürlich zusammen gefeiert, eine ganze Nacht lang, die Freundin war nie neidisch auf Rebeccas Erfolge, wusste, dass sie sie verdient hatte. Als Stacy ihr Kind zur Welt brachte, war Rebecca die Erste gewesen, die weinend vor Rührung und mit einem riesengroßen, gasgefüllten, pinken Luftballon in der Hand im Krankenhaus gestanden hatte, neben dem Bett, in dem ihre Freundin lag, erschöpft, müde, bleich und voller Schmerzen, und die dennoch so glücklich gestrahlt hatte, wie sie es noch nie zuvor an ihr gesehen hatte.

Sie steigt aus der Badewanne und trocknet sich ab. Im Wohnzimmer brummt der Blackberry. E-Mails, um diese Uhrzeit, die Leute sind echt verrückt. Sie rubbelt ihr feuchtes Haar mit dem Handtuch ab und geht zur Toilette. Der Blackberry brummt und plärrt schon wieder, sie kann ihn im Bad hören. Es ist gleich elf Uhr nachts, und sie ist erst vor einer Stunde aus dem Büro nach Hause gekommen. Das Brummen von nebenan nervt sie, irgendwann muss doch auch mal Ruhe sein. Bestimmt einer der Abteilungsleiter, der ein wenig übereifrig auch jetzt noch zu Hause sitzt und arbeitet und ihr mit der späten E-Mail zeigen will, wie fleißig er ist.

Im Wohnzimmer greift sie zu dem Handy, das auf dem Tisch liegt. Drei neue Nachrichten im Posteingang, teilt das kleine Gerät ihr mit. Eine automatisch verschickte E-Mail mit den Reportings von gestern. Eine weitere E-Mail ist von Marc.

Mit zitternden Fingern öffnet sie sie. Keine Betreffzeile, das ist untypisch für ihn, normalerweise teilt er ihr immer kurz und prägnant mit, was der Inhalt der E-Mail ist.

»Chéri, ich freue mich auf morgen. Sei bereit für einen aufregenden Trip. Marc«

Sie lässt sich auf einen der Stühle am Esstisch fallen. Morgen? Was hat er vor? Wo, wie und wann will er sie treffen? Sie wird ihn morgen früh im Büro sehen, das steht fest, und sicher wird er ihr dann Genaueres mitteilen. Ein Trip? Sie können jetzt nicht wegfahren, zu viel Arbeit, Urlaub ist nicht möglich, nicht einmal ein paar freie Tage würde sie sich jetzt gönnen, in diesem Stadium des Projektes. Geht nicht.

Marcs Gesicht taucht vor ihr auf. Seine weißen, makellosen Zähne, sein herausforderndes Grinsen, sein Grübchen im glattrasierten Kinn, die schwarzen Augen, die etwas zerstrubbelten Haare. Zum Anfassen nah sieht sie ihn vor sich, starrt in die Dunkelheit des Zimmers, möchte ihn berühren, möchte in ihm versinken, möchte von ihm geküsst werden ... bis morgen ... nicht im Büro, morgen wird sie mehr erfahren. Nervöse und irritierte Aufgeregtheit hindert sie am Einschlafen, hitzig wälzt sie sich im Bett umher, wirft die Decke von sich, starrt unter die dunkle Ecke, auf den Wecker, und mit jeder Stunde, die die kleine Uhr voranschreitet, wird ihre Aufregung spürbarer.

Kapitel 15

»Chéri. « Er lächelt, als er vorsichtig die Tür hinter sich schließt. »Bist du fertig mit deiner Arbeit?«

Sie blickt von ihrem Laptop auf und lächelt. »Beinahe.«

Sein dunkler Anzug ist schmal, die dunkelrote Krawatte harmoniert perfekt mit seinen Lippen, das dunkle Hemd spannt etwas über seiner Brust, wie er da so im Türrahmen lehnt. Frech streckt er das Becken hervor, die Hose ist eng im Schritt, und sie sieht, dass er eine Erektion hat.

Nervös schaut sie auf ihren Laptop. »Warum fragst du?«, will sie in betont geschäftlichem Ton wissen.

Seine Lippen verziehen sich zu einem sicheren, fast arroganten und etwas amüsiertem Grinsen. »Ich möchte gern gehen für heute.«

Erstaunt sieht sie von ihrem Laptop auf und versucht verzweifelt, nicht auf seinen prall gefüllten Hosenschritt zu gucken, was fast unmöglich ist. »Jetzt schon?« Es ist erst sechs Uhr, das ist ungewöhnlich früh für ihn. Draußen ist es dämmrig.

Er stößt sich von der Tür ab und geht auf sie zu. Wie kann man mit so einem Riesending so grazil laufen?, fragt sie sich und merkt, dass sie feucht wird im Schritt. Mein Gott, ist das peinlich! Sie benimmt sich wie eine Pubertierende, doch bei dem Gedanken an seinen kräftigen und geraden Schwanz spürt sie ihre Knie kaum noch unter dem Tisch, zitternd und weich wie Butter.

»Ich habe eine Verabredung mit einer wunderschönen Frau«, sagt er. Er steht jetzt direkt vor ihrem Schreibtisch, durch ihre sitzende Position guckt sie geradewegs auf seinen Schritt, der Stoff der Hose spannt sich gefährlich über seiner Lust. Sie schluckt. »Und zufällig hat diese Frau heute keine Termine mehr und kann mir folgen, ohne Fragen zu stellen.« Fordernd streckt er seine Hand nach ihr aus, lächelt.

Erstaunt sieht sie zu ihm auf, sieht in sein Gesicht und versucht zu ergründen, was in ihm vorgeht, was er geplant hat. Doch sein Gesichtsausdruck ist undurchschaubar, das perfekte Poker Face. »Meinst du mich?«

»Richtig. Ich kenne deinen Terminkalender auswendig.«

Sie geht um den Schreibtisch herum und tastet mit einer Hand nach ihrer Handtasche. Er ergreift ihre Hand und führt sie wie zufällig an seinem Schritt vorbei, sie spürt die pulsierende Erregung, ihr Atem stockt. Nahezu willenlos folgt sie ihm. Es ist fast achtzehn Uhr, und sie verlässt an seiner Seite das Büro, kann an nichts anderes denken, als an seinen pulsierenden Schwanz in der engen Hose.

In der Tiefgarage hält sie es nicht mehr aus und zieht sein Gesicht zu sich hinunter, ihre heißen Lippen suchen seine, suchen das selige Glück und die Erlösung aus ihrer schmerzenden Sehnsucht. Als ihre Zunge zwischen seine Lippen dringen will, zieht er sich ruckartig zurück, schüttelt den Kopf und führt sie mit sich zu ihrem Auto. Sie fummelt den Autoschlüssel aus der Handtasche und öffnet mit zittrigen Fingern die Autotüren. Er geleitet sie stumm zur Beifahrertür, wo sie sich ohne Widerrede setzt, und nimmt ihr den Schlüssel aus der Hand. Er steckt den Schlüssel in das Schloss, das machtvolle Brummen des Motors geht ihr durch und durch, es beruhigt sie. Stark und mächtig rollt der Wagen los.

Alles unter Kontrolle, denkt sie, während Marc mit Gefühl und Ruhe den Mercedes aus der Tiefgarage fährt.

Auf dem Highway ist viel Verkehr, Feierabend. Etwa eine Stunde lang fahren sie, sie kennt das Ziel nicht. Geschickt lenkt Marc den Wagen durch die dichten Autoschlangen, bis sie das Ballungsgebiet der Stadt verlassen und draußen auf dem Freeway sind. Sie sprechen nicht, im Radio läuft leise Musik, so leise, dass sie ihr kaum folgen kann. Atemlos spürt sie die Spannung der Neugier, der Aufregung in ihrem ganzen Körper, dass sich ihr Unterleib wie betäubt anfühlt, taub und leer. Marc bleibt auf der linken Spur und jagt den kraftvollen Motor nun schneller voran, den rechten Fuß fest auf das Gaspedal gedrückt. Im Radio läuft ein Rocksong. »Standing in the way of control«, singt eine hohe Frauenstimme leise. Die linke Spur ist nun seine, das Auto braust an den wenigen LKWs und anderen Wagen vorbei, die hier draußen gemütlich unterwegs sind, viel zu schnell und doch merkwürdig ruhig, und dann wandert seine rechte Hand auf den Beifahrersitz hinüber, seine Augen sind weiter konzentriert auf die Straße vor ihnen gerichtet. Seine Finger suchen den Weg über ihre Hüften bis zu ihrem Schoß, und mit geübten Händen schiebt er ihren Rock hinauf, über die Schenkel.

Sie atmet laut. »Marc!«, will sie einwenden.

Der Motor brummt, sie spürt die Vibrationen der kräftigen Maschine unter sich in ihrem Schoß, das kalte Leder unter ihren Beinen. Er reagiert nicht, lenkt mit sicherer Hand den Wagen, doch die Finger seiner rechten Hand haben gefunden, was er suchte. Mit einem Finger schiebt er ihren Slip zur Seite, mit dem anderen Finger dringt er plötzlich, schnell und heftig, in sie ein. Sie stöhnt und schließt die Augen. Bitte, will sie sagen, doch ihre Stimme versagt. Zu unerwartet, zu abrupt ist sein Angriff, sein Finger wühlt in ihr, stößt in sie hinein, während sein Daumen ihre Klitoris reibt und ein Finger ihren Anus streichelt. Sie bewegt die Hüften auf dem Sitz, will seinen Finger tiefer in sich hineinpressen, spürt die Geschwindigkeit, mit der sie unterwegs sind, hört den lauten Motor unter sich, fühlt die Straße in ihrem Schoß. Ihre Hand tastet nach seiner Hand und will sie dahin lenken, doch er zieht sich sofort zurück und greift mit der rechten, jetzt feucht glänzenden Hand wieder ans Lenkrad.

Hilflos, suchend und flehend sieht sie ihn an, doch er wendet den Blick nicht von der Straße. Zweihundert fährt der Wagen, viel schneller kann er nicht. Bäume, Autos, Leitplanken rauschen an ihr vorbei, ihr ist schwindelig, und sie sieht auf den hochgezogenen Rock, den zur Seite geschobenen Slip, versucht, ihn vorsichtig wieder geradezurücken und den Rock hinunterzuziehen. Sie möchte nicht so entblößt, so nackt, so wehrlos und lustvoll hier sitzen, in ihrem Mercedes. Doch da ist seine Hand wieder, steuert zielsicher auf ihren Schoß zu, und mit zwei Fingern reibt er jetzt ihre pochende Klitoris, reibt sie sanft, aber fordernd zwischen den zarten Fingerkuppen, bis sie laut aufstöhnt. Sie will die Hand wegschieben, hat Angst, er ist viel zu schnell, aber sie schafft es nicht, ihre Hände gehorchen ihr nicht, weigern sich, das schöne Gefühl, das seine Finger in ihr hervorrufen, zu zerstören. Sie will zerfließen, will ihn jetzt gleich und hier vögeln, will seinen steifen Schwanz, der sich deutlich unter seiner Hose abzeichnet, jetzt sofort in sich spüren.

»Halt an!«, flüstert sie heiser und sieht ihn bittend an.

Ungerührt fährt er weiter, um sie herum ist alles dunkel, nur selten blitzen die Rücklichter eines Autos vor ihr auf, seine Finger in ihr, an ihr, sie reiben, sie streicheln, sie zwicken, sie wissen genau, was sie tun müssen, um sie vor Lust vergehen zu lassen, sodass sie immer tiefer in den Ledersitz hineinrutschen will. Sie sieht zur Seite, sieht, dass er lächelt, sieht die schiefen Mundwinkel, das Grübchen im Kinn, das tief ist und jetzt zittert. Plötzlich zieht er die Hand zurück, bremst den Wagen ab und verlässt den Freeway. Sie lehnt sich in den Sitz und schließt die Augen, ihre Möse ist heiß und feucht, sie kann der Versuchung, ihren eigenen Finger hineinzustecken und an sich zu spielen, das Loch, das er hinterlassen hat, zu füllen, kaum widerstehen.

Nach einigen Minuten hält der Wagen am Straßenrand.

»Wir sind da«, sagt er und steigt aus, geht um das Auto herum und öffnet ihre Tür, um ihr aus dem Mercedes zu helfen.

Beschämt zieht sie ihren Rock über ihren nassen Schoß, den unglaublich feuchten Slip, der an ihr klebt, und steigt aus. Blinzelnd sieht sie sich um. Wo sind sie? In der Dunkelheit erkennt sie Bäume, Wald. Feucht und kalt steigt die Luft aus dem Gras auf, der Mond wirft einen sanften Schimmer auf die dunkelgrüne Umgebung. Keine Menschenseele. Er nimmt ihre Hand und zieht sie hinter sich her, wortlos folgt sie ihm. Sie weiß, dass es keinen Sinn macht, ihn zu fragen, wo sie hingehen, er wird ihr nicht antworten. Also folgt sie ihm stumm, das unerfüllte Klopfen der ohnmächtigen Erregung in sich.

An einer kleinen Lichtung bleibt er stehen, dreht sich zur Seite und deutet mit dem Kinn auf einen alten Hochsitz.

»Hinauf«, sagt er fordernd und lässt sie vorgehen, eine steile Holzleiter, an der zwei Stufen fehlen, hinauf.

Sie sieht sich fragend nach ihm um, doch sein Gesicht verrät nichts. Vorsichtig und unbeholfen geht sie auf den hohen Schuhen die Leiter hinauf, zwölf Stufen, knarrend unter ihrer beider Gewicht. Er ist dicht hinter ihr, sie kann seinen Atem im Nacken spüren, es ist kalt und dunkel, es ist Oktober. Wolken schieben sich vor den Mond und die Sterne, sie fröstelt. Er drängt sie mit seinem Körper die letzte Stufe hinauf und folgt ihr auf die kleine Holzplattform des alten Jägersitzes, dessen Boden mit Moos bedeckt ist. Kaputte, alte Holzplanken, in der Mitte fehlt eine, da kann sie den Waldboden unter sich sehen, plattgetretenes Gras und zerbrochene Zweige.

»Marc, was ...«, beginnt sie, doch seine Lippen beenden die Frage, bevor sie sie stellen konnte.

Sein Becken drängt sie gegen die Holzbrüstung, sie spürt das feuchte, kalte Holz in ihrem Rücken und seine heiße Männlichkeit zwischen ihren Beinen. Sein Kuss ist lang und wild, seine köstliche, rosa Zunge umfährt ihre Zähne, und mit der Hand greift er um ihren Nacken, presst ihren Kopf gegen seinen, sodass sie keine Chance hat, sich zu befreien, keine Chance hat zu atmen. Sie will Luft holen, doch er lässt nicht ab von ihr, seine Finger greifen unter ihren Rock, finden zielsicher, was sie suchen, und mit drei Fingern dringt er in sie ein, knetet in ihr, während er sie weiter küsst, heftig und fest, fordernd und wild.

Als er sie loslässt, schnappt sie nach Luft wie ein Ertrinkender, atmet die feuchte, kalte Waldluft durch Nase und Mund ein, grün und braun, erdig und modrig. Ihr ist schwindelig, sie kann nicht denken, seine Finger arbeiten in ihr, massieren sie, massieren ihre Lust, ihre Feuchtigkeit. Er öffnet mit einer Hand den Reißverschluss seiner engen Hose, sein harter Schwanz drängt an die kühle Herbstluft, die empfindliche Spitze lustvoll entblößt, als er sich an ihren Labien reibt, an ihrer Klitoris, fest und unnachgiebig macht er klar, was er will. Sie wirft den Kopf in den Nacken und atmet viel zu schnell, viel zu tief. Sie will ihn in sich spüren, ihre Finger umfassen seine festen Pobacken, ihre Beine spreizen sich unwillkürlich, ihr linker Fuß gleitet seinen Oberschenkel hinauf, um ihm Einlass zu verschaffen, und mit einem kraftvollen Stoß dringt er in sie ein, drückt sie fester gegen das feuchte Holz hinter sich, das gefährlich knarrt. Sie umklammert ihn mit ihren Beinen, mit ihren Händen, drückt ihn so tief sie kann in sich hinein. Mit sicheren Händen hebt er sie wenige Zentimeter in die Höhe, sodass ihr Po auf dem schmalen Holzgeländer liegen bleibt, hinter sich Luft, Leere.

Komm, ja, komm in mir, denkt sie und spürt den eigenen Orgasmus in sich emporsteigen. Ihr Rücken hat keinen Halt, unheilvoll schwankt ihr Oberkörper unter seinen Stößen in die

Leere hinter ihr, es ist ihr egal, sie schwebt, sie ist schwerelos, es ist ihr egal, ob sie fällt, sie umklammert mit den Schenkeln fest seinen straffen Po, ihre Beine zittern, ihr ist kalt und heiß zugleich, um sie herum absolute Stille, kein Geräusch dringt an ihre Ohren, nur sein leises Stöhnen, dass sich mit ihrem vermischt und ankündet, dass er gleich in ihr kommen wird. Dann spürt sie, wie ihr Höhepunkt sich nähert, langsam, leise kriecht er durch die feuchte Luft die Beine empor bis in ihren Schoß, wo er sie wärmt, wo eine plötzliche Hitze ihren Unterleib durchfährt und sie in die kalte Stille schreien lässt.

Erschöpft lässt sie sich gegen seine Brust fallen. Er schiebt sie sanft von sich und schließt seine Hose. Die kalte Luft lässt ihren Atem kondensieren. Sie atmet schnell, durch den Mund, keuchend und erstickend. Sie weiß nicht, was sie tun soll, will ihren Rock hinabziehen, ihr Höschen geraderücken, das eine rote Spur von der Reibung an ihren Schenkeln hinterlassen hat. Sie will schlafen, sie will duschen, sie will weinen.

Er geht wortlos die schmalen Stufen des Hochsitzes hinunter, sie hört das Holz unter seinen Füßen knarren. Sie zieht den engen Rock bis zu den Knien hinunter und folgt ihm, geht vorsichtig die Treppe hinab, vorwärts, wackelig auf den hohen Schuhen, einen Fuß vor den anderen, sie sieht auf seinen Rücken, den dunklen Anzug, der an den breiten Schultern etwas über den starken Muskeln spannt.

Als er unten ankommt, dreht er sich zu ihr um und reicht ihr die Hand, um ihr die letzten Tritte hinabzuhelfen. Sie ergreift sie dankbar, ihre Beine drohen, ihr den Dienst zu versagen. Heiß und kalt ist ihr, ihr Haar feucht und die sorgfältig geföhnte Frisur ruiniert, das kann sie sogar spüren, aber es ist ihr egal. Der verschmierte Lippenstift, die zerlaufene Wimperntusche, alles ist jetzt egal. Zwischen ihren Beinen spürt sie noch immer seine harte Männlichkeit, die gerade noch in ihr war.

Er begleitet sie die wenigen Schritte zurück zum Auto, öffnet die Beifahrertür. Wortlos fahren sie über die breite, dunkle Landstraße zurück in die Stadt.

Kapitel 16

Sie kann nicht schlafen. Zu nah ist das Erlebte, zu nah ist seine Wärme, seine Stärke, sein Lächeln. In seiner Gegenwart fühlt sie sich machtlos, willenlos. Sie will sich fallen lassen, sich auf ihn einlassen. Sie kennt ihn kaum, weiß nichts über ihn, er ist der vertraute Fremde, der keine Widerrede duldet und dem sie vertraut, ohne zu wissen, warum.

Sie spürt seine weiche Haut an ihrem Körper, riecht den Duft seines After Shaves und seiner Haare, als läge er neben ihr. Doch ihr Bett ist leer, kalt ist die Matratze neben ihr, ungenutzt die weiche, überflüssige Decke an ihrer Seite.

Er hat sie nach der langen Autofahrt zu Hause abgesetzt, hat sie mit einem kurzen Kuss verabschiedet und ihr einen schönen Feierabend gewünscht. Dann war er verschwunden, zu Fuß, durch den Ausgang der Tiefgarage, eine Zigarette in der rechten Hand. Sie stand da, die Autoschlüssel des Mercedes in der Hand, dessen Motor noch heiß war, und wusste nicht, wohin mit sich.

Lange noch saß sie in der Wohnung, eine Tasse Kaffee vor sich, schlaflos, Brennen und Prickeln zwischen ihren Beinen, die getrockneten Reste seiner Leidenschaft an ihren Schenkeln. Sie hatte vor sich hin gestarrt und schwelgte in Erinnerungen.

Im Bett reibt sie mit den Fingern heftig und hart an ihrer Klit, um sich noch einen weiteren, einschläfernden Höhepunkt zu verschaffen, die Augen fest geschlossen, die Erinnerungen bei ihm, bei seinem Atem, sein leises Stöhnen noch in den Ohren, die schwarzen, undurchschaubaren Augen vor ihrem Inneren. Der Orgasmus ist kurz und heftig, er befreit sie nur einen Augenblick von der unendlichen Lust, die sie verspürt, fast schmerzvoll ist die körperliche Sehnsucht nach ihm.

Eine Stunde später schläft sie endlich erschöpft ein.

KAPITEL 17

»Rebecca, denkst du an den Termin um elf?« Natalie steckt das blonde Lockenköpfchen durch die Tür.

Rebecca sieht vom Laptop auf und nickt. Klar, sie weiß Bescheid. Abteilungsleitertreffen in ihrem Büro. In fünf Minuten werden ihre sechs besten Mitarbeiter in ihr kleines Reich einfallen und mit ihr den Fortschritt des Projektes besprechen. Sie weiß, dass sie in der letzten Woche unzuverlässig war, das ist nicht ihre Art. Sie hat tatsächlich zwei Termine versäumt und Natalie die Schuld daran gegeben. Sie hätte sie erinnern müssen. Sie konnte schließlich nicht an alles denken.

Marc ist unterwegs, sie hat ihn nur kurz gesehen am Morgen. Im Büro waren sie Vorgesetzte und Angestellter, seriös, professionell, manchmal fast unterkühlt. Noch immer kann sie nicht einschätzen, was sie eigentlich miteinander haben, sie weiß nur, dass sie sich vor Sehnsucht nach ihm verzehrt, und dass sie ihn kaum ansehen kann, ohne die aufkeimende Hitze in ihrer Scham zu spüren, das lustvolle Pochen, das ihren ganzen Unterleib beherrscht und sie daran hindert, klare Gedanken zu fassen.

Es klopft, sechs Männer in dunklen, langweiligen Anzügen betreten hintereinander den Raum. Brillen, zu hohe Haaransätze, graue Schläfen, zu viel Fett um den Leib.

»Hallo«, ruft sie betont fröhlich und steht auf. »Setzt euch schon mal.« Sie deutet auf die kleinen Sessel und steckt den Kopf durch die Bürotür. »Natalie, bringst du uns etwas zu trinken?«

Natalie nickt und springt von ihrem Stuhl auf, um Kaffee zu kochen.

Die Besprechung verläuft ruhig und sachlich, es gibt keine größeren Probleme im Projekt, alles im Griff. Ein Abteilungsleiter hat eine schwangere Mitarbeiterin, die längerfristig ausfallen wird. Sie macht Vorschläge, wie diese zu ersetzen sein kann, alle sind zufrieden, sie macht ihren Job gut. Sie ist bestens vorbereitet, sie ist kompetent, sie ist sachlich und doch menschlich. Die Kollegen schätzen sie, ihre ruhige Art, ihre Menschlichkeit trotz aller Professionalität, die sie zu einer Ausnahmeerscheinung macht in diesem ansonsten von patriarchalischer Autorität regierten Unternehmen. Zufrieden lehnt sie sich im Stuhl zurück. Sie ist nach wie vor gut, sie hat die Kontrolle, sie hat die Verantwortung. Alles wird gut.

***

Stacy klopft und lugt durch den Türspalt. »Mittag!«, ruft sie fröhlich. Ihre Haare sind etwas zerstrubbelt, sie ist ungeschminkt. Typisch Mutti.

Rebecca steht auf und geht zu ihrer Freundin. »Du glaubst nicht, wie sehr ich mich heute auf das Essen freue«, sagt sie strahlend und hakt Stacy unter.

In der Kantine ist es schon ruhig geworden, sie sind spät dran, darum gibt es auch keine Auswahl mehr beim Essen, sie müssen Gericht Nummer zwei nehmen, das einzig noch Verfügbare. Sie setzen sich an einen leeren Tisch.

»Und, wie steht es um dein Projekt?«, fragt Stacy und schiebt sich eine Gabel voll Farfalle-Nudeln in den Mund.

Rebecca zuckt die Achseln. »Sieht alles gut aus«, meint sie und probiert ebenfalls von den Nudeln.

Stacy lacht. »Aha, du sprichst von deinem Projekt hier«, meint sie grinsend. »Ich meinte eher das Projekt, Rebecca muss dringend mal ordentlich gevögelt werden.«

Sie wird knallrot und sieht sich hastig um. »Nicht so laut! Wenn uns einer hört!«

Stacy winkt ab und fragt nach Marc, wie es mit ihrer geschäftlichen Beziehung weitergegangen ist. Nach kurzem Zögern beschließt Rebecca, von ihren jüngsten Erlebnissen mit Marc zu berichten, kann sie nicht länger für sich behalten. Sie flüstert, vergisst das Essen und sieht Stacy nicht an, die stumm und ungläubig lauscht und sie nicht unterbricht.

Als sie fertig ist, lehnt sie sich im Stuhl zurück, Stacy ist etwas blass geworden.

»Ist nicht dein Ernst«, sagt sie. Ihre Freundin ist tatsächlich schockiert, so untypisch für die sonst so nüchterne, verstandfixierte Rebecca, dass sie kaum glauben kann, was sie da gerade gehört hat.

Rebecca lächelt, sie weiß ja selbst nicht, wie ihr geschieht. Sie hat noch nie etwas auch nur Ähnliches erlebt, verwirrt, ängstlich, aber vor allem erregt, erregt von dem Geheimnisvollen, dem Fremden.

»Immerhin hast du Spaß gehabt, das ist doch mal was. Nach so langer Zeit ohne Sex war das auch bitter nötig!« Stacy grinst.

Jetzt muss Rebecca auch schmunzeln. Spaß, ja, das muss sie zugeben, trotz aller Sorgen, aller Aufregung. Es war wahrscheinlich der größte Spaß ihres Lebens. Sie hat sich so frei, so losgelöst, so grenzenlos gefühlt wie noch nie zuvor. Beim Erzählen ist ihr Schoß so feucht geworden, dass sie Angst hat, auf dem Stuhl festzukleben, wenn sie aufstehen will.

»Ist hier noch frei?«, fragt eine bekannte, wohlklingende Stimme.

Erschrocken dreht Rebecca den Kopf nach hinten. Die schwarzen Augen fixieren sie, das Grübchen am Kinn zittert ein wenig, kaum merkbar, die Mundwinkel etwas missbilligend nach oben gezogen.

»Äh, wir, ich ...«, stottert sie und sieht hilfesuchend zu Stacy.

Die zwinkert ihr zu und steht schnell auf. »Ich geh schon mal hoch«, sagt sie. »Vielleicht habt ihr noch was zu besprechen, ihr zwei. Bis später!« Sie dreht sich um und verschwindet mit ihrem leeren Tablett in Richtung Ausgang.

Marc setzt sich mit einem Kaffeebecher auf den Stuhl neben ihr, er sitzt so nah, dass sie seine Muskeln durch den Stoff seines Anzuges an ihrem Arm spüren kann. Oder kommt ihr das nur so vor? Ihr Atem wird schwerer. »Schön zu hören, dass du Spaß hattest«, sagt er etwas missmutig.

Erstaunt blickt sie ihn an. »Hast du uns belauscht?«

Er lacht heiser. »Die letzten Worte klingen noch in meinem Ohr«, sagt er leise und nimmt einen Schluck aus der dampfenden Kaffeetasse.

Sie wird rot, ertappt wie ein Schulkind. Der Lauscher an der Wand ... Trotzig wirft sie den Kopf in den Nacken und steht auf. »Na dann ... ich muss zurück ins Büro«, sagt sie und macht einen Schritt zur Seite.

Seine Hand an ihrem Schenkel hält sie zurück. »Bleib«, sagt er nur.

Etwas widerwillig lässt sie sich zurück auf ihren Stuhl fallen.

»Deine Freundin sagte, wir hätten etwas zu besprechen«, sagt er mit ruhiger Stimme und lehnt sich in seinem Stuhl zurück. Seine Beine sind leicht gespreizt, das dunkle Hemd spannt über seinen Brustmuskeln. »Was wolltest du mir denn sagen?« Herausfordernd sieht er sie an.

Etwas zickiger als geplant erwidert sie: »Das möchte ich nicht hier mit dir besprechen.«

Er schmunzelt, spürt ihre Aufregung, ihre Unsicherheit, die er, ihr Assistent, in ihr erzeugt. »Komm heute Abend zu mir. Zehn Uhr.« Er greift nach seiner Kaffeetasse und steht auf.

Nachdenklich sieht sie zu, wie er mit wiegenden Schritten die Kantine verlässt.

Kapitel 18

Halb elf – diesmal ist sie unpünktlich. Mit Absicht. Reden will sie, will wissen, woran sie ist, was sie miteinander haben, will ihm sagen, dass anonymer Sex unmöglich ist, wenn man sich doch täglich im Büro begegnet, wenn sie seine Vorgesetzte ist.

Das Summen am Tor kennt sie schon, die breite Marmortreppe jagt ihr keine Ehrfurcht mehr ein. Mit forschen Schritten geht sie die Stufen empor, die hohen Absätze klappern aufmerksamkeitsheischend auf dem kalten Stein. Sie ist die Chefin, er wird sich ihr fügen müssen, heute bestimmt sie, wo es langgeht.

»Hallo?«, ruft sie in den leeren Flur hinein, alles bleibt still. Verdutzt zieht sie die schwere Holztür hinter sich zu und geht in das Wohnzimmer. Der Kamin ist schwarz und kalt, eine kleine Lampe brennt in einer Ecke des Zimmers, auf der roten Chaiselongue liegt eine kleine, graue Pelzdecke. Niemand im Raum.

Sie dreht sich um, entdeckt eine Tür neben dem Flur. Die Küche, sauber, weiß, aus glänzendem Holz und mattem Edelstahl. Doch auch hier ist niemand. Langsam wird sie sauer, er hat sie doch zu sich eingeladen, und offenbar ist er ja auch zu

Hause, wer hätte sonst das Tor und die Haustür öffnen können?

»Marc, ich bin zu alt für Versteckspiele!«, ruft sie etwas zickig und öffnet die große Tür hinter der Küche. Dahinter erwartet sie das Schlafzimmer, groß, hohe Decken, weiße Vorhänge vor den Fenstern, durchsichtig, hinter dem durchscheinenden Stoff sieht sie eine Straßenlaterne leuchten. Doch womit sie nicht gerechnet hat, prangt mitten im Raum und ist so groß, dass es ihr fast den Atem verschlägt. Ein riesiges Bett, ein Himmelbett aus massivem Holz, mindestens zwei Meter zwanzig breit, mit vielen Kissen, Laken und Bezügen aus feinem festen Leinen. Im Bett liegt Marc, in dem Morgenmantel, den sie schon kennt, den Laptop auf dem Schoß.

»Da bist du ja«, sagt er. »Du bist spät.«

Sie ist empört und will etwas erwidern, doch ihr fällt nichts Schlagfertiges ein, unbeholfen versucht sie zu lächeln.

Er klopft auf die Matratze an seiner Seite. »Komm her«, sagt er und klappt den Laptop zu, legt ihn zur Seite.

»Wir müssen reden«, sagt sie. Sie will sich nicht setzen, sie weiß, was mit ihr geschehen wird, wenn sie sich auf die Matratze niederlässt, sie weiß, was passieren wird, wenn sie sein After Shave riecht, wenn sie seine Haut spürt, wenn sie zu nah bei ihm ist. Also bleibt sie besser vor dem Bett stehen.

Er runzelt die Stirn. »Nun?« Die schwarzen Augen sehen sie durchdringend an, auf der Stirn sind einige Falten zu sehen, er guckt angestrengt, zum ersten Mal sieht sie in seinen Augen so etwas wie Verwirrung blitzen, doch nur ganz kurz, nur für den Bruchteil einer Sekunde. Dann sind sie wieder schwarz und sicher, wie eine Maske, lassen sich nicht in die Karten gucken.

Sie holt tief Luft und fängt an. »Ich bin deine Chefin, du bist mein Mitarbeiter. Ich kenne dich kaum, ich weiß nichts von dir. Ich möchte nicht mehr, dass wir uns außerhalb des

Büros sehen. Und ich möchte nicht mehr ... du weißt schon ...« Erleichtert stößt sie die Luft durch die Nase aus, es ist raus, sie hat es gesagt, sie muss sich Respekt verschaffen, sie muss ihm zeigen, dass sie höher steht als er, dass sie die Herrin ist.

»Okay«, sagt er kurz, sein Blick ruht fest auf ihr, dringt durch ihre Augen und liest aus ihr all die Emotionen, die gerade durch sie hindurchlaufen, Angst, Erregung, Wut und Trauer sieht er. »Wie du willst.«

Sie schluckt. Das ist alles? Kein Wort des Bedauerns, kein Versuch, sie zu überreden, sie wenigstens noch einmal zu verführen, zu erregen? Damit hat sie nicht gerechnet. Ihre Stimme verweigert den Dienst, als sie ein eiliges »Bis morgen« von sich gibt und hastig aus dem Raum eilt, die Tür hinter sich zuzieht, eine schwere, alte Holztür wie überall in der Wohnung.

Das schwere Holz der Wohnungstür fällt hinter ihr geräuschvoll ins Schloss, der Hausflur ist dunkel und still. Mit einer Hand tastet sie nach einem Lichtschalter, will Licht machen, will sehen und will dieses Haus verlassen, die Erinnerung zurücklassen, schmerzhaft. Lieber ein Ende mit Schrecken ... denkt sie, als die kleine Leuchte über der Treppe aufflackert und der Blackberry in ihrer Handtasche unüberhörbar verkündet, dass sie eine Nachricht hat.

»Komm zurück.« Gerade erst hat sie die Nachricht gelesen, mit pochendem Herzen, feuchten Händen, die sich um das kleine Handy klammern in ohnmächtiger Verzweiflung, Hoffnung. Hinter ihr öffnet sich die Tür wie von Geisterhand, langsam, leise. Nur wenige Schritte zurück, sie ahnt, was sie dort erwartet, doch die Sehnsucht ist zu groß, nur noch einmal, morgen ist alles vorbei, morgen sind sie wieder Chefin und er Assistent, ab morgen wird sie es beenden ... Nur noch heute ...

Sie macht drei Schritte in den Hausflur hinein, um seine

Hand um ihre Taille zu spüren, die sie sanft, aber bestimmt in das Schlafzimmer zieht ...

Kapitel 19

Er war sauer. Sie hatte ihr Geheimnis verraten, das wusste er nun, er drang in sie ein und sprach währenddessen mit ihr. Das war nicht richtig, sprach er in ihr leises Keuchen hinein. Er hielt ihre Hände fest gegen das Kopfkissen gedrückt, neben ihrem Kopf, flüsterte mit rauer Stimme in ihr Ohr, während er seinen Schwanz in sie hineintrieb, hart und machtvoll. Sie habe einen Ruf zu verlieren, vielleicht sogar ihren Job, es sei zu gefährlich, sie müssten ein Geheimnis bleiben. Sie atmete seinen Duft, fühlte seinen Schweiß an ihren Schenkeln, spürte ihn mächtig und selbstbewusst in sich. Er bearbeitete sie auf seine unnachahmliche Art, immer wieder drang sein fester Schwanz in sie ein, zog sich aus ihr zurück, um mit Kraft wieder die feuchten, prall gefüllten Schamlippen zu durchstoßen und in sie einzutauchen. Sie presste ihm ihr Becken entgegen, drängte sich gegen ihn, wollte ihn noch tiefer in sich spüren. Er küsste ihren Hals, verschloss ihre Lippen mit seinem Kuss, und kurz bevor sie kam, spürte sie ihn in sich pulsieren, fühlte, wie er heiß und nass in ihr kam, mit einem leisen Stöhnen, ganz nah an ihrem Ohr. Hör nicht auf, flehte sie stumm, hör jetzt nicht auf, sie spürte den Höhepunkt nahen, merkte, wie sich ihre Muschi vorsichtig zusammenzog, während sein noch immer harter Schwanz sie weiter bearbeitete, bis sie endlich laut aufstöhnend unter ihm zuckte und bebte.

Ihr ist warm. Sie steht vom Schreibtisch auf und geht zum Fenster, sieht hinaus. Er hat ja recht, sie hätte Stacy nicht von ihnen erzählen dürfen. Sie vertraute Stacy, aber trotzdem war die ganze Sache doch zu heikel. Sie war die Vorgesetzte, er war ihr Angestellter, das würde einen großen Skandal geben im Unternehmen, wenn es jemals herauskäme, sie könnten beide ihren Job verlieren. Der Gedanke an seinen Duft, seine Haut, seine weichen, dunklen Haare lässt sie erschauern. Sie will ihn nicht verlieren, in seinen Armen fühlt sie sich schön. Die Gefühle, die er in ihr hervorruft, lassen sie nicht los, Tag und Nacht.

Heute Morgen wurde sie von einem heftigen Orgasmus geweckt, intensiv war die Erinnerung an den gestrigen Abend in ihrem Schlaf gewesen. Er ließ sie nicht bei sich schlafen, schickte sie nach Hause, als er rauchend, nackt, die Bettdecke nicht einmal das Nötigste seines wohlgeformten Körpers verdeckend, in dem großen Bett lag. Sie hatte sich wortlos angezogen und gehorcht. Keine Widerrede.

Zu Hause im Bett träumte sie davon, dass sie in seinen Armen liegen und einschlafen würde. Sie wollte seinen Herzschlag spüren, sie wollte seine starken Arme um sich spüren, sie wollte beschützt werden. Er könnte sie beschützen, da war sie sicher, er war stark, er war noch stärker als sie, die Harte, die Eisprinzessin, er würde ihr nicht wehtun, er würde bei ihr sein. Doch er war nicht da, er lag allein in dem großen Himmelbett, sie war allein Zuhause und schlief irgendwann, mitten in der Nacht, endlich ermattet ein.

Die Tür geht auf, der dunkle Haarschopf im Türrahmen lässt ihr Herz heftiger klopfen. »Bist du soweit?«, fragt er und streckt seinen Arm durch die Tür, in der Hand einen Stapel Papier.

Sie ist immer bereit, für ihn. Doch diesmal will er sie nur für das nächste Meeting abholen, das in einem der großen Konferenzräume stattfindet.

Er ist betont geschäftlich, kein Wort, kein Zeichen, kein

Augenzwinkern verrät, dass er sie noch gestern Abend leidenschaftlich geliebt hat. Sie hat ihm versprochen, der Freundin zu sagen, dass sie die Affäre mit ihm beendet habe, um die professionelle Zusammenarbeit nicht zu gefährden. Er geht vor ihr durch den langen Flur zum Fahrstuhl, seine wiegenden Hüften zeichnen sich leicht unter dem eng sitzenden Sakko ab. Sie denkt an seinen straffen Po, die runden, festen Pobacken, die sie mit ihren Händen umklammert und an sich zieht, um seine erregte Männlichkeit zwischen den Beinen zu spüren. Sie seufzt leise.

Im Fahrstuhl sprechen sie nicht. Sie versucht, ihn nicht anzusehen, und starrt auf die Reihe von Knöpfen, die verraten, in welcher Etage sie sich gerade befinden. Aus den Augenwinkeln sieht sie, dass er sie beobachtet, ruhig liegt sein Blick auf ihrem Gesicht, beobachtet jede Regung. Sie lässt ihn nicht spüren, dass sie seinen Blick bemerkt, und sieht weiter auf die der Reihe nach aufleuchtenden Knöpfe. Einundzwanzig, zweiundzwanzig, dreiundzwanzig ... Endlich hält der Fahrstuhl an, die Tür öffnet sich mit einem leisen zischenden Geräusch.

Ihr ist warm. »In der Höhe kann einem flau werden«, sagt sie lächelnd, um die Stille zu durchbrechen. »Ich kämpfe hier ständig gegen meine Höhenangst an.«

Er antwortet nicht, doch hinter seiner hohen Stirn kann sie sehen, dass es in ihm arbeitet.

Sie erschauert.

Der große Konferenzraum ist vorbereitet, Kaffee, Tee und Kekse stehen auf den Tischen, gleichmäßig verteilt. Der kleine Beamer ist an seinem Laptop angeschlossen und projiziert die erste Seite ihrer Präsentation auf die Wand. Er ist einfach immer gut vorbereitet, er weiß, was zu tun ist, braucht ihre Anweisungen nicht. Sie lächelt in sich hinein, der perfekte

Assistent. Sie muss ihn behalten, will ihn behalten. Können sie so weitermachen? Nachts leidenschaftlich ineinander versinken, am Tage Chefin und Mitarbeiter sein? Er scheint kein Problem damit zu haben, rückt ihr den Stuhl zurecht, sodass sie sich hinsetzen kann. Nach und nach betreten Männer in Anzügen den Meetingraum, grüßen freundlich, nehmen Platz, bedienen sich an Kaffee und Keksen und plaudern belanglosen Smalltalk miteinander.

Sie ist konzentriert, geht in Gedanken die Präsentation noch einmal durch, die sie gleich halten wird. Er sitzt ihr gegenüber, auf der anderen Seite der hufeisenförmig aufgestellten Tische, direkt am Laptop, damit er sie durch die Präsentation führen kann. Auch er ist konzentriert, schreibt mit einem Kugelschreiber auf die Notizzettel, die vor ihm liegen.

Sie steht auf, schließt die Tür und begrüßt noch einmal alle Anwesenden, dann beginnt sie mit ihrer Präsentation. Kein Gedanke an ihn, an seinen Körper, an die Welle von Lust, die er noch gestern in ihr erzeugt hat. Erleichtert beendet sie die Präsentation, Marc hat nicht einmal von seinen Notizen aufgesehen, sondern während ihres gesamten Vortrages eifrig geschrieben. Aufgaben werden verteilt, Hände werden geschüttelt, die Männer verlassen nacheinander den Raum.

Sie nimmt noch einen Keks, schiebt ihn in ihren Mund. Dann nickt sie Marc kurz zu, als er sie endlich ansieht.

»Ich räume noch auf, du kannst schon zurückgehen«, sagt er und beginnt, den Beamer und den Laptop abzubauen.

»Danke«, sagt sie betont nüchtern und verlässt den Raum. Sie funktionieren. Lächelnd kehrt sie in ihr Büro zurück.

Kapitel 20

Es ist über eine Woche her, dass sie ihr Abkommen geschlossen haben. Er macht keine Anstalten, sie zu sich zu bitten oder sich mit ihr zu verabreden. Natalie betritt mit dem kleinen silbernen Tablett ihr Büro und stellt es auf ihrem Schreibtisch ab.

»Ist Marc noch nicht da?«, fragt Rebecca beiläufig, während sie angestrengt auf den Bildschirm vor sich sieht.

Natalie schüttelt die blonden Locken. »Nein, komisch, oder? Er ist ja sonst immer so pünktlich.«

Rebecca lächelt. »Wir haben heute Vormittag keine Termine«, sagt sie, »und er arbeitet ja wirklich sehr viel, das ist schon okay. Vielleicht will er einmal ausschlafen.« Ihr Magen zieht sich unangenehm zusammen. Ausschlafen. Wovon? Warum? Hat er gestern Abend eine seiner vielen Affären gehabt? Sie weiß noch immer nicht, was die Frauen auf den Bildern in seiner Wohnung zu bedeuten haben. Sie versteht noch immer nicht, was die rothaarige Frau im Pelzmantel und die junge, blonde Frau zu bedeuten haben. Sie hat ihn erst einmal danach gefragt, doch außer einem spöttischen Lächeln keine Antwort bekommen.

Natalie geht zurück ins Vorzimmer.

Vierundfünfzig neue E-Mails, verkündet der Laptop. Die neuste springt ihr direkt ins Auge. Sie ist von Marc, ohne Betreffzeile. Nervös öffnet sie die E-Mail. »Keine Termine bis dreizehn Uhr. Komm zu mir.«

Sie bebt. Ihr Unterleib zieht sich zusammen, als sie seine Nachricht liest. Eine Woche ist ihre letzte Begegnung her, und jeden Tag, an dem sie ihn sieht, steigert sich ihr Verlangen nach ihm, nach seinem Körper, nach seinem Mund. Sie sieht auf die Uhr. Halb zehn. Einige Stunden Zeit. Ihr Telefon klingelt. Sie ignoriert den durchdringenden, schrillen Ton. Mitten am Tag. Dreiundfünfzig E-Mails bleiben unbeantwortet, als sie ihre Handtasche ergreift, vor dem kleinen Spiegel im Büro den Lippenstift nachzieht und in der Tiefgarage in den Mercedes steigt.

***

Er steht vor dem kleinen, schwarzen Tor und lächelt. Gut sieht er aus, er trägt einen schwarzen Wollmantel über dem Anzug, einen violetten Wollschal um den Hals und schwarze Lederhandschuhe. Es ist kalt, es wird langsam Winter. Ihr Atem kondensiert, als sie vorsichtig auf ihn zugeht.

»Hallo«, sagt sie heiser und weiß nicht, wie sie ihn begrüßen soll. Hand schütteln? Umarmen? Küssen? Ihr wäre nach letzterem, doch er macht keine Anstalten, reicht ihr nur den Arm und lässt sie sich unterhaken. Wortlos gehen sie die Straße entlang.

Sie räuspert sich. »Wohin gehen wir?«

Er lacht. »Du bist eine sehr neugierige Frau«, sagt er, »und du weißt doch, wie es heißt: Neugier bringt die Katze um.«

Sie schluckt. Wie redet er denn mit ihr? Muss sie sich das bieten lassen, als seine Chefin? Doch jetzt ist sie nicht seine Chefin, sie sind privat hier. Im Büro warten die E-Mails, die sind ihr jetzt egal. Sie geht an seinem Arm, sie fühlt sich beschützt, sie fühlt sich begehrt. Seine Hüfte drängt mit jedem Schritt an ihre, sie mag die Berührung, die Nähe.

Sie folgt ihm einfach. Schweigend. Mit sicherem Schritt lenkt er sie durch kleine Straßen, bis sie an einem Rummelplatz stehen. Irritiert sieht sie ihn an. Der kleine Rummel ist noch nicht geöffnet, es ist noch zu früh am Morgen. Die Buden sind geschlossen, wenige Menschen eilen mit Zigaretten im Mund umher und legen Hand an die letzten Vorbereitungen. In einigen Stunden werden sich hier Menschen tummeln, Kinder werden fröhlich kreischend auf kleinen Pferden und Polizeiautos umherfahren, Zuckerwatte essen, Lebkuchenherzen um den Hals hängend mit Aufschriften wie »Oma ist die Beste«.

Sie denkt an ihre Kindheit zurück. Sie hatte nie etwas übrig gehabt für Rummelplätze. Zu laut, zu voll, zu viel oberflächliches Vergnügen. Ihre Eltern hatten nicht viel Geld und waren immer stolz gewesen, ihr einen schönen Besuch auf dem Rummel spendieren zu können. Sie war Karussell gefahren, hatte gebrannte Mandeln gegessen, und hatte ihren Eltern zuliebe so getan, als habe sie eine gute Zeit.

Als Jugendliche mied sie den Rummel. Die Mädchen standen in der abendlichen Kälte, mit Handschuhen und Mützen, am Autoscooter und bewunderten die coolen Jungs, die mit hohem Tempo aufeinander zurasten und die Konkurrenten durch heftige Stöße gegen deren kleine Wagen in ihre Schranken verwiesen. Hinter den Karussells wurde geknutscht, manchmal auch mehr. Sie war nicht beliebt, sie mochte die Jungs nicht, die sich so pubertär vergnügten und doch nur darauf aus waren, heute Abend eins der wartenden Mädchen von sich überzeugen zu können. Ab und zu hielten sie mit ihren Autos vor einem der Mädchen und luden sie mit einer Kopfbewegung ein, mitzufahren. Mit rotem Gesicht und glänzenden Augen nahmen die Mädchen Platz, kreischten vergnügt, wenn der Fahrer einen anderen rammte, ihre Haare flogen unter der Mütze, sie klammerten sich angeblich ängstlich an ihren Fahrer und ließen sich auf das harmlose und doch so patriarchalische Vergnügen ein. Der Junge, der mit kräftigen Stößen seine Männlichkeit unter Beweis zu stellen sucht. Das kleine Mädchen, das die angebliche Gefahr spürt, ihm vertraut. Sie war nie eines dieser Mädchen gewesen, weil sie wusste, dass niemand neben ihr anhalten und ihr bedeuten würde, mit ihm zu fahren. Sie blieb zu Hause und hörte dem kreischenden Treiben bei abendlichen Spaziergängen aus der Ferne zu.

Die Sonne scheint, der Himmel ist klar und blau. Die Kälte kriecht unter ihren Mantel, die Beine hoch. Ihre hohen Absätze klappern auf dem Asphalt, ab und zu spürt sie abgerissene Lose oder leere Stiele von Zuckerwatte unter ihren Schuhen.

Marc schlendert gemütlich durch die noch leeren Buden und Karussells, sie folgt ihm. Der Geruch von Mandeln, Zuckerwatte und Popcorn liegt über dem ganzen Platz, der heute Nachmittag bunt, laut und voll sein wird.

Achterbahn. Sie legt den Kopf in den Nacken und blinzelt gegen die Sonne. Viele Meter hoch steht das Ungetüm unheilvoll vor ihr. So hoch. So schnell. Sie schüttelt sich.

»Dass manche Menschen freiwillig damit fahren«, sagt sie und lächelt.

Er sieht sie mit festem Blick an. »Ich liebe Achterbahnfahren«, sagt er und lässt ihren Arm los. Dann macht er einige Schritte auf die Bahn zu.

Sie lacht. »Das hätte ich mir denken können«, ruft sie und steckt die Hände in die Manteltaschen. »Das passt zu dir.« Sie ist froh, mit ihm plaudern zu können. Es wirkt so normal. Ein Herbstspaziergang in der Sonne. Fast wie ein ganz normales Paar.

Er geht um die Achterbahn herum und verschwindet. Wo geht er hin? Sie dreht sich um und betrachtet die anderen Fahrgeschäfte hinter sich. Es hat sich nicht viel verändert in den letzten Jahren, es sind einige neue Karussells dazugekommen, aber die beliebten Dinge stehen noch immer hier, Auto-Scooter, Bootsschaukel. Hinter ihr geht ein Mann mit einer Wollmütze, die er bis tief ins Gesicht gezogen hat. Er ist unrasiert, im

Mundwinkel eine selbstgedrehte Zigarette, in den rauen, ungepflegten Händen trägt er eine breite Metallstange. Er mustert sie von oben bis unten, sieht auf ihre hochhackigen, eleganten Schuhe, betrachtet ihre schlanken Beine, bis sein Blick auf ihrem Gesicht ruhen bleibt. Er nickt grinsend. Sie errötet und dreht sich um, sieht wieder zur Achterbahn hinauf. Wo ist Marc?

Da steht er plötzlich hinter ihr, seine schwarzen Augen blitzen. Er zieht ihre Hand aus der Manteltasche und umfasst ihr Handgelenk, zieht sie hinter sich her, auf die Achterbahn zu. Er klettert auf die klappernde Metallplattform vor der Achterbahn und zieht sie hoch zu sich.

»Was hast du vor?«, fragt sie gespannt.

Der Rummel ist noch nicht geöffnet, die Achterbahn ruht stumm, keine Lichter leuchten, keine Musik ertönt. Da hört sie ein Zischen, Neonlichter flackern auf, der kleine Zug der Bahn setzt sich langsam in Bewegung, bis der erste Wagen grummelnd vor ihnen zum Stehen kommt.

»Lust auf eine kleine Privatfahrt?«, fragt Marc grinsend und hält den metallenen Bügel des Wagens in die Höhe.

Sie stößt die Luft durch die Nase aus. »Niemals! Bist du verrückt geworden?« Was ist in ihn gefahren? Neben ihr erscheint ein junger Mann in dicker, gefütterter Nylonjacke, ein Stirnband um den Kopf. Er schiebt sie sanft auf Marc zu.

»Na los, Lady, Ihr Freund hat eine Sonderfahrt für Sie gebucht«, lacht er fröhlich. »Das hat man doch nicht alle Tage.«

Ihre Beine drohen, ihr den Dienst zu versagen. Noch nie hat sie einen Fuß in dieses Ungeheuer gesetzt, nur ehrfürchtig von unten zugesehen, wie die Menschen kreischend, mit wehenden Haaren und aufgerissenen Mündern in die Tiefe geschleudert wurden, um kurz darauf mit schneller Geschwindigkeit wieder emporgezogen zu werden.

Sie schüttelt den Kopf. »Nein, danke, ich ...«

Doch Marc sitzt schon im Wagen, zieht sie an der Hand zu sich und deutet mit dem Kopf auf den Sitz neben sich. Wortlos. Seine schwarzen Augen fixieren sie, sein rechter Mundwinkel ist amüsiert hochgezogen, das Grübchen am Kinn zittert. Er spreizt die Beine ein wenig und blickt an sich herab. Sie folgt seinem Blick und sieht, dass seine Hose sich über dem Schritt spannt. Sie schluckt nervös und spürt, dass ihre Hände feucht werden. Der Gedanke an seine Erektion treibt ihr den Schweiß auf die Stirn. Sie möchte sie anfassen, möchte ihn streicheln, möchte ihn in sich spüren. Aber sie sind hier, sie steht vor dem ersten Wagen einer Achterbahn, die zischend auf sie wartet, darauf wartet, sie in vierzig Meter Höhe zu katapultieren, nur um sie danach mit einer Geschwindigkeit von einhundertzwanzig Stundenkilometern wieder in die Tiefe zu jagen.

Sie erschauert, ihre Gänsehaut, meint sie, müsse man durch den dicken Mantel sehen können, der feine Flaum auf ihren Armen drängt sich gegen das Innenfutter des Mantels. Stumm und zitternd steigt sie etwas umständlich in den Wagen ein. Marc grinst und legt ihre linke Hand auf seinen Schritt, sie spürt seine Erregung unter dem rauen Stoff seiner Hose. Wie von Geisterhand schließt sich der Bügel der Bahn. Eng liegt er auf ihren Schenkeln, drückt gegen ihren Bauch. Kann nicht atmen.

Der junge Mann geht zu einem kleinen Häuschen am Fuße der Bahn. Sie sieht sich nervös um, befeuchtet ihre Lippen mit der Zunge. Er reibt ihre Hand über seinen Hosenschritt, sie fühlt, dass sein Schwanz immer härter wird.

Der junge Mann lässt die Bahn aufreizend laut hupen, dann ertönt Musik. »Never let me down again«.

Sie sieht Marc fragend an.

Er legt einen Arm um ihre Schulter. »Bereit, Chéri?«, fragt er und drückt sie fest an sich.

Ihre Hand ruht noch immer auf seinem Schoß, streichelt wie von selbst seinen Schwanz, sie kann an nichts anderes denken. Sie nickt stumm und schließt die Augen. Der Wagen setzt sich langsam in Bewegung. Ihr ist flau im Magen, ihre Knie zittern. Ihre Hand hat sich selbstständig gemacht und reibt unkontrolliert immer weiter über seinen Hosenbund. Sie presst sich fest an ihn, drückt den Körper tief in den Sitz. Die Bahn nimmt Fahrt auf.

Als sie sich auf den Weg nach oben macht, steil und langsam kriecht sie zischend und krachend die Schienen empor, und in ihren Ohren dröhnt die Musik, sieht sie aus den Augenwinkeln, dass sich einige neugierige Beobachter vor der Bahn versammelt haben, der Rummel ist noch ruhig und still, nur die Achterbahn blinkt und tönt über den ansonsten stillen Platz. Sie mag die Augen nicht öffnen, will nicht hinabblicken, kneift die Lider zu und vergisst zu atmen.

Dann spürt sie seine Lippen an ihren, vorsichtig drängt seine Zunge ihre Lippen auseinander, sucht sich einen Weg in ihre feuchte, warme Höhle. Sie öffnet die Lippen und lässt ihn hinein, versucht, nicht an die Bahn zu denken, versucht, zu ignorieren, dass die Bahn schneller wird, immer höher hinauf, von einer unsichtbaren Hand emporgezogen, schneller, der Motor brummt und heult, Wärme und Feuchtigkeit machen sich zwischen ihren Beinen breit, ihre Oberschenkel beben, als seine Hand unter ihren Mantel, unter ihren Rock fährt, den aufgestellten Haarflaum an ihren Beinen streichelt, bis sich seine Finger Platz verschaffen, den Slip zur Seite ziehen, um geübt und gekonnt ihre hart werdende Klitoris zu reiben.

Sie drängt sich fester an ihn, spürt den Fahrtwind, spürt die

Geschwindigkeit, ihre Haare haben sich gelöst und fliegen um ihren Kopf herum, die kalte Luft treibt Tränen in ihre Augen. Ihre Zungen spielen wild und heftig miteinander, je schneller die Bahn wird, umso heftiger und schneller reiben seine Finger an ihr, fast schmerzhaft erregt spreizt sie die Beine weiter und bereitet sich auf den Fall vor, der kommen wird.

Sie kann nicht schreien, sein Mund ist fest auf ihren gepresst, seine Zunge raubt ihr den Atem. Sie erstickt den aufkeimenden Schrei, als die Bahn mit hohem Tempo die erste Biegung hinabrast. Das laute Hupen und Zischen, als Kunstnebel neben ihnen auftaucht, hört sie kaum, sie riecht den süßlichen Geruch des Nebels, nimmt durch die geschlossenen Lider die flackernden, bunten Lichter wahr. Mit einem Finger dringt er jetzt in sie ein, die anderen Finger auf ihre heiße, pochende Klitoris gepresst, seine Zunge stößt im selben Rhythmus in sie hinein, er lässt sie nicht los, er hält sie ganz fest, als die Bahn nun langsam und zischend hinaufkriecht, oben fast stehenzubleiben scheint und dann mit Macht beschleunigt, mit hohem Tempo in eine Kurve rast, sie wird enger an ihn gedrückt, kann sich nicht lösen, sie verschmilzt mit ihm, wird eins mit ihm, die Fliehkraft drückt sie in seinen Körper hinein, sie möchte in ihn hineinkriechen.

Laut hupend nimmt die Bahn weiter Fahrt auf, um mit unsäglichem Tempo den nächsten Abgrund hinabzustürzen. Mit einer Hand hat er ihren Hinterkopf umfasst und drückt ihren Kopf nun an seinen Hals. Sie riecht das bekannte After Shave, spürt den weichen Wollschal an ihrem Kinn, sie schließt die Augen, ihr Mund öffnet sich zu einem leisen Schrei, als sein Finger immer heftiger in sie dringt, immer schneller an ihr reibt, und sie spürt, wie der Orgasmus in ihr aufsteigt, von ganz unten kommt er, aus den kalten, steifen Füßen in den hohen Schuhen bahnt er sich seinen Weg ihre Schenkel hinauf, das Beben durchfährt ihren ganzen Körper, schüttelt sie, und nun kann sie den Schrei nicht mehr zurückhalten, als die Bahn sich in die Tiefe stürzt, seine Hand tief in ihrem Schoß vergraben, ihre Nässe kalt auf ihrem Schenkel, zieht sich ihr ganzer Körper in einem wahnsinnigen Tempo zusammen, krampft, löst sich, sie stöhnt und presst die Beine zusammen, um ihn in sich zu halten, lass mich jetzt nicht los, denkt sie und glaubt, gleich ohnmächtig zu werden.

Erschöpft und mit zitternden Beinen klettert sie aus dem Wagen, als der junge Mann grinsend den Bügel öffnet. Sie ist rot. Ob er gesehen hat, was sie getan haben? Wie lange sind sie gefahren? Fünf Minuten, eine halbe Stunde, einen Tag lang?

Marc springt behände aus dem Wagen und nickt dem jungen Mann zu. »Danke«, sagt er und greift in seine Manteltasche, um einen Geldschein herauszuziehen, den er ihm in die Hand drückt.

Der Mann lacht. »Gern geschehen.«

Marc nimmt ihre Hand und geleitet sie vorsichtig die schräge Metallplattform hinab, bis sie wieder Boden unter den Füßen spürt. Sie kann nicht stehen, sie kann nicht laufen, ihr ist schwindelig, sie muss sich an ihn lehnen.

Er nimmt sie in den Arm und schlendert langsam über den immer noch ruhigen Rummelplatz zurück, bis sie wieder im Mercedes sitzt und auf dem Weg zurück ins Büro ist.

Kapitel 21

Telefon. Es ist dunkel draußen, sie sitzt im Bademantel auf dem Sofa und zappt durch das wie üblich unerträglich schlechte Fernsehprogramm. Der Tag im Büro war anstrengend gewesen, viele Termine, stundenlang hat sie Excel-Tabellen bearbeitet, bis ihre Augen tränten und die Zahlen vor ihr zu verschwimmen drohten. Sie brauchte dringend etwas Entspannung.

Ihre Mutter.

»Kind, es wird immer schlimmer mit dir, jetzt hast du dich seit zwei Wochen nicht gemeldet«, ruft diese empört in den Hörer.

Rebecca seufzt. »Tut mir leid, Mum, aber die letzten zwei Wochen waren wirklich heftig.«

Zu viel Arbeit, zu viel Sehnsucht. Sie hat Marc nur im Büro gesehen, geschäftlich beflissen wie immer, sein Grübchen hat sie geneckt und herausgefordert, doch er lehnte ihren Versuch, sich mit ihm nach der Arbeit zu treffen, freundlich, aber bestimmt ab. Sie war verzweifelt. Zwei Wochen lang hatte sich ihr Herz schmerzhaft zusammengezogen, wenn sie ihn morgens sah, hatten sich ihre Schenkel fest zusammengepresst, wenn er leicht breitbeinig auf dem kleinen Cocktailsessel saß und mit dem Kugelschreiber seinen Nacken kratzte.

»Du solltest nicht so viel arbeiten, so wirst du nie einen Mann kennenlernen«, rügt ihre Mutter. Typisch. Das war ihr einziges Problem. »Du wirst schließlich bald sechsunddreißig!«

Es durchfährt sie wie ein Blitz. Sechsunddreißigster Geburtstag! Tatsächlich, schon in vier Wochen ist es so weit. Kurz vor Weihnachten feiert sie ihren sechsunddreißigsten Geburtstag, der sie immer näher auf die für Frauen so bedrohliche vierzig zuführen würde. Vierzig Jahre. Bis dahin musste man als Frau alles erreicht haben, beruflich und privat. Wer mit vierzig noch nicht im Chefsessel saß, würde diesen auch niemals erreichen können. Wer mit vierzig noch nicht verheiratet war, würde endgültig als alte Jungfer enden. Wer mit vierzig noch kein Kind durch die Schenkel gepresst und am immer schlaffer werdenden Busen gestillt hatte, würde das sicher nicht mehr erleben dürfen.

Sie plaudert mit ihrer Mutter, zieht den Bademantel enger über ihrem Körper zusammen. Es klopft in der Leitung, sie blickt kurz auf das Display des Telefons und sieht Marcs Nummer. Heiß durchzuckt es ihren Körper.

»Mama, ich muss Schluss machen«, sagt sie, und beendet das Gespräch mit ihrer Mutter ohne weitere Verabschiedung. Eilig nimmt sie das Gespräch entgegen. »Ja?« Gespannt, neugierig, aufgeregt.

»Komm zu mir«, hört sie die sonore Stimme mit dem feinen, weichen Akzent. Danach hört sie nur noch das leise Klicken in der Leitung, als am anderen Ende aufgelegt wird.

Sie bebt. Eilig läuft sie in ihr Badezimmer und richtet ihre Frisur. Zwei Wochen lang hat sie darauf gewartet. Das Prickeln zwischen ihren Beinen kündet von der Vorfreude, die ihr Körper unkontrolliert verspürt, wenn sie nur an ihn denkt, an ihre letzten Erlebnisse zurückdenkt. Make-up, Lidstrich, Wimperntusche, Rouge, Lippenstift. Schnell und routiniert verwandelt sie ihr müdes Gesicht in die strahlende Frau, die sie so gern wie eine Maske mit sich trägt, Schutz vor ihrer Verletzlichkeit, die kaum je ein Mann durch die farbige Schminke sehen können wird. Nur er lässt sich nicht blenden von verführerisch roten Lippen, vom Rouge auf den Wangen, das die eigene Röte verbergen soll.

Diesmal entscheidet sie sich für die dunkelrote Corsage, die sie für ihn gekauft hatte, noch bevor sie ahnte, dass er sie jemals zu sehen bekommen würde. Auf ein Höschen verzichtet sie, nur die schwarzen Lackpumps mit der roten Sohle zieht sie an, über ihr Outfit bindet sie den schwarzen Wintermantel in der Taille fest zusammen, ihr Haar lässt sie lose über die

Schultern fallen. Ein prüfender Blick in den Spiegel. Perfekt. Der Lippenstift harmoniert mit der Farbe der Corsage. Sie stöckelt aus der Wohnung, fährt in die Tiefgarage und steigt mit zittrigen Händen in den schwarzen Mercedes.

Wie immer, wenn er sie zu sich gerufen hat, ist die Wohnungstür geöffnet, das schummrige Licht aus dem Flur fällt in das Treppenhaus und lässt ihre Schuhe glänzen. Leise zieht sie die Tür hinter sich ins Schloss, aus dem Wohnzimmer ertönt Musik, ein Klavierstück. Gefühlvoll und kraftvoll erklingen die Töne, Edvard Grieg. Sie kennt das Stück nicht, hat es noch nie gehört. Unvermittelt bleibt sie in der Tür zum Wohnzimmer stehen. In dem großen Zimmer steht ein schwarzer, glänzender Flügel, der dunkelhaarige Mann im Morgenmantel sitzt auf einem kleinen Schemel davor, versunken in die Musik. Flink und behände gleiten seine Finger über die Tasten, sein rechtes Bein, das ein Pedal bedient, ist nackt, der Mantel ist zur Seite gerutscht. Auf dem Flügel steht ein Cognacschwenker, bernsteinfarben glänzt die Flüssigkeit in dem Kristallglas.

Sie lehnt sich an den Türrahmen und lauscht. Wunderschön. Seit wann steht der Flügel hier? Leise räuspert sie sich. Er reagiert nicht, spielt einfach weiter. Sie sieht auf seinen geraden Rücken, auf seinen Nacken, der mit nur wenigen Haaren bedeckt unter dem Morgenmantel hervorschaut. Langsam geht sie über den Parkettboden auf ihn zu, legt ihre Hände vorsichtig auf seine Schultern. Er sieht über seine Schulter zu ihr hinauf und lächelt. Dann wendet er den Kopf wieder ab und spielt weiter, schließt die Augen, versinkt in der Tatstatur und in den zarten Tönen, die er jetzt hervorlockt.

Sie lässt den Mantel hinter sich auf den Boden fallen und setzt sich auf den kleinen Schemel neben ihn, sodass er in ihre nackte, leicht glänzende Scham sehen kann, wenn er den

Kopf zur Seite wendet. Die Schamlippen prall und sinnlich rot verfärbt, Zeugen ihrer Lust, unübersehbar wie ein erigierter Penis, wenn man sich die Mühe macht und genau hinsieht. Seine Hände verlassen nicht die klingenden Tasten, ohne Noten spielt er die sinnliche Melodie, die sich in ihr Hirn eingräbt und die sie nie wieder vergessen können wird.

Vorsichtig schiebt sie ihre Hand in seinen Schoß, teilt den Bademantel über seinem Schritt und tastet nach dem, wonach sie sich seit Wochen gesehnt hat. Weich, eine anregende Halb-erektion, zarte Haut, die sie jetzt vorsichtig mit den Händen hinabschiebt, um die empfindliche Spitze freizulegen. Abrupt hört er auf zu spielen und wendet sich ihr zu.

»Hör nicht auf«, bittet sie leise und will weiter streicheln, die Beine leicht gespreizt auf dem Schemel, bereit, ihn zu befriedigen, wie er sie zuvor schon befriedigt hat.

Doch er umfasst wortlos ihren Nacken, seine kräftige Hand dirigiert sie auf den Boden, bis sie unter dem Flügel kniet, an ihrem nackten Po die kalten Pedale, deren Metall sich in ihr weiches Fleisch bohrt. Sie vergräbt das Gesicht in seinem Schoß, atmet den köstlichen Duft frisch geduschter Haut, gepaart mit diesem männlichen, herben Moschusaroma, das sie so erregt. Die wenigen, zarten Haare kitzeln ihren Mund. Sie beginnt langsam, ihn zu küssen, noch nie zuvor hat sie einen Mann mit dem Mund befriedigt, ist nervös. Sie weiß gar nicht, wie das geht, hat es nur einmal in einem sehr schlechten Pornofilm gesehen und versucht jetzt, die Bilder in ihren Kopf zurückzurufen, sie hat es sich oft vorgestellt, doch nie den Mut gehabt, Angst, sich zu blamieren. Vorsichtig und unsicher öffnet sie die Lippen und lässt nur die Spitze seines immer noch halb erigierten Penis in ihrem Mund verschwinden. Der Geschmack ist ungewohnt, herb und etwas bitter. Marc löst seine Hände von ihr und widmet sich jetzt wieder dem Flügel, zart und sanft fliegen seine Finger über die Tastatur, die Melodie beschwingt sie, erotisch und sinnlich, liebevoll. Im Tempo der Musik lässt sie seinen Schwanz in ihren Mund gleiten und wieder hinaus, spielt mit der Zunge an seiner Eichel, liebkost das kleine Bändchen, das diese mit der zarten Haut verbindet, erfühlt jede kleine Ader auf dem harten und doch weichen Schwanz mit der Zunge. Es erregt sie zu spüren, wie er in ihrem Mund wächst, immer härter, immer größer wird, sie genießt das Vertrauen, das er in sie hat, sie könnte ihm jetzt weh tun, wenn sie die Kontrolle verliert und ihre Zähne ... Sie nimmt ihn so tief in den Mund, wie sie kann, bis sie die Spitze an ihrem Zäpfchen spürt. Sein Spiel auf dem Flügel wird härter, die Musik lauter und kraftvoller. Jetzt hört sie seinen Atem, der schneller und lauter wird. Sie spürt, wie die Feuchtigkeit ihren Schenkel hinabrinnt, lässt die Zunge schnell und mit viel Druck an seinem Schaft auf und ab gleiten. Ihre Bewegungen werden heftiger, im Rhythmus seiner Finger presst sie die Lippen fest um seinen Schwanz und reibt ihn mit ihrem Mund, so fest sie kann. Sie spürt das Pochen, das leise Zittern in seinem Penis, das seinen Höhepunkt ankündigt. Oh Gott, wird er in ihren Mund ...? Erschrocken hält sie kurz inne, doch Marc löst die Hände vom Flügel und presst sie gegen ihren Kopf, das köstliche Klavierspiel verstummt, er dirigiert ihren Kopf zwischen seinen Beinen, beinahe schmerzhaft heftig ist seine Bewegung jetzt, unkontrolliert, sie kann sich nicht lösen, sie kann nicht aufhören ... unerwartet und plötzlich spürt sie wenige, heiße Tropfen in ihrem Mund. Bitter, sauer. Tränen schießen in ihre Augen, sie will den Kopf wegziehen, doch er hält ihn immer noch fest umklammert, und mit einem lautem Stöhnen ergießt er sich heftig in ihren Mund.

Sie schluckt. Mehrfach. Das heiße, zähe und bittere Sperma klebt an ihrer Zunge, an ihren Wangen, dringt durch ihre Lippen, wo sie es schnell ableckt. Er zieht sie zu sich auf den Schemel, seine Zunge teilt ihre Lippen und schmeckt die Reste seiner Lust in ihrem Mund. In ihrem Schoß pocht es heftig und heiß von unerfüllter Lust, sie möchte hineinfassen, möchte sich mit ihren eigenen Fingern Erleichterung verschaffen, doch aufreizend langsam gleitet sein noch immer harter Schwanz in ihre nasse Scham, seine Hände halten ihre Pobacken fest umklammert, während er sie mit kurzen, kräftigen Bewegungen seiner Arme auf und ab gleiten lässt. Sie wirft den Kopf in den Nacken, spürt ihr Haar auf ihrem Rücken, immer tiefer gleitet er in sie hinein, immer noch angenehm erigiert, sie spürt seine Stärke tief in sich, fühlt sich wohlig und beschützt in seinen Armen, lässt ihn das langsame Tempo bestimmen, mit dem er ihre Spalte teilt und in ihrer heißen Nässe badet. Wild und heftig küsst sie ihn, beißt in seine Lippen, umklammert seinen Rücken mit den Händen und lässt sich tragen, wie auf einer Woge gleitet sie auf ihm, auf und ab, eine Welle der Leidenschaft steigt in ihr hoch, und mit einem heftigen Seufzer erbebt ihr ganzer Körper unter dem plötzlichen Orgasmus.

Sie liegen auf der Chaiselongue, Marc hat das Feuer im Kamin erneut entfacht, wohlige Wärme umgibt sie. Sie trägt noch immer ihre Corsage, sonst nichts. Ihr Kopf ruht auf seiner Brust, seine Hand fährt sanft ihren Rücken entlang.

»Chéri«, murmelt er in ihrer Halsbeuge, »du bist mein liebstes Spielzeug.«

Sie erstarrt. Hat er Spielzeug gesagt? Was soll das bedeuten? Sie ist doch kein Gegenstand! Empört richtet sie den Oberkörper auf und will etwas sagen. Viel zu lange geht das jetzt schon so, wer ist sie denn, dass sie ihn allein bestimmen lässt, wann und wie sie sich vereinigen. Warum kommt er nie zu ihr, warum kann sie ihn nicht einfach anrufen und sagen, komm her und füll meine leere Möse, ich brauche dich?

Seine schwarzen Augen sehen sie fest an, als hätte er ihre Gedanken gehört, und er flüstert: »Bleib heute bei mir.«

Sie gibt sich geschlagen, legt den Kopf zurück auf seine muskulöse Brust und seufzt glücklich. Endlich, er schickt sie nicht heim, nicht in diesem Zustand. Sie schließt die Augen und schläft bald ein, das Feuer des Kamins warm auf ihrem Rücken.

***

Sie hatte sich allein auf der Chaiselongue wiedergefunden, am frühen Morgen. Keine Spur von Marc. Der Kamin war kalt, die graue Pelzdecke wärmte ihren fast nackten Körper, und doch fror sie. Rufend war sie durch die Wohnung gegangen, konnte ihn nicht finden, keine Nachricht. Enttäuscht zog sie ihr Kleid an und verließ das Haus, um nach Hause zu fahren.

Kapitel 22

Mittagessen mit Stacy.

Rebecca hatte heute Morgen nicht geduscht, nur ihr Kostüm übergestreift, das Make-up aufgefrischt und war direkt ins Büro gefahren. Kein Marc. Es ist Mittagszeit, die Kantine gut gefüllt. Während sie auf dem Plastikstuhl sitzt und lustlos in ihrem Salat stochert, spürt sie die getrocknete, jetzt kalte Feuchtigkeit zwischen ihren Schenkeln kleben, Reste davon sind auf den Gummirändern ihrer Strümpfe eingetrocknet, wenn sie tief einatmet, glaubt sie, ihre eigene Lust riechen zu können.

»Wie läuft dein Projekt?«, fragt Stacy kauend und nimmt

einen Schluck von ihrer Cola.

Rebecca nickt. »Alles im Plan.« Sie lächelt. »Wir sind ein gutes Team, Marc und ich.« Sie schluckt, darf nicht mehr erzählen, auch ihrer einzigen Freundin nicht.

Stacy freut sich, sie hatte doch Recht gehabt, unter erwachsenen Menschen sei das doch kein Problem mehr, ein kleiner sexueller Ausrutscher, na und?

Dann erzählt sie von ihrer Tochter, von den neuen, frischen Backenzähnen und warum sie in den letzten Tagen so müde aussieht. Ihre Ehe läuft auf Sparflamme, sagt sie, weil Miguel so viel arbeitet und abends spät nach Hause kommt. Und weil sie dauernd so müde ist wegen der nächtlichen Störungen, geht sie früh schlafen. »An Sex ist leider gar nicht zu denken«, seufzt sie und schiebt eine Gabel voller Spaghetti kunstvoll in den Mund. »Aber wem sage ich das«, scherzt sie weiter. »Bei dir sieht es ja wohl auch trocken aus, oder?«

Rebecca errötet und sieht sich hektisch um. »Ehrlich, Stacy, doch nicht hier, vor allen Kollegen ...«

Stacy ist erfrischend offen, sie hat kein Problem damit, über Sex zu sprechen, und sie hat wahrhaftig viel erlebt in dieser Beziehung. Doch was Rebecca gerade erlebt, das dürfte auch ihr fremd sein. Außerdem darf sie ihr Geheimnis nicht verraten, das Geheimnis, das sie selbst kaum begreift.

Die Erinnerung an den gestrigen Abend treibt ihr die Hitze erneut in die Wangen. Noch immer meint sie, die unbändige Lust zu spüren, den sie schüttelnden Orgasmus, den Duft seiner Haut und seines erigierten Schwanzes zu riechen, vermischt mit ihrem eigenen warmen, süßlichen Duft.

Sie runzelt die Stirn. Wo ist er heute nur? Er war noch nie krank, aber heute hat er sich nicht einmal abgemeldet, ist einfach nicht aufgetaucht. Das kann sie nicht dulden, als

Vorgesetzte, sie muss ihn später anrufen. Ja, das wird sie tun, gleich nach dem Essen. Bei dem Gedanken schlägt ihr Herz bis zum Hals. Sie hat ihn noch nie angerufen, das hat sie nicht gewagt. Was wird er ihr sagen? Was, wenn er nicht rangeht? Aber als Vorgesetzte ist es ihr Recht, zu erfahren, wo er sich herumtreibt. Oder zumindest, warum er heute Morgen nicht an seinem Platz war.

»Hast du es mal mit Internet probiert?«, fragt Stacy unvermittelt.

Rebecca zwinkert verwirrt. »Was soll ich im Internet probieren?«

Stacy lacht. »Einen Kerl suchen, natürlich. Das ist doch angeblich eine todsichere Methode für überbeschäftigte Karrieremenschen, da findest du bestimmt deinesgleichen.«

Rebecca lacht. »Nein, danke, lass nur. Ich hab im Moment kein Interesse an Männern, ich komm schon klar.«

Stacy zuckt die Achseln. »Kann ich nicht glauben. Ich bin jetzt seit zwei Wochen ohne Sex und weiß schon gar nicht mehr, wohin mit mir.«

Sie lachen.

»Das unterscheidet uns wohl voneinander«, murmelt Rebecca und schiebt den noch halbvollen Teller mit Salat von sich. Sie steht auf. »Ich muss wieder hoch«, sagt sie entschuldigend mit einem Blick auf ihre Uhr. »Nächster Termin in zehn Minuten.«

***

Natalie feilt hingebungsvoll ihre Nägel, Rebecca räuspert sich, als sie das Büro betritt. Schuldbewusst lässt Natalie die Nagelfeile auf den Schreibtisch fallen.

»Meeting in fünf Minuten in deinem Büro«, sagt sie fröhlich und zeigt mit dem Finger auf ihren Computerbildschirm.

Rebecca nickt. »Danke, hab ich nicht vergessen.«

Sie öffnet ihre Bürotür und zuckt zurück. Er sitzt auf einem der kleinen Cocktailsessel und tippt auf seinem Laptop. Sie ist wütend, warum hat Natalie ihr nicht gesagt, dass er hier ist, in ihrem Büro?

»Hast du auf mich gewartet?«, fragt er und sieht beinahe belanglos von der Tastatur auf, das Grübchen an seinem Kinn zittert kaum merklich.

»Wo warst du?«, fragt sie vorwurfsvoll, und weiß selbst nicht, ob sich die Frage auf sein Fehlen in seiner Wohnung heute Morgen oder auf seine Abstinenz im Büro bezieht.

Er legt den Laptop zur Seite, steht auf und lächelt. »Dringende private Termine.«

Mehr sagt er nicht dazu? »Das nächste Mal warnst du mich bitte vor, wenn du einen halben Tag frei machst«, sagt sie betont streng und geht zu ihrem Schreibtisch.

Er lacht leise.

Sie dreht sich um und zieht sehr nachdrücklich eine Augenbraue hoch, ein letzter aufbäumender Versuch ihrer Autorität, sich durchzusetzen.

»Alles klar, Chef«, sagt er mit ironischer Betonung und verlässt leise das Büro.

***

Das Meeting findet ohne ihn statt. Da es nur ein kleines Meeting mit den Abteilungsleitern zur Prüfung des Zwischenstandes ist, ist das nicht weiter schlimm. Trotzdem vermisst sie ihn, fühlt sich nicht vollständig ohne ihn an ihrer Seite. Als die Kollegen das Büro verlassen, steckt sie den Kopf durch die Tür und sieht sich suchend um. »Ist Marc schon wieder weg?«, fragt sie Natalie.

Die nickt. »Er ist vor eurem Meeting rausgegangen und bis

jetzt nicht wiedergekommen. Weißt du auch nicht, wo er ist?«

Rebecca kaut auf ihrer Unterlippe. Jetzt muss sie wirklich ein ernstes Wort mit ihm reden, ihre private Affäre ist ja eine Sache, aber hier im Büro muss er doch ihr zur Verfügung stehen, sie ist seine Chefin, sie braucht ihn für ihre Arbeit.

Flink beantwortet sie einige eingegangene E-Mails und überprüft den aktuellen Projektplan, führt einige Telefonate. Draußen ist es langsam dunkel geworden, und morgen ist die nächste große Präsentation vor der Geschäftsleitung, hier soll sie aufzeigen, ob das Projekt noch rund läuft und das benötigte Budget für die Durchführung bestätigt bekommen.

Sie sieht wieder durch die Tür, Natalie ist schon gegangen, keine Spur von ihm. Sie rümpft die Nase. Sie müssen noch die Präsentation für morgen durchgehen, die er vorbereiten sollte. Wenn er jetzt unzuverlässig wird ...

Sie dreht sich um und will in ihr Büro zurückgehen, da öffnet sich die Tür des Vorzimmers. Die Hände in den Hosentaschen vergraben, steht er da, ohne Sakko, ohne Krawatte, den obersten Knopf des schwarzen Hemdes aufreizend geöffnet, sodass sie einen Blick auf seine weiche Haut erhaschen kann. Die Tür fällt hinter ihm ins Schloss.

»Da bist du ja!«, ruft sie erleichtert aus und bemüht sich sogleich, wieder einen tadelnden Ton an den Tag zu legen. »Wir haben morgen die große Präsentation, und ich wollte ...«

Er geht langsam auf sie zu, die Hände noch immer in den Hosentaschen, und nötigt sie so, rücklings die wenigen Schritte in ihr Büro zu gehen. Sie lässt sich von ihm führen, spürt seinen Atem an ihrem Gesicht, sein Oberkörper berührt ihren Busen, sie kann seine heiße Haut förmlich durch den Stoff ihres Kostüms spüren.

Leise schließt er mit dem Fuß die Tür hinter sich. Sie räuspert sich und dreht sich um, will zu ihrem Schreibtisch gehen, der schützenden Burg, hinter der sie sich verstecken und Chefin spielen kann. Doch er ist dicht hinter ihr, hält sie an beiden Armen fest.

»Was ...«, beginnt sie, als er sie zu sich umdreht und mit Kraft seinen Mund auf ihren presst. Sie schließt die Augen und genießt. Das Büro ist ruhig, fast alle sind nach Hause gegangen, es ist ihr egal, wenn jetzt jemand hereinkommt, sie würde sterben für diesen Kuss, für die weichen Knie, die er erzeugt. Sie atmet tief durch die Nase ein, atmet seinen Geruch, sein herbes, männliches After Shave, Zigaretten.

»Ich habe ein Geschenk für dich, Chéri«, sagt er schmunzelnd, als er sie atemlos aus seinem Kuss entlässt. Mit einer Hand zieht er etwas aus der Hosentasche und hält es ihr hin. Ein kleines, schwarzes Ei, etwa fünf Zentimeter groß, mit einer merkwürdig gebogenen Spitze aus Metall vorn.

Sie sieht ihn verdutzt an. »Was ist das denn?«

Er lächelt.

Sie ahnt. Hitze steigt in ihr auf, sie wird rot und blass. Morgen ist die Präsentation, der wichtigste Termin der Woche, da ist keine Zeit für solche Spielchen, das wird sie niemals mitmachen. »Das ist nicht dein Ernst«, protestiert sie empört und nimmt das kleine Ei von seiner Hand. »Was ist das? Was macht das?«

Er legt einen Finger auf ihre Lippen. »Neugier ... Katze ...«, murmelt er und küsst sie auf den Hals.

Ein Schauer durchfährt sie.

Dann nimmt er ihre Hand und schließt ihre Finger um das kleine schwarze Ei. »Vertrau mir«, sagt er und verlässt das Büro.

Zitternd steht sie da und sieht auf das kleine Ei. So etwas Verrücktes ... Soll sie sich das wirklich ...? Das kann er doch unmöglich meinen? Sie dreht an dem Ei. Nichts passiert. Kein

Geräusch, keine Bewegung. Es lässt sich auch nicht öffnen. Es sieht elegant aus, glänzt vornehm. Der kleine, metallene Stab vorn ist flexibel und lässt sich biegen.

Verwirrt fährt sie in die Tiefgarage und macht sich auf den Heimweg, es ist spät.

KAPITEL 23

Nachdenklich betrachtet sie das kleine, schwarze Ei in ihrer Hand. Sie steht vor einem der wichtigsten Meetings ihrer Karriere, und in ihrer Hand liegt ein eigenartiges kleines Ei, das er ihr geschenkt hat. Sie soll es in sich tragen, das hat sie verstanden, doch sie versteht nicht, wozu es gut ist. Soll sie während der Präsentation an ihn denken? An seinen harten, geraden Schwanz, den perfekt geformten Schwanz in ihrer weichen und warmen Möse?

Sie spürt Erregung in sich aufkeimen, und kurzentschlossen öffnet sie mit den Fingern ihre Labien, zieht sie auseinander, führt mit der anderen Hand das kleine Schmuckstück ein, das leise schmatzend von ihrer feuchten Möse aufgenommen wird. Den metallenen Arm vorn biegt sie so, dass er sich angenehm und nicht störend direkt an ihre Klitoris schmiegen kann, hofft, dass er das Ei in ihr halten wird, denn sie hat das Gefühl, es könne herausrutschen. Das Ei füllt sie angenehm aus, es ist nicht zu groß, um unbequem zu sein, und doch gerade groß genug, um sie spüren zu lassen, dass sie es in sich trägt. Probeweise spannt sie die Muskulatur an, fühlt, dass das Ei sich leicht in ihr nach oben bewegt. Mit ihren Muskeln schiebt sie es einen Zentimeter nach oben und lässt es wieder sinken. Sie lächelt in den Spiegel. Keine schlechte Idee. Und ein gutes Training ist es sicher noch obendrein.

Make-up, Lidstrich, Wimperntusche. Geübt steht sie vor dem Vergrößerungsspiegel, geht ihrer morgendlichen Routine nach und verwandelt sich wieder von dem unscheinbaren Mädchen mit den Haaren, die nicht blond und nicht braun sein wollen, in die geschäftstüchtige, respektierte Karrierefrau, die mit vollen, rot bemalten Lippen ihre Kompetenz unter Beweis stellt.

Sie hat es nicht leicht gehabt in der Männerdomäne, in der sie arbeitet. Viele Jahre hat es gedauert, bis man sie ernst genommen hat. Ihre anfänglichen Versuche, sich möglichst betont männlich zu kleiden und zu geben, waren vergeblich. Dann hatte sie die Strategie geändert und damit grandiosen Erfolg gehabt.

Ihr üppiger Busen verschwindet unter dem großzügig geschnittenen Sakko, der kurze Rock liegt eng an und bedeckt die Knie, an den Füßen trägt sie neue Schuhe, Jimmy Choo. Sündhaft teuer waren sie, sie sind geschnürt und reichen bis kurz über den Knöchel, die Zehenspitzen lugen keck an der Spitze hervor. Marc hat sie noch nicht gesehen, sie ist gespannt, wie er darauf reagieren wird. Sie findet sich frivol und sinnlich. Wieder lässt sie das kleine Ei in der Vagina einmal auf- und abgleiten, stellt sich vor, dass es seine Finger sind, die in ihr spielen, ihre Mösenwand massieren und zärtlich, aber doch eindringlich, darin spielen.

Seufzend steigt sie in den Aufzug und fährt in die Tiefgarage hinunter. Als sie im Auto sitzt, geht sie in Gedanken noch einmal die Präsentation durch, die sie gleich halten wird. Der Projektstatus ist hervorragend, es könnte nicht besser laufen. Sie sind im Zeitplan, und auch das Budget wird voraussichtlich ausreichen. Der Kunde wird heute auch anwesend sein, um zu erfahren, wie es um sein Geschäft bestellt ist.

Als sie im Büro ankommt, sitzt Marc bereits an seinem Platz und lächelt. »Chéri«, sagt er, »bist du gut vorbereitet?« Sein Blick, der unter dem Sakko ihren Schoß sucht, lässt keinen Zweifel daran, worauf er hinauswill.

Sie errötet und nickt. »Bestens«, sagt sie und geht gut gelaunt in ihr Büro, wirft die Tür schwungvoll hinter sich ins Schloss. Dann geht sie zum Fenster, sieht auf die Stadt unter sich und spielt mit dem kleinen Ei. Sie hat sich schnell an das Gefühl gewöhnt und mag es, es gibt ihr Kraft und Stärke, es wirkt beruhigend, innerlich so ausgefüllt zu sein. Und es erinnert sie an ihn. Ein wunderbares Geschenk, denkt sie, er kennt die Frauen wirklich gut.

***

Leises Gemurmel im Raum, den sie nun betritt, Marc im Schlepptau. Mit schnellen Schritten geht er an seinen Platz, wo bereits Laptop und Beamer aufgebaut sind, und setzt sich. Sie geht nach vorn und wirft einen kurzen Blick auf die Männer. Einige unterhalten sich leise, andere bedienen sich noch an Kaffee und Tee oder kritzeln Notizen auf leere Blätter vor sich. Ganz vorn sitzen der Vorstand und der Aufsichtsratsvorsitzende. Kurz blitzen ihre früheren erotischen Fantasien vor ihr auf, als sie auf die Halbglatze des Vorsitzenden sieht, der sich gerade bückt, um seinen Schuh zuzuschnüren. Sie lächelt.

»Guten Morgen«, grüßt sie mit lauter Stimme und strahlt in die große Runde. »Heute möchten wir Ihnen zeigen, wie der aktuelle Status unseres wichtigsten Projektes aussieht. Dazu haben wir eine kleine Präsentation vorbereitet …« Sie nickt Marc zu, der mit einem Mausklick den Laptop startet. Auf der Wand hinter ihr taucht die erste Folie ihrer Präsentation auf. Sie ist gut vorbereitet, hat den ganzen Vortrag mehrfach in Gedanken geübt. Früher hat sie das vor einem Spiegel gemacht, um ihre Körpersprache zu überprüfen, die beherrscht sie inzwischen perfekt. Sie weiß, wie sie agieren muss, damit nicht nur ihre Worte, sondern auch ihre Gesten den Rest der Männer von ihrer Fachkompetenz und Autorität überzeugen. Eine Schulung hatte sie nicht nötig gehabt, sie hat einfach beobachtet und nachgemacht, was ihr selber gefiel.

Sie ist nicht nervös. Zu häufig schon stand sie hier, alle Augen auf sich gerichtet, und hat frei gesprochen. Sie braucht keine Notizen, alles, was sie benötigt, ist in die Präsentation eingearbeitet. Und sie weiß ja, wovon sie spricht.

Mit lauter und fester Stimme beginnt sie ihren Vortrag. Sie spricht deutlich und langsam, damit man ihr folgen kann. Jeder Satz ist von Gesten umrahmt, sie denkt nicht eine Sekunde lang darüber nach, wohin mit ihren Händen, ihren Armen, routiniert und souverän wie ein Schauspieler, der eine lang einstudierte Rede hält.

Als sie zur dritten Folie kommt, stockt sie plötzlich. Das kleine Ei in ihr macht sich bemerkbar, es vibriert sanft und vorsichtig, tief in ihr. Damit hat sie nicht gerechnet, stirnrunzelnd presst sie die Schenkel zusammen, hat Angst, es zu verlieren, und sieht zu Marc. Der starrt ungerührt auf den Laptop vor sich, doch in seiner rechten Hand, die vor dem Laptop auf dem Tisch liegt, sieht sie eine kleine, flache Fernbedienung. Sie wird rot, ihr Atem stockt. Das kann nicht wahr sein! Das darf nicht wahr sein! Sie macht einen Schritt zur Tür, will hinauslaufen, auf die Toilette, das Ei aus sich herausziehen, mit einer fadenscheinigen Entschuldigung. Sie sieht in sein Gesicht, und da ist sie: die Enttäuschung.

Heiß durchzuckt sie die Erinnerung … Ihr Vater, enttäuscht von ihr, wenn sie etwas gemacht hatte, das ihm nicht gefiel, wenn sie nicht perfekt war, seine kleine, perfekte Prinzessin, die er so liebte. Und sie hatte geweint, wenn er diese Enttäuschung in den Augen hatte, in seinem ganzen Gesicht, wenn er ihr wortlos sagte, dass sie doch nicht gut genug war, nicht perfekt, wie er so gern glauben wollte. Wie ein Dolch waren seine Blicke durch sie hindurchgefahren, hatten ihr den Atem geraubt und sie künftig weiter angetrieben, perfekt zu sein, für ihn, um statt der Enttäuschung den Stolz in seinen Augen blitzen zu sehen, der ihn so lebendig, so gesund machte.

Der Vorstandsvorsitzende räuspert sich. Sie streicht sich durch die Haare, sie hat die Fasson verloren, das ist ihr noch nie passiert. Hilfesuchend sieht sie zu Marc. Bitte, hilf mir, tu es nicht, nicht jetzt, nicht heute! Doch sie kann die Enttäuschung in seinen schwarzen Augen lesen, an dem Mund, dessen Mundwinkel nicht wie sonst in einem feinen Bogen nach oben gerichtet sind, sondern schmal und gerade sind, das Gesicht wirkt eingefallen, müde. Das will sie nicht, er soll nicht enttäuscht sein.

Sie hüstelt kurz, dann fährt sie mit der Präsentation fort. Nach einigen Sätzen hat sie sich wieder gefangen, hat fast zu ihrer alten Souveränität zurückgefunden, niemand scheint etwas gemerkt zu haben, sie hatte nur kurzzeitig den Faden verloren, das war nicht schlimm, das passierte doch jedem mal.

Das Ei vibriert stärker. Nun spürt sie, dass auch der kleine metallene Haken, der noch immer flach an ihre Klitoris gedrückt liegt, sich ebenfalls bemerkbar macht und plötzlich zuckt und bebt, direkt an ihrer Klitoris, direkt auf der schnell hart werdenden Perle, die noch eingehüllt liegt in der zarten Haut, die sie schützend bedeckt. Doch die sich schon bald, das weiß sie, herausdrücken wird, nackt und empfindlich, direkt an dem pulsierenden, metallenen Arm. Sie presst wieder die Schenkel zusammen und sucht seinen Blick. Er sieht sie ungerührt und aufmerksam an, das Kinn in eine Hand gestützt, die andere liegt noch immer auf dem Tisch, sie sieht, wie sein Finger auf der Fernbedienung herumdrückt, und spürt sofort, wie die Vibration in ihr kräftiger wird, in und an ihr. Erregung steigt in ihr auf, sie spürt die Feuchtigkeit in ihrem Schritt, die sich gleich auf den Weg machen wird durch ihren dünnen Slip hindurch, sodass die anwesenden Männer sie riechen werden, Männer riechen das, fast so gut wie Hunde. Oh Gott!

Sie räuspert sich wieder, geht zu ihrem Tisch und trinkt einen großen Schluck Wasser.

»Frosch im Hals?«, fragt der Chief Financial Officer schmunzelnd.

Sie nickt und räuspert sich erneut. »Entschuldigung«, krächzt sie. »Geht gleich wieder.« Hoffentlich! Das Ei brummt und zittert in ihr. Es massiert ihre Vagina, es pulsiert an ihrer Klitoris. Ihr wird warm, sie will ihr Jackett ausziehen, das geht aber jetzt nicht. Verzweifelt sieht sie rasch an sich herunter, zu ihrem Schoß. Kann man sehen, was da gerade geschieht? Oder kann man es hören?

Ungeduldiges Murmeln. Sie dreht sich wieder zur Wand hinter sich um und blickt auf die Präsentation, die der Beamer an die Wand projiziert, sodass alle sie sehen können. Was wollte sie noch gleich ...?

Es dauert einige Sekunden, dann hat sie wieder zurückgefunden in die Welt ihres Projektes und fährt mit ihrem Vortrag fort. Sie muss sich beherrschen, nicht zwischendurch zu stöhnen, nicht hineinzufassen in das wohlige, feuchte und warme Kribbeln zwischen ihren Beinen. Sie sieht auf Marc, auf seine Finger, die virtuos wie auf der Klaviertastatur die Knöpfe der Fernbedienung drücken. Schnell, langsam, pulsierend, wieder langsam ... immer schneller wechselt der Rhythmus der Vibration in ihr, an ihr, und verhindert, dass sie zu einem Höhepunkt kommen kann, kein konstanter Rhythmus, nur Erregung. Sie spürt die Feuchtigkeit jetzt schon an den Schenkeln. Gleich müssen es alle sehen, denkt sie und versucht verzweifelt, ihren Zustand zu verbergen, die Schweißperlen auf der Stirn zu ignorieren, die sich jetzt aufgemacht haben, ihre Haut zu durchdringen, um für alle sichtbar auf ihr zu glänzen. Ihr ist nicht entgangen, dass ihre Zuhörer aufmerksamer werden. Ihre Stimme hat sich verändert, sie ist nicht mehr laut und fest, sie ist weich und brüchig, eine weibliche Stimme. Die Männer registrieren ihre Schwäche, hier steht jetzt eine Frau, warm und weich, feucht und sinnlich, keine harte Geschäftsfrau, die trotz des kurzen Rockes und der hochhackigen Schuhe ihr herbes Gesicht nicht verbergen kann, das verrät, dass sie ihnen ebenbürtig ist.

Sie könnte weinen. Warum tut er ihr das an? Sie hat jahrelang hierauf hingearbeitet, und jetzt will er sie zerstören? Ihr Schoß pocht und klopft, sie kann sich kaum noch konzentrieren. Seine zartgliedrigen Finger gleiten auf und ab, sodass sie nicht sehen kann, ob er auf Knöpfe drückt oder nur mit den Fingern auf der Fernbedienung auf und ab fährt. Er will sie quälen, soviel steht fest. Jetzt hat sie ihn durchschaut.

Nach der letzten Folie lässt sie sich erschöpft auf ihren Stuhl fallen. Kleine kalte Schweißperlen stehen auf ihrer Stirn.

»Ist Ihnen nicht gut?«, fragt der Vorstandsvorsitzende väterlich.

Sie schüttelt den Kopf. »Entschuldigung«, murmelt sie und schlägt die Beine übereinander, doch dadurch drückt sie den kleinen vibrierenden Arm noch fester gegen ihre Klitoris, sodass sie unbewusst aufstöhnen muss.

Der Vorstandsvorsitzende steht auf. »Gehen Sie nach Hause«, rät er und nickt den anderen Männern zu. »Wir haben ja gehört, was zu hören war. Vielen Dank für Ihren kompetenten Vortrag.« Nach und nach verlassen die Männer murmelnd den Raum, einige drehen sich zu ihr um, bevor sie hinausgehen, unverhohlene Neugier in den Augen.

Mit letzter Kraft hebt sie den Blick, sieht auf die andere Seite des Tisches hinüber. Er blickt sie unverwandt an, seine schwarzen Augen fixieren ihr Gesicht, er ist gierig auf jede Gefühlsregung, beobachtet jedes kleine Zucken der Muskulatur. Sie presst das Becken fest in den Stuhl und schließt die Augen. Gleich komme ich, denkt sie noch, dann kann sie es nicht länger zurückhalten und lässt den Orgasmus zu, der ihre Beine hinaufkriecht und sich in ihrer Mitte mit dem vibrierenden Ei vereint zu einer kleinen Supernova.

Als sie die Augen öffnet, merkt sie, dass das Ei still geworden ist. Ihr Schoß ist so feucht, dass sie nicht wagt, die Beine zu spreizen oder vom Stuhl aufzustehen, sie muss einen kleinen Bergsee hinterlassen haben.

Marc steht vor ihrem Tisch, die Hände auf die Tischkante gestützt, sein Gesicht ist ganz nah an ihrem, er hat ihr zugesehen, hat sie beobachtet, die kleine, flache Fernbedienung in der Hand. »Wow«, sagt er heiser, und als sie näher hinsieht, bemerkt sie seine unglaubliche Erektion, die sich deutlich unter seinem Sakko abzeichnet, mitten im Büro.

Bewunderung, Stolz. Sie steht auf, ein leises, schmatzendes Geräusch ertönt, das Ei scheint sich selbstständig zu machen und droht aus ihr herauszurutschen. Sie greift nach ihrer Handtasche und läuft so schnell sie kann aus dem Raum, auf die Toilette, wo sie beschämt und befriedigt das kleine, schwarze Ei aus ihrer nassen Möse herauszieht und mit ein wenig Klopapier abtrocknet.

Kapitel 24

Das kleine blonde Mädchen kichert glucksend auf ihrem Schoß, als Rebecca ihre Hüften kitzelt. Sie ist ein Abbild ihrer Mutter, die hellen Gene haben sich erstaunlicherweise gegen das südländische Temperament des Vaters durchgesetzt. Die flaumigen blonden Löckchen auf dem Kopf sind wirr, die Augen blau und groß, der kleine Mund ist rosig und feucht.

Sie vergräbt ihren Kopf in den Haaren des Mädchens und atmet tief ein. Unschuld. Vanille. Sie liebt den Geruch kleiner Kinder.

»Du bist echt gesegnet mit deiner Familie«, sagt sie zu Stacy und nimmt einen Schluck Kaffee aus dem großen Becher.

Sonntagnachmittag. Stacy hat Kuchen gebacken, zur Feier des Tages, sie hat schließlich Geburtstag, ihre älteste Freundin. Ihre Eltern wollten am Wochenende zu ihr kommen, aber ihrem Vater geht es nicht so gut, er mochte nicht in die Stadt fahren.

Rebecca denkt an die Kindergeburtstage, die ihre Eltern stets zelebriert haben. Mutter hatte keine Mühen gescheut, ihr den schönsten Tag des Jahres zu bereiten. Sie hatte immer zu Hause gefeiert, nicht wie andere Kinder in Kegelbahnen oder Schnellrestaurants, und sie hatte ihre Mutter dafür geliebt. Liebevolle Dekorationen, selbstgebackene Torten und kleine Geschenke für die Gäste, Kinderspiele wie Topfschlagen und Blinde Kuh hatten sie gespielt. Ein Tag im Jahr, an dem sie gefeiert wurde wie eine kleine Prinzessin, mit bunten Luftballons und Luftschlangen, sie durfte bestimmen und sich wünschen, was sie wollte, sie wusste, ihre Eltern würden es ihr ermöglichen. Monatelang hatte sie als Kind auf diese Tage hingefiebert, denn an ihrem Geburtstag hatte sie sich immer besonders geliebt, wichtig und beachtet gefühlt, auch von den anderen. Sie war die Hauptperson, der ganze Tag drehte sich nur um sie.

Stacy lächelt selig. »Ja, ich liebe das Goldstück«, sagt sie und drückt ihrer Tochter einen Kuss auf den Kopf, was diese mit einem kleinen Quieken quittiert. »Tut mir leid, dass ich heute Abend nicht mit dir ausgehen kann, aber Miguel ist noch auf Geschäftsreise und kommt erst am Dienstag wieder«, sagt sie entschuldigend.

Rebecca winkt ab. Seitdem sie erwachsen ist, macht sie sich nichts mehr aus ihrem Geburtstag. Sie hätte sowieso nicht gewusst, wen sie einladen sollte, mit den Kollegen mag sie nicht feiern und andere Freunde hat sie nicht.

Wie ein Messer spürt sie die Sehnsucht in ihrem Herzen. Es ist jetzt schon wieder zwei Wochen her, dass Marc sie zuletzt zu sich gebeten hat. Ihre Andeutungen im Büro hat er ignoriert, ihre Einladungen, die sie ihm verzweifelt per E-Mail geschickt hat, hat er nicht beantwortet. Heute ist ihr Geburtstag. Sechsunddreißig. Kein Mann, kein Kind. Wenigstens ihre Karriere ist noch nicht verloren, da ist sie guter Dinge, dass sie in den nächsten zwei Jahren erreicht, was sie sich gewünscht hat. Gegen sechs verlässt sie das kleine Reihenhaus, steigt in ihren Mercedes und macht sich auf den Heimweg. Wie ein Blitz durchzuckt sie ein Gedanke. Sie dreht um und fährt in eine andere Richtung.

Vor dem kleinen schwarzen Tor bleibt sie stehen. Das Haus ist stockdunkel. Sie klingelt. Das bekannte Summen ertönt nicht, alles bleibt stumm und dunkel. Sie prüft, ob das kleine Tor vielleicht geöffnet ist, doch es rührt sich nicht unter ihrem vorsichtigen Rütteln. Enttäuscht geht sie zurück zu ihrem Auto und fährt nach Hause.

Als sie die Wohnung betritt und auf den Lichtschalter

drückt, bleibt der Flur dunkel. Mist, denkt sie, schon wieder die Glühbirne. Sie tastet sich durch den düsteren Flur und öffnet die Wohnzimmertür. Sie wendet sich nach rechts und will zu ihrem Tisch gehen, da greift plötzlich eine Hand von hinten um ihren Hals, eine andere Hand umfasst ihre Taille, und zieht sie zurück in den dunklen Flur. Sie will schreien, doch als sie den Mund öffnet, wird ihr Schrei von einer Hand mit einem rauen Lederhandschuh erstickt, die sich jetzt auf ihren Mund legt. Ein unbekannter Männergeruch, beißend billiges After Shave, durchdringt ihre Nase, sie reißt die Augen auf, versucht, in der Dunkelheit etwas zu erkennen, doch sie sieht nur die Konturen ihrer schmalen Garderobe und die Rahmen der Bilder an der Wand. Die Wohnzimmertür fällt hinter ihr zu. Ihr Herz schlägt bis zum Hals. Ein Einbrecher! Jetzt wird es passieren, sie wird vergewaltigt werden. Ihr wird übel, sie merkt, wie alles Blut aus ihrem Kopf in die Füße fließt und spürt, dass sie gleich ohnmächtig werden wird. Gott sei mir gnädig, denkt sie noch, als sie das leise Keuchen des Mannes hört und seine Erektion gegen ihren Po gedrückt spürt.

Seine Hand liegt noch immer auf ihrem Mund, sie kann kaum atmen durch den schmalen Spalt, den er freilässt. Ihr Körper bebt. Mit der anderen Hand schiebt er ihren Rock bis über die Hüften hoch. Dann spürt sie ein Messer, kalt, gefährlich, an ihrem Schenkel. Nein, will sie schreien, doch nur ein gepresstes, unkontrolliertes Jammern dringt durch Nase und Lippen. In ihren Ohren rauscht es, kalter Schweiß tritt aus den Poren auf ihrer Stirn und kündet unheilvoll ein Kreislaufversagen an. Die scharfe Klinge des Messers durchschneidet ihren Slip, sie spürt das kühle Metall ganz dicht an ihrer Haut. Sie atmet hörbar und viel zu heftig durch die Nase ein. Der Geruch des billigen, fremden Rasierwassers lässt sie würgen.

Plötzlich spürt sie einen harten, steifen Schwanz zwischen ihren Pobacken. Sie hält sich mit den Händen an der Wand vor sich fest, stützt sich ab. Lass es wenigstens schnell gehen, denkt sie, während die Tränen stumm ihre Wange hinabrinnen. Das Messer fällt mit einem klirrenden Geräusch auf den Boden. Mit einer Hand spreizt er ihre Beine weiter auseinander, der Schwanz gleitet von hinten zwischen ihre Pobacken, teilt ihre Labien und reibt an ihnen entlang.

Sie schließt die Augen und stellt sich vor, es wäre Marc, der sie für sein prächtiges Glied vorbereitet. Langsam gleitet der fremde Schwanz an ihren Schamlippen entlang, eine Hand findet ihren Weg in ihre Mitte und wandert zielsicher an die empfindlichste Stelle. Bekannte Bewegungen, bekannte Fingerfertigkeit. Kann es sein ...? Sie versucht, den Kopf zu drehen, vielleicht kann sie ihn sehen, vielleicht kann sie erkennen ... doch die Hand mit dem Handschuh ist noch immer fest und unnachgiebig auf ihren Mund gepresst, dreht ihren Kopf energisch wieder zurück. Sie legt eine Wange an die kalte Wand im Flur. Die Finger kneten ihre Schamlippen, ihre Klitoris. Gekonnt, es erregt sie. Langsam beruhigt sie sich. Sie spürt, dass er es ist, diese Berührungen sind einfach unnachahmlich. Als er von hinten in sie eindringt, löst er endlich seine Hand von ihrem Mund, er spürt den weichenden Widerstand und weiß, dass sie ihn erkannt hat. Keuchend lehnt sie an der Wand, der kalte Stein mit dem Rauputz gegen ihren Oberkörper gedrückt, bei jedem Stoß reibt die raue Oberfläche durch den dünnen Stoff ihrer Bluse an ihrer Haut, die Beine weit gespreizt in einer unnatürlichen, unbequemen Haltung, damit er Platz findet, damit er in sie eindringen kann. Es ist sein Schwanz, da ist sie jetzt sicher. Er ist groß, er ist ungeheuer dick und ungeheuer steif. Er gleitet in ihre nasse Möse wie ein Messer durch Butter. Die geschickten Finger reiben aufreizend langsam ihre Klitoris, seine Stöße sind tief, aber langsam. Sie lässt sich auf seinen Rhythmus ein, reckt ihm ihren Po weiter entgegen, drückt ihre Pobacken gegen seine Lenden und lässt sich fallen. Es dauert lange, seine Bewegungen im immer gleichen Rhythmus, monton, langsam, intensiv. Der Orgasmus schleicht sich nahezu an, sie wimmert und stöhnt laut, schlägt mit den Händen gegen die dunkle Flurwand. Ihr Becken bewegt sich, sie will ihn zu einem härteren, schnelleren Rhythmus zwingen, doch ungerührt stößt er weiter tief und langsam zu, seine Finger streicheln ihre harte, fast schon schmerzhaft geschwollene Knospe so unendlich zart, dass sie vor unerfüllter Lust vergehen möchte.

Als sie endlich kommt, dauert ihr Höhepunkt eine kleine Ewigkeit. Minutenlang wird sie von ihm geschüttelt, bis ihre Beine den Dienst versagen und sie laut stöhnend unter ihm zusammenbricht, auf den harten Flurboden sinkt und dort erschöpft liegenbleibt.

»Joyeux anniversaire, Chéri«, flüstert die bekannte Stimme leise an ihrem Ohr.

Sie spürt seinen Atem, streckt den Arm aus, will ihn festhalten. Doch da fällt schon die Tür hinter ihm ins Schloss, sie ist allein im Dunkel des Flures.

Kapitel 25

Lebendig. So muss es sich anfühlen. War sie denn jahrelang scheintot gewesen? All ihre Gedanken kreisen um ihn. Jedes Vibrieren des Blackberry lässt sie aufspringen und nachsehen, ob es eine Nachricht von ihm ist. Seit Tagen schon lässt er sie warten, schickt ihr jedoch täglich mehrere kurze E-Mails, in denen er ihr mitteilt, dass er bald Zeit für sie haben wird. Heute soll es sein, so hat er vor wenigen Stunden bestimmt. Sonntag. Ihr Lieblingstag der Woche, seitdem sie ihren Rhythmus gefunden haben.

Sie seufzt und kuschelt sich aufs Sofa. Wann darf sie bei ihm sein? Und wo? Das Warten zermürbt sie. Sie ist bereit, sie ist geschminkt, sie hat sich komplett rasiert, wie er es gern hat, sie hat eine teure Bodylotion aufgetragen, sodass sich ihre Haut anfühlt wie die eines Kindes, zart und weich, sanft duftend, sinnlich.

Die dauernde erregte Vorfreude in ihr trägt sie wie auf einer Wolke. Ihre letzten Begegnungen waren intensiv gewesen. Auf ihrem Balkon hatte er sie geliebt, hatte sie mit nacktem Unterleib auf die kalte, hohe Brüstung gesetzt und sich vor sie gekniet, um sie mit dem Mund zu befriedigen. Sie hatte sich mit beiden Händen fest an das Geländer gekrallt, die luftige Höhe und den eiskalten Wind unter sich, hinter ihrem Rücken kein Halt. Seine Zunge war langsam und beinahe schmerzhaft eindringlich durch ihre Scham geglitten. Sie hatte Angst zu kommen, fürchtete, die Kontrolle zu verlieren und zu fallen. Sie fiel tatsächlich. Doch er hielt sie mit starken, auffangbereiten Armen fest.

Sie waren spazieren gegangen, Arm in Arm. Sie hatte ihr Gesicht an seinen Mantel gekuschelt und sich wie ein Kind gefühlt, beschützt und behütet von den starken Armen des Vaters, der so grausam sein konnte, aber sie doch liebte und für sie da war.

»Ich liebe dich«, hatte sie geflüstert, und seine Augen hatten geglitzert, als er ihr Kinn zwischen seine Finger nahm und sie hart und heftig küsste, im Schnee, unter den Bäumen.

Sie hatte geweint vor Glück, als sie morgens aufwachte und

er neben ihr lag, bei ihr geblieben war, die ganze Nacht, die Augen geöffnet, das prachtvolle Glied mit der Morgenerektion frech entblößt, sodass sie sich mit heißen Lippen und pochender Möse wieder darüber hermachen konnte, noch bevor sie den ersten Kaffee getrunken hatte.

Er hatte gekocht für sie, in seiner Wohnung. Ein köstliches Vier-Gänge-Menü. Er hatte ihre Augen verbunden und sie gefüttert, sie schmeckte jedes einzelne Gewürz aus dem feinen Essen heraus, vertraute ihm und ließ sich in seiner Gegenwart fallen wie noch nie zuvor in ihrem Leben, kostete unbekannte Gewürze und Speisen, während er sie auf dem großen, antiken Tisch mit Kraft vögelte.

Niemand wusste von ihrem Glück, es war ihr Geheimnis, und das sollte es bleiben. Sie wusste noch immer nichts über ihn, sie erzählte ihm bereitwillig von ihrem früheren Leben, manchmal stellte er Fragen, deren Antwort ihr die Schamesröte in das Gesicht trieb, belangloses Plaudern lag ihm nicht. Und ab und zu glaubte sie, seine eigene Verletzlichkeit zu entdecken, wenn seine Mundwinkel unkontrolliert zuckten und sein Grübchen bebte, sein Gesicht sich beinahe schmerzhaft verzerrte und die Lider sich nur halb über die schwarzen, unergründlichen Augen legten. Wenn er in ihr kam.

Es klingelt. Erregt springt sie auf und öffnet erwartungsvoll die Tür. Grinsend lehnt er im Türrahmen, schwarzer Anzug, weißes Hemd, die oberen zwei Knöpfe aufgeknöpft, ein grauer Seidenschal nur lose um den Hals gewickelt. »Bonjour, Chéri«, sagt er und stößt sich mit den Hüften von der Wand ab, um sie zu küssen.

Heiß und feucht sind seine Lippen. Sie möchte ihn anfassen, möchte ihm in den Schritt greifen und ihn zwingen, jetzt sofort in sie einzudringen. Ihre Hand zuckt, doch sie hält sich zurück. Sie weiß, dass er bestimmt, wann und wo es geschieht. Und sie ist von einer merkwürdigen Spannung erfüllt, denn sie ahnt, dass er sie wieder wie ein kleines Mädchen in eine fremde Welt entführen wird, von der sie zuvor nicht einmal geträumt hat.

Er geht an ihr vorbei ins Wohnzimmer und lässt sich auf das elegante Sofa fallen.

»Cognac?«

Natürlich. Chateau Montifaud. Sie hat ihn extra für ihn gekauft, nachdem sie die Flasche in seiner Wohnung entdeckt hatte. Beschwingt geht sie in die Küche und füllt den schweren Kristallschwenker mit der goldfarbenen, teuren Köstlichkeit. Erwartungsvoll setzt sie sich auf den Sessel gegenüber und sieht zu, wie sich seine vollen Lippen zum Trinken um den Rand des Glases schließen, einen winzigen Schluck nippen.

»Zieh dich an«, sagt er und nickt mit dem Kopf in Richtung Flur, wo, das weiß er, ihre Schuhe und ihr Mantel sind. Sie steht wortlos auf und tut, was er gesagt hat.

Sie nehmen ihren Mercedes, das kennt sie schon. Sie weiß nicht einmal, ob er selbst überhaupt ein Auto hat. Es ist ihr egal.

Sie fahren in die Stadt. Nervös stellt sie fest, dass ihr Fuß in den hochhackigen Stiefeln wippt. Sie hat eine schwarze Bluse und einen schwarzen, kurzen Rock angezogen. Der Mantel ist geöffnet, auf dem Autositz ist der Rock hochgerutscht und entblößt den Ansatz ihrer Strapsstrümpfe. Den altmodischen Strumpfhaltergürtel hat er ihr geschenkt, dazu passende schwarze Strümpfe aus Seide, die fein und zart sind und ihre Haut umhüllen wie Badeschaum. Sie liebt das Gefühl der kühlen Seide auf ihren Beinen. Der BH hat eine Öffnung und lässt die Brustwarze frei, auch ein Geschenk von ihm. Sie fühlt sich verrucht, bereit für alles in dieser schützenden Kostümierung.

Er fährt in eine Tiefgarage. Dunkel und kalt. Als er ihre Tür öffnet, um sie aussteigen zu lassen, fröstelt sie. Er legt den Arm um sie und geleitet sie durch das düstere Treppenhaus hinaus an die klare, aber kalte Winterluft.

Sie gehen stumm wenige Schritte. Er raucht eine Zigarette, der bläuliche Qualm tanzt in der kalten Atmosphäre. Sie drückt sich eng an ihn. Ihr ist nicht mehr kalt, sie spürt seine Wärme, spürt seine schützenden, starken Arme. Vor einem kleinen, dunklen Fenster mit einem kleinen Licht bleiben sie stehen. Sie sieht die Fassade hinauf. Ein Pornokino. Damit hat sie nicht gerechnet. Die eisige Luft kriecht unter ihren Rock und kühlt ihre erwartungsvoll heiße Scham.

Er stößt die Tür auf und reicht ihr die Hand. Durch einen dunklen, kaum beleuchteten Flur gehen sie in den winzigen Kinosaal. Nur ungefähr zehn Sitzplätze gibt es hier, sie blinzelt gegen die Dunkelheit. Es dauert einige Sekunden, bis ihre Augen sich an das schummrige Licht gewöhnt haben. Auf der großen Leinwand vor ihr treiben es gerade zwei Pärchen miteinander, die Frauen stöhnen laut und winden sich unter den Männern, der Raum ist erfüllt von dem Stöhnen der Frauen, dem leisen Keuchen zweier Männer, die im Kino sitzen, und dem moschusschwangeren Geruch nach Sex und Sperma.

Er zieht sie hinter sich her in die erste Reihe und lässt sich auf einen der Sitze fallen, die Augen fest auf die Leinwand gerichtet. Vorsichtig setzt sie sich auf den Platz neben ihm, sieht ihm neugierig in das Gesicht, das auf die Leinwand gerichtet ist, sieht die schwarzen Augen, die sich bewegen, um dem Geschehen im Film zu folgen, die gesamte Situation zu erfassen, in die weit geöffneten, roten Mösen zu sehen, die sich vor ihnen spreizen. Vorsichtig dreht sie sich um und entdeckt zwei Männer hinter sich, mit lustverzerrtem Gesicht, ein Arm, der sich heftig auf und ab bewegt, sie kann die Schwänze nicht sehen, sitzen zu tief. Sie dreht sich wieder zurück, die fremde Lust in den Gesichtern der Unbekannten hat sie beschämt und erregt. In Großaufnahme sieht sie, wie ein übermäßig großer Schwanz in eine komplett rasierte Muschi gleitet, die vor Nässe zu tropfen scheint. Dann sieht sie das vor Lust grimassenhaft entstellte Gesicht des Mannes, zu dem der große Prügel gehört, laut stöhnend.

Sie hat schon früher Pornobilder gesehen, aus Neugier. Sie hatte wissen wollen, wovon die Jungs in der Schule immer sprachen und war in den Tiefen des Wohnzimmerschranks ihrer Eltern fündig geworden. Abgestoßen hatte sie das Geschehen, und doch auf eine unheimliche und machtlose Art erregt. Sie war erst vierzehn gewesen und hatte keine Ahnung von Sex. Was sie sah, hatte sie schockiert, mehr noch als die niveaulosen, stellenweise brutalen Bilder auf dem Fernseher hatte sie aber ihre eigene, körperliche Reaktion schockiert. Sie wollte das nicht, sie fand die Bilder ordinär und obszön, aber gleichzeitig hatte sie gespürt, wie sich ihre Vagina wie von selbst zusammenkrampfte, feuchter und nass wurde, und nur durch ein leichtes Zusammenpressen ihrer Oberschenkel war sie zuckend zu einem Höhepunkt gekommen. Danach hatte sie die Bilder noch lange im Kopf gehabt, immer wenn sie ihre eigenen Finger in ihre feuchte, warme Höhle steckte und ihr Schambein an dem harten Bettrand rieb, bis es schmerzte. Und sie hatte sich gefragt, ob auch ihr Vater sich an diesen Bildern erregte, wenn er allein war, wenn die Mutter Nachtdienst hatte und sie selbst friedlich in ihrem Bett schlief. Es hatte sie angewidert und fasziniert zugleich, holte diese Tatsache doch den heißgeliebten Vater von seinem Thron herunter und ließ ihn ihr näher sein. Er war nicht perfekt.

Marc nimmt ihre Hand und führt sie in seinen Schritt. Er ist steif und erigiert. Sie öffnet geschickt seinen Reißverschluss und streichelt die weiche Haut vorsichtig, zart, schiebt die schützende Hülle zurück und umklammert sie fest mit ihren Fingern, drückt ihn in einem sanften Rhythmus. Die Erregung der anderen, die Geräusche, der süßliche Geruch erregen auch sie, sie spürt, wie sie immer feuchter wird.

Ohne sie anzusehen, dirigiert er sie mit einer Hand bestimmt von ihrem Sitz herunter, auf den Boden, wo sie sich vor ihn kniet und an seiner Hose zerrt, um sein steifes Glied ganz aus der Enge zu befreien. Es springt ihr förmlich entgegen, heiß und prall, die erregte Spitze rot im Dunkeln des Kinos. Hinter ihr flackern die Bilder des Films auf der Leinwand, wenn sie hochsieht, sieht sie die Männer, die hinter ihm sitzen und sich jetzt neugierig vorbeugen. Offenbar sind sie mehr an ihrer Liveshow interessiert als an dem Film. Im Gegensatz zu Marc, der sie keines Blickes würdigt und noch immer mit leicht geöffneten Lippen dem Geschehen im Film folgt.

Er beugt sich vor und öffnet mit einer Hand beiläufig die Knöpfe ihrer Bluse, sodass ihr schwarzer BH und die bloßen, harten Brustwarzen zu sehen sind. Während sie ihre Lippen langsam um seine Penisspitze schließt, schiebt sie mit einer Hand ihren Rock über die Hüften, sodass er die Strümpfe und den Strumpfhalter sehen kann. Ihre feuchtglitzernden Schamlippen sind gegen die Leinwand gerichtet. Sie schließt die Augen und lässt ihre Lippen an seinem Schaft auf- und abgleiten. Sie spürt, wie er größer und härter wird in ihrem Mund. Zwischendurch sieht sie zu ihm hoch, er starrt noch immer fest auf die Leinwand. Das Stöhnen der Frauen vermischt sich mit obszönen, wimmernden Rufen.

»Ja, fick mich!«

»Leck mich, ich bin so geil ...«

Immer schneller gleitet sein Schwanz durch ihre feuchte Mundhöhle, ihre Zunge spielt mit der empfindlichen Spitze, sie saugt mit den Lippen daran, um kurz darauf seine ganze Pracht so tief in ihrem Mund versinken zu lassen, wie sie nur kann.

Seine Hand greift in ihren Nacken, jetzt bestimmt er ihr Tempo. Er sieht immer noch auf die Leinwand, sein Mund ist jetzt obszön geöffnet, sie hört sein Keuchen nicht, aber sie spürt förmlich seinen heißen Atem durch die vollen Lippen dringen. Schneller, immer fester umklammern ihre Lippen seine harte Männlichkeit, pressen und reiben an ihm. Seine Hand dirigiert ihren Kopf, aber Rebecca weiß genau, was zu tun ist. An ihren Schenkeln rinnt es heiß und klebrig herab, an den Strumpfhaltern vorbei. Sie sieht wieder hoch, die Männer sind nicht mehr da.

Doch dann bemerkt sie, dass die Männer nun hinter ihr stehen, sie spürt ihre brennenden, geilen Blicke im Rücken. Sie lässt von Marc ab und wendet den Kopf nach hinten, um zu sehen, ob ihr Gefühl sie trügt. Doch noch bevor sie klar erkennen kann, dass die Männer hinter ihr stehen und mit unanständig weit aufgerissenen Augen, die ihre bloßgelegte, nach hinten gestreckte, nasse Scham und ihre weißen, festen Pobacken mit den schmalen Strumpfhaltern fixieren, hinter ihr onanieren, hat Marc ihren Kopf mit beiden Händen ergriffen und ihn zurück in seinen Schoß gelenkt. Sie schließt die Augen und wartet auf das bekannte Pochen, Pulsieren, darauf, dass er gleich seinen ganzen Saft in ihren Mund hineinschießen wird, und sie wird ihn schlucken, das kostbare Symbol seiner Begierde, stolz und ohne zu zucken.

Aber er zieht sich plötzlich und ruckartig aus ihrem Mund zurück. Irritiert sieht sie auf, sie kniet noch immer auf dem

Boden, die nassen, glänzenden Schamlippen nach hinten gerichtet, gegen die Leinwand, auf die er immer noch schaut, den Blick freigelegt auf ihr Innerstes für die onanierenden Männer hinter ihr. Die Frauen auf der Leinwand schreien und stöhnen, die Geräusche der fremden, fickenden Menschen um sie herum erregen sie. Marc steht nun vor ihr, die Augen noch immer auf die fickenden Darsteller und die fremden Männer hinter ihr gerichtet, und reibt an seinem harten, prachtvollen Schwanz. Sie will ihn jetzt nur in sich spüren, ganz tief, sonst muss sie vergehen, verzweifelt greift sie mit der Hand in ihren Schritt und verreibt die warmen Spuren ihrer Lust auf ihrer Klitoris. Doch anstatt ihr zu geben, wonach sie sich jetzt gerade am meisten sehnt – es ist ihr egal, wenn die Männer zugucken –, bleibt er vor ihr stehen, die schwarzen Augen auf die tropfenden Mösen auf der Leinwand gerichtet, und ergießt sich unerwartet und heftig auf sie. Sie spürt die heiße, klebrige Flüssigkeit im Gesicht, auf ihren Brüsten, dann hört sie noch, wie die Männer hinter ihr keuchend und stöhnend ebenfalls ejakulieren, sie spürt, wie das Sperma der fremden Männer auf ihre Oberschenkel, auf ihre Pobacken klatscht.

Nach einer Weile wird es still um sie herum, nur die Musik des Abspanns ist noch zu hören, sie hört Reißverschlüsse, ein Räuspern und Schritte auf dem alten Teppichboden. Marc reicht ihr die Hand und zieht sie zu sich hinauf. Wie betäubt bleibt sie bei ihm stehen, presst ihren klebrigen Unterkörper gegen seinen Schritt, ihr unbefriedigter Unterleib zittert und bebt, sie atmet schwer. Er führt sie wortlos zum Ausgang, geleitet sie die Treppe wieder hinauf zum Auto und fährt sie nach Hause.

Sie kann nicht sprechen. In ihrem Schoß pulsiert die unerfüllte Lust, heiß brennt es in ihr. Sie möchte mit den Fingern in sich hineingreifen und sich Erfüllung verschaffen. Doch starr sitzt sie auf dem Beifahrersitz und lässt sich tonlos von ihm in ihre Wohnung zurückgeleiten. Mit einem kurzen Kuss verabschiedet er sich im Hausflur von ihr, dann dreht er sich um und geht mit wiegenden Schritten die Treppe hinunter. Sie ist allein.

Leise stöhnend lässt sie sich auf ihr Bett fallen und versenkt ihre Finger in der nassen Scham, den stechenden Schmerz des Verlangens im Magen, das Sperma noch immer klebrig auf ihrem Körper verteilt.

Kapitel 26

Sie kann sich nicht konzentrieren. Übermorgen ist Weihnachten. Ihr graust vor dem sogenannten Fest der Liebe. Sie muss aufs Land, ihre Eltern besuchen. Das ist Tradition, und sie hat sie schließlich schon seit Monaten nicht gesehen.

Eine ganze Woche ohne Büro, ohne Arbeit, ohne Marc. Ihr wird jetzt schon übel, wenn sie daran denkt. Eine Woche voller Familie, alten Bekannten aus dem Dorf, die sie treffen muss, viel zu fettiges Essen, Geschenke, die sie am liebsten umgehend zurückgeben würde. Kein Marc.

Sie schluckt und sieht auf den Bildschirm des Monitors. Viele Kollegen sind schon im Weihnachtsurlaub, es ist ruhig heute im Büro. Das Telefon ist stumm, der Posteingang aufgeräumt.

Natalie guckt durch die Tür. »Kaffee?«, fragt sie.

Rebecca nickt. Gern!

Wenige Minuten später kommt Natalie mit zwei Tassen und einem kleinen Teller mit selbstgebackenen Keksen wieder herein. Sie stellt das Tablett auf den kleinen Tisch und setzt sich auf einen der kleinen Sessel. Rebecca klappt den Laptop zu und geht zu ihrer Sekretärin rüber. Sie setzt sich, nimmt einen tiefen Schluck aus der Tasse und greift nach den Keksen. Natalie plaudert fröhlich, fragt nach ihren Eltern, und dass sie sich auf die ruhigen Tage freuen solle, sie habe dieses Jahr noch keinen Urlaub gemacht, rügt sie.

»Genieße die kleine Auszeit, du fällst noch irgendwann um.«

Rebecca lacht. »Bevor *ich* umfalle ...« Sie denkt an Marc. Er macht sie schwach, *er* lässt sie umfallen, *er* lässt sie in sich zusammensinken, wenn er sie nur anschaut mit seinen tiefen, schwarzen Augen, wenn das Grübchen auf seinem Kinn sanft zittert, wenn sich sein Mundwinkel spöttisch und etwas arrogant hebt, wenn seine vollen Lippen sich leicht öffnen, sie seine weißen Zähne blitzen sehen kann ...

Natalie steht auf. »Ich bin dann auch gleich weg. Ich wünsche dir ein schönes Fest, und komm gesund ins Neue Jahr!« Sie drückt Rebecca kurz an sich und winkt beim Rausgehen.

Rebecca lässt sich in den Sessel zurückfallen und umklammert die heiße Tasse mit beiden Händen. Weihnachten. Als Kind hat sie das Fest geliebt. Es gab Geschenke, alles duftete nach Plätzchen, nach Lebkuchen, nach Gänsebraten und Rotkohl, nach Tannenbaum, nach Zimt. So sinnlich. Später hatte sie den Sinn in diesem Fest nicht mehr entdecken können. Sie war nicht gläubig, die Kirche hatte ihr nichts zu bieten gehabt, sie hatte sich früh davon abgewendet und von sich behauptet, Atheistin zu sein. Ihre Mutter war entsetzt, Vater hatte geschmunzelt, er habe nichts anderes erwartet von seinem klugen Mädchen, hatte er gesagt.

Morgen würde sie wieder durch die überfüllte, viel zu warme Shopping-Mall eilen und Geschenke für ihre Familie kaufen. Teure Geschenke, sie konnte es sich ja leisten. Ja, darauf freute sie sich doch, ihre Eltern mit kostbaren Kleinigkeiten, die sie sich niemals selbst gönnen würden, zu überraschen.

Sie steht auf und trennt den Laptop vom Netz. Marc hatte schon Urlaub, er war gestern zum letzten Mal im Büro gewesen und hatte sich nur kurz von ihr verabschiedet. Sie hatte noch vorsichtig gefragt, was er vorhabe über die Feiertage, ob er wegführe. Doch er hatte nur abgewunken und war gegangen.

Hat er überhaupt noch Familie? Eltern? Oder sind die schon tot? Wo leben sie, wenn sie denn noch leben? Hat er Geschwister? Sie weiß es nicht. Einige Male hat sie versucht, Fragen zu stellen, doch er war ausgewichen und hatte wie immer geheimnisvoll getan. Eigentlich ist es gut so, wie es ist. Nur die ständige Sehnsucht, das ewige Verzehren nach ihm, nach seiner Zuneigung, fressen sie langsam auf. Sie hat kaum Appetit, wenn sie nicht bei ihm sein kann, und dass er im Büro so kühl und unnahbar ist, raubt ihr oft fast den Verstand.

Doch sie hat es ja so gewollt, sie hat sich auf ihn und seine Bedingungen eingelassen. Sie hätte das Ganze vor Monaten beenden sollen, denkt sie kurz, noch bevor es richtig angefangen hat.

In seinen Händen ist sie weich wie seine Lippen, seine Haut. Sie fühlt sich machtlos, willenlos, doch sie vertraut ihm voll und ganz. Sie weiß, dass er sie liebt, auch wenn er es noch nie gesagt hat. Sie weiß von den anderen Frauen, die er gelegentlich sieht, daraus hat er nie einen Hehl gemacht. Ab und zu kommt er von der Mittagspause mit einer Begleitung zurück, die er in der Bürotür verabschiedet. Wenn sie ihn dabei sieht, legt sich eine eiserne Faust um ihr Herz und drückt es in ihrer Brust zusammen, sodass sie nicht mehr atmen kann. Doch sie sagt nichts, denn sie sieht an seinem Blick, dass das falsch wäre.

Sie weiß, dass die anderen Frauen ihr nicht das Wasser reichen können. Sie ist schließlich seine Chefin, das muss doch einen ganz besonderen Reiz auf ihn ausüben, auf ihn, den Kontrollmenschen, der mit ihr spielt wie mit einer Marionette, sie für sich tanzen lässt, sie dirigiert. Was mehr können die anderen Frauen sein, als leere Hülsen, müde gewordene Puppen, abgenutzt und alt, langweilig gewordene Puppen, die irgendwann ein Dasein als Andenken in einer schwarzen, dunklen Kiste fristen würden, nur um viele Jahre später endgültig entsorgt zu werden.

Sie steckt den Laptop in ihre Handtasche, löscht das Licht und verlässt das leere, dunkle Büro.

KAPITEL 27

»Nimm noch ein Stück!« Ihre Mutter ist fröhlich, freut sich, ihre Tochter wiederzusehen. »Du bist so dünn geworden, das sieht ja furchtbar aus.« Ihre Mutter hat gut reden, denkt sie, mit Kleidergröße XL. Sie selbst war ja immer eitel mit ihrer Figur gewesen und war stolz darauf, nie über Kleidergröße S hinausgekommen zu sein. Im Moment rutschen aber wirklich alle Röcke und Hosen, also kann ein zweites Stück Torte nicht schaden. Sie greift beherzt zu.

Sie fühlt sich behaglich und behütet. Ihr Vater sitzt wie immer hustend auf seinem Lieblingssessel, die Füße in Lederpantoffeln auf einem kleinen Hocker vor sich, und liest Zeitung. Ihre Mutter hat Torte gebacken und kocht den weltbesten Kaffee. Wie früher sitzt sie hier in dem kleinen, engen Wohnzimmer und plaudert mit ihrer Mutter.

Sie erzählt vom Büro, von dem großartigen Projekt, das sie leitet und das in einigen Monaten abgeschlossen sein wird. Und dann, so hofft sie, wird sie noch einmal befördert werden und endlich die erste Frau im Vorstand des Unternehmens sein. Ihre Mutter wischt gerührt eine kleine Träne aus dem Augenwinkel und drückt ihren Unterarm. Ich bin so stolz auf dich, meine kleine Tochter! So erfolgreich! Das muss sie ihren Freundinnen erzählen, das haben ja alle kommen sehen, sie war doch immer so gut in der Schule gewesen und hatte schon früh ihre Nase am liebsten in Bücher gesteckt, wenn andere Kinder draußen gespielt hatten. Der Vater hatte sie nur angesehen und gelächelt, sein Mädchen, er habe es immer gewusst, bald würde er von ihr in der Zeitung lesen, auf der Wirtschaftsseite.

Rebecca lächelt. Von Marc erzählt sie nicht. Was sollte sie ihrer Mutter auch sagen? Ich habe eine Affäre mit meinem Mitarbeiter, und er macht mich verrückt, er bringt mich dazu, Dinge zu tun, von denen ich nie zu träumen wagte, er kontrolliert mich und bestimmt, wann wir uns sehen. Er liebt mich, aber er sagt es nie, und er hat noch andere Frauen neben mir.

»Rachel kommt später noch«, sagt ihre Mutter, während sie aufsteht und die leeren Teller vom Tisch räumt.

Rebecca stöhnt. »Muss das sein?«, fragt sie flehend.

Ihre Mutter lacht auf dem Weg in die Küche. »Na komm, ihr seht euch doch nur einmal im Jahr«, ruft sie durch die Küchentür.

Rachel ist ihre Cousine und genauso alt wie sie. Im Gegensatz zu ihr hat Rachel jedoch die Schule frühzeitig beendet, eine Ausbildung zur Schneiderin gemacht, mit achtzehn geheiratet und mit neunzehn ihr erstes Kind bekommen. Inzwischen ist sie geschieden, hat einen neuen Partner und mit diesem noch zwei weitere Kinder bekommen. Sie leben in einem kleinen Häuschen auf dem Land, sie geht in ihrer Rolle als Mutter und Hausfrau auf und engagiert sich in der Jugendarbeit der Kirche.

Rebecca schnaubt. Ein unemanzipiertes Hausmütterchen. Sie

schaut auf ihre hochhackigen Jimmy Choo-Stiefel, die perfekt zu ihrem neuen Designerkostüm passen, und ist stolz auf sich.

»Ich liebe deine Schuhe«, sagt Rachel mit einem Blick auf den Boden bewundernd. »Die waren bestimmt teuer, sie sehen teuer aus. Ich könnte ja nie darin laufen, ich würde mir beide Beine brechen.« Sie lacht. Ihre Cousine ist viel zu naiv, um so etwas wie Neid spüren zu können. Sie wirkt glücklich und mit sich und der Welt zufrieden. Stolz hat sie von ihren Kindern erzählt, der Große ist inzwischen schon siebzehn und macht bald sein Abitur, er ist so klug, dass er eine Klasse überspringen konnte. Er will Physik studieren, sagt sie, das macht sie glücklich und stolz. Die Kleinen sind auch gut in der Schule, der Sohn kommt nach dem Vater und wird sicher mal Kaufmann, der rechnet jetzt schon besser als sie. Sie lebt für ihre Kinder, ihre Familie. Wenn sie von ihrem Mann spricht, glänzen ihre Wangen und ihre Stimme wird weich und warm. Er tut alles für sie, unterstützt sie bei ihrer Kirchenarbeit, hilft im Haushalt und mit den Kindern, und wenn sie sich etwas wünscht, kauft er es ihr, wenn es ins Budget passt. Sie hat wirklich Glück gehabt, so einen Mann gefunden zu haben, wo sie doch schon ein Kind hatte ... Da ist es ja nicht mehr so einfach.

Ihre Mutter zieht die Augenbrauen hoch und sieht zu ihr rüber. Nein, bitte nicht!, denkt Rebecca flehend. Doch ihre Mutter sagt nichts, sieht sie nur an. Rebecca atmet erleichtert aus.

Rebecca denkt an Marc, an seine blinkenden Zähne, an seine feine, weiche Haut, die sanft geschwungenen Muskeln am Oberkörper, den festen Po, die nur leicht behaarten, geraden Beine, das Grübchen ... Nur wer die Sehnsucht kennt, weiß, was ich leide, denkt sie und gönnt sich ihr drittes Glas Rotwein an diesem Abend.

Am nächsten Tag verteilen sie Geschenke unter dem Weihnachtsbaum. Der glitzert und glänzt mit goldfarbenem Lametta, goldenen Kugeln und kitschigen Engeln auf der Spitze. So sah er schon aus, als sie noch Kind war, denkt sie. Jedes Jahr gleich. Seitdem sie allein wohnt, hat sie nie einen Weihnachtsbaum geschmückt. Sie findet das kitschig, albern und unnötig.

Ihre Mutter freut sich über das teure Parfüm und die Lederhandtasche, an der noch das Echtheitszertifikat baumelt.

Mit roten Wangen umarmt sie ihre Tochter. »Kind, das ist viel zu teuer, das sollst du doch nicht …«

Aber Rebecca freut sich über die Freude ihrer Mutter. Ihr Vater ist stolz auf den dreißig Jahre alten Whisky, den sie für sagenhafte dreihundert Dollar in einem Spezialitätengeschäft erstanden hat.

»Der wird auch noch weitere dreißig Jahre aufbewahrt!«, posaunt er und trägt die Flasche wie ein rohes Ei vorsichtig zum Schrank, um sie dort zu den anderen Flaschen zu stellen, die sie ihm in den letzten Jahren geschenkt hat.

Sie freut sich über einen violetten Seidenschal, von dem ihre Mutter wortreich erklärt, wo sie ihn erstanden hat.

Danach sitzen sie auf dem Sofa neben dem Weihnachtsbaum und trinken Sekt.

Eigentlich ist Weihnachten nur mit Kindern schön, sinniert ihre Mutter nach dem dritten Glas und wischt eine Träne weg. Vater klopft auf ihren Schenkel und drückt ihr Knie.

»Das wird schon«, brummt er.

Rebecca geht ins Bett. Dort versinkt sie in Gedanken in Marcs duftender Haut, in seinen Haaren. Ihre Finger wandern unter die Bettdecke, sie stellt sich vor, dass es seine sind, die nun erst sacht, dann immer heftiger ihre pochende Sehnsucht stillen.

Kapitel 28

Die Tage kriechen im Zeitlupentempo dahin. Es sind lange Tage, geprägt von Gesprächen, viel zu viel Kaffee und viel zu fettigem Essen. Sie hat sicher drei Kilo zugenommen in diesen Tagen, das kann sie fühlen. Am Abend sitzt sie mit ihren Eltern zusammen, die leeren Teller vom Abendessen noch auf dem Tisch, einige Reste des Truthahns und winzige Kartoffelstücke liegen noch neben dem Besteck. Rebecca lehnt sich zurück und nimmt einen tiefen Schluck Rotwein, während ihre Mutter vom Essen schwärmt und der Vater sich zufrieden brummelnd seinem Bier widmet.

Da hört sie das bekannte Vibrieren des Blackberry. In den letzten Tagen war er sehr still gewesen, niemand arbeitet an den Feiertagen. Es durchfährt sie heiß und kalt, sie ahnt, von wem diese Nachricht ist. Hektisch wühlt sie in ihrer großen Handtasche nach dem kleinen, schwarzen Gerät, öffnet die Lederhülle und sieht nach. Eine E-Mail von Marc, ohne Betreffzeile. Nur eine Adresse und eine Uhrzeit, fünfzehn Uhr. Morgen? Die Adresse kommt ihr bekannt vor, doch sie kann sie nicht einordnen. Aufgeregt und mit zittrigen Händen schiebt sie das Handy wieder in die Handtasche zurück, lässt sich nichts anmerken.

Wenn ihre Mutter auch nur ahnte, worauf sie sich jetzt so sehr freut, dass sie meint, man müsse ihre geschwollenen Labien durch den engen Rock sehen, wäre sie schockiert. Empört.

Heute schläft sie gut. Sie freut sich auf morgen.

Fünfzehn Uhr.

***

Singend lässt sie sich von dem schwarzen, glänzenden Mercedes über den Freeway durch Schneegestöber sicher leiten. Sie hat das Radio laut gedreht, sie ist fröhlich und guter Dinge. Sie ist auf dem Weg nach Hause, auf dem Weg zu ihm. Im Navigationssystem hat sie die Adresse eingegeben, die er ihr geschickt hat. Ankunft vierzehn Uhr fünfundzwanzig, sagt das Gerät voraus. Sie presst den rechten Fuß etwas fester auf das Gaspedal, der Freeway ist ruhig, es sind diese Tage zwischen den Jahren, an denen die Menschen am liebsten zu Hause sitzen und ihre Weihnachtsgeschenke ausprobieren, oder sich gegenseitig zerfleischen und Familiendramen anzetteln, denkt sie nachdenklich. Jedes Jahr zu Weihnachten haben Feuerwehr, Polizei und Psychologen Hochkonjunktur. Sie kann es verstehen, sie kann verstehen, dass Menschen in diesen Tagen des Nichtstuns und der Völlerei durchdrehen und verrückte Dinge tun, Amok laufen. Noch ein Tag länger, und auch sie wäre am Rande des Wahnsinns gewesen.

Das Handy in der Freisprecheinrichtung klingelt. Mit der rechten Hand nimmt sie am Lenkrad das Gespräch entgegen, das Display teilt ihr mit, dass Stacy dran ist.

»Merry Christmas!«, ruft ihre fröhliche Stimme in den Hörer.

Rebecca lacht. Schön, diese vertraute, normale Stimme zu hören. Sie erzählen von Weihnachten. Stacy hatte glückliche Tage mit ihrer Familie, das Kind ist begeistert von den vielen Geschenken und will abends nicht mehr ins Bett gehen. Sie wünscht ihr einen guten Rutsch in das neue Jahr, und das Rauschen der Freisprecheinrichtung teilt ihr mit, dass Stacy aufgelegt hat. Sie drückt auf das Radio und wählt ihren Lieblingssong vom MP3-Player. »I don't want to be alone, I'm alive, I'm alive ...«

Kapitel 29

Viertel vor drei. Fröstelnd steht sie vor dem Haus. Hier war sie schon einmal, mit ihm. Es ist das Haus zur Wohnung von Angelique. Die Erinnerung an den heißen Kräutertee lässt die Wärme wieder in ihr aufsteigen. Aufgeregt drückt sie auf den Klingelknopf. Es dauert eine ganze Weile, sie hat die Hand schon ausgestreckt, um erneut zu klingeln, als die alte, etwas windschiefe Holztür sich knarrend öffnet.

Die junge, blonde Frau steht im düsteren Hausflur und winkt sie lächelnd hinein. »Bonjour, Rebecca«, sagt sie und verteilt drei Küsschen auf ihren Wangen, rechts, links, rechts, warm und feucht. Sie unterdrückt die in ihr wütende Eifersucht, die in ihren Eingeweiden sticht, und folgt ihr die alte, knarrende Holztreppe hinauf.

Marc sitzt bereits im Wohnzimmer an dem großen Tisch, vor sich eine Tasse mit dampfendem Tee und einen kleinen Teller mit einem Sahnetörtchen, der herb-süße Duft aus dem Samowar erfüllt den ganzen Raum und hüllt sie in eine Wolke von Wohligkeit und Vertrautheit.

Er steht auf und geht auf sie zu, als sie im Türrahmen stehen bleibt, atemlos. »Bonjour, Chéri«, flüstert er in ihr Ohr, sein heißer Atem, der nach Ingwer riecht, ganz nah, und küsst sie sacht in die Halsbeuge.

Sie erschauert und will ihn an sich pressen, will ihn ganz dicht bei sich spüren, doch er dreht sich bereits wieder um und geht zu seinem Stuhl zurück, lässt sich darauf nieder und greift mit sicherer Hand zu der kleinen, zierlichen Teetasse.

Langsam geht sie auf den Stuhl am anderen Tischende zu und setzt sich. Ihre Knie zittern, ihr Magen verkrampft sich in hoffnungsvoller und doch ängstlicher Erwartung, sie wird keinen Bissen essen können von dem köstlichen, kleinen Sahnetörtchen mit zäher, schwarzglänzender Schokolade. Er scheint versunken zu sein, in seinen Tee. Die junge, blonde Frau nähert sich ihr lächelnd und nimmt ihre Tasse, um sie am Samowar mit der heißen, köstlich duftenden Flüssigkeit zu füllen.

»Danke«, haucht sie und trinkt. Der Tee ist heiß, so heiß, dass sie glaubt, er verbrenne ihre Lippen wie sein Kuss. Bei dem Gedanken presst sie die Schenkel in verzehrender Erwartung zusammen. Minutenlang sitzen sie so da, trinken ihren Tee, schweigen. Er beobachtet sie. Sie sieht ihn flehend an. Er muss doch wissen, wie es ihr geht, es ist so lange her, doch die Erinnerung an seinen Mund in ihrem Schoß lässt sie noch immer erschauern.

Sie weiß, dass er sie hinhalten, quälen will. Dass dieser Teil den Reiz für ihn ausmacht, Teil seines eigenen Vorspiels ist. Sie weiß, dass der gerade, feste Schwanz sich bei dem Gedanken an ihre lustvolle Qual verhärten wird, bis er deutlich durch die Hose als Erektion wahrnehmbar ist, stolz und machtvoll.

Er lehnt sich in seinem Stuhl zurück, spreizt die Beine ein wenig und verschränkt die Hände hinter dem Nacken. Dann stößt er einen kurzen, leisen Pfiff durch Lippen und Zähne aus. Irritiert dreht sie sich um, als die Tür hinter ihr sich leise öffnet.

Angelique betritt erneut das Zimmer, sie trägt ein altertümliches, schwarzes Korsett mit schmalen weißen Spitzenrändern, das ihre sowieso schon schlanke Taille unnatürlich zierlich erscheinen lässt. Der kleine Busen wird oben zusammengepresst und bebt bei jedem Atemzug prall und köstlich im Dekolleté. Sie trägt keinen Slip, ihre Labien sind zart und kaum wahrnehmbar wenn sie geht, hauchzarte, hautfarbene Strümpfe, befestigt an den Strumpfhaltern des Korsetts. Hochhackige

Sandaletten mit einem schwarzen Federpuschel vorn.

Sie wendet den Kopf und sieht ihn an. Stumm. Was hat er vor? Er wird doch nicht ... sie stellt sich vor, dass er gleich vor ihren Augen mit der jungen, blonden Frau schlafen wird, sie zusehen lässt. Ihr wird übel. Sie wird sich übergeben müssen, wenn er das tut, da ist sie sicher. Sie weiß ja, dass er auch andere Frauen sieht, die ihm willenlos zur Verfügung stehen, aber wenn sie daran denkt, spürt sie den fußballgroßen Tumor in ihrem Magen, der langsam kriechend seine Metastasen in ihrem ganzen Körper verteilt, überall.

Doch Angelique geht nicht zu ihm, sondern steuert auf *sie* zu. Vor ihrem Stuhl kniet sie sich demütig, mit gesenktem Kopf, hin. Mit geschickten, zarten Fingern schiebt die blonde Frau Rebeccas Rock und ihren Slip zur Seite, verschafft sich Zugang zu ihren prallen Lippen, die in aufgeregter Vorfreude angeschwollen sind und jetzt lustvoll zittern.

Rebecca schließt die Augen und lässt den Kopf in den Nacken fallen. Genießt die Berührung der zarten Fingerkuppen, genießt das Bild der zierlichen, blonden Frau, die in dem Korsett vor ihr auf dem Boden kniet und jetzt ihre Beine zur Seite schiebt, um sie weit zu spreizen auf dem dunkelgrünen Samt des breiten Stuhls, damit er alles sehen kann.

Sie weiß, dass er ihnen zusieht, und wenn sie daran denkt, dass er dabei gerade eine enorme Erektion bekommt und womöglich gleich anfängt, mit seinen schlanken Fingern über seinen Schwanz zu streichen, ihn aus der engen Hose zu befreien, sodass er stolz und stramm in die Luft ragt, spürt sie die feuchte Hitze, die in ihren Schoß schießt.

Zart und liebevoll ist die kleine, rosa Zunge, die sich jetzt zwischen ihren Beinen zu schaffen macht. Sie schnappt nach Luft. Wie eine kleine Katze leckt, saugt und knabbert der winzige, rosa Mund der blonden Frau an ihr. Sie stöhnt. Oh Gott, das ist gut, sie hört das feine, etwas raue Geräusch der Zunge, die an ihrer Scham auf und ab gleitet, das kaum hörbare kleine Kratzen der Zunge auf ihrer empfindlich geschwollenen und geröteten Haut.

Sie öffnet die Augen und sieht zu ihm rüber. Er sitzt amüsiert lächelnd, das Kinn in beide Hände gestützt, vorgebeugt auf seinem Platz und beobachtet mit der ihm eigenen Distanz im Gesicht das Geschehen, keine Spur von Erregung.

Sie lehnt sich zurück und gibt sich ganz den jetzt vorsichtig an ihr saugenden und zupfenden Lippen hin. Ihre Hände umklammern die Lehne des Stuhls, ihr Becken rutscht unwillkürlich weiter nach vorn, um noch mehr Platz zu machen für die warme, weiche Zunge, die sie so sanft und zart bearbeitet.

Sie will kommen, doch die Berührungen sind zu vorsichtig dafür, sie steigern ihre Erregung nur mit jedem Zungenschlag, doch sie spürt, dass der Höhepunkt sich so nicht einstellen wird. Sie schließt die Augen und keucht, wirft den Kopf hin und her, greift mit den Händen an den Hinterkopf der blonden, jungen Frau, drängt ihr Gesicht tief in sich hinein, schiebt die feine, rosa Zunge tief in ihre Mitte. Sie stöhnt hilflos auf, als ihre Hände plötzlich von zwei starken Armen umfasst und hinter den Stuhl gezogen werden. Sie kann ihn nicht sehen, aber sie spürt ihn, ganz nah bei sich, sie hört seinen Atem, der jetzt schwer ist, sie riecht seinen Duft, der intensiver ist als der Tee und ihre eigene Lust, die aus ihr herausrinnt, auf das dunkle Polster des Stuhls.

Sie denkt an ihn, an seinen Schwanz, stellt sich vor, wie er sie heftig stößt mit seiner machtvollen Männlichkeit, die so unnachgiebig und hart ist. Ihr Becken bebt, als sie den Höhepunkt endlich kommen spürt, ihr Stöhnen wird lauter, ihre

Hände verkrampfen sich hinter dem Stuhl, wollen seine Arme ergreifen. Sie hört wieder den leisen Pfiff, den er schon zuvor ausgestoßen hat, und unmittelbar verschwindet die kleine, köstliche Zunge, spürt die feinen blonden Haare nicht mehr auf ihren Schenkeln, lässt er ihre Hände los, die kraftlos hinter dem Stuhl hängen bleiben. Sie öffnet die Augen und zwinkert, den Tränen nahe. Die blonde, junge Frau steht vor ihr, mit bebenden Brüsten, auch ihre Scham glänzt und glitzert feucht unter dem Korsett. Marc geht um den Stuhl herum und auf die junge Frau zu, die ihn sehnsuchtsvoll ansieht und nach seinem Schritt greifen will.

Nein, will sie schreien, doch nur ein undeutliches Keuchen dringt durch ihre Lippen, atemlos sieht sie zu, wie er der blonden, jungen Frau zuzwinkert und sachte, kaum merklich, den Kopf schüttelt. Angelique knickst mit gesenktem Kopf vor ihm, dann hört sie die Schritte der Pantoletten auf dem dicken Teppichboden und die Tür leise ins Schloss fallen. Sie sind allein.

***

Er liebt sie in seiner Wohnung. Liebt sie auf dem harten Parkettboden, auf dem großen, antiken Esstisch, auf der Chaiselongue, in dem riesigen Bett. Viele Stunden lang, bis sie den Schmerz zwischen den Beinen nicht mehr spürt, bis ihre wundgeriebene Möse endlich Ruhe gibt und nicht mehr vor Lust pocht und klopft.

Sie darf bleiben, sie darf in seinen festen, starken Armen einschlafen, den Kopf auf seine Brust gelegt, die Arme um ihn geklammert. Lass mich nicht los, sagt ihr Körper, halt mich fest und lass mich bei dir sein. Für immer ...

Kapitel 30

»Ein frohes neues Jahr wünsche ich dir!«, ruft Natalie fröhlich, als sie das Büro betritt. Es ist noch ruhig, viele Kollegen sind noch im Urlaub. »Und? Bist du gut reingerutscht?«, fragt Natalie und steht auf, um den Kaffee vorzubereiten.

Rebecca lächelt. Ja, der Übergang in das neue Jahr war wunderbar. Bis dreiundzwanzig Uhr hatte er sie warten lassen, doch dann stand er tatsächlich in der Tür, eine Flasche Champagner in der einen und zwei schwarze, lange Seidentücher in der anderen Hand.

Während durch die großen Fenster ihrer Wohnung bunte Lichter flackerten und leuchteten, hatte er sie nach allen Regeln der Kunst geliebt, bis sie schließlich erschöpft, vom Champagner beseelt, eingeschlafen war.

Als sie die Tür hinter sich zuzieht, sieht sie den vollen Haarschopf auf einem der kleinen Sessel. Er blickt auf und lächelt. »Guten Morgen, Chéri«, sagt er und steht auf. »Bereit für einen arbeitsreichen Tag?«

Sie seufzt und geht zu ihrem Schreibtisch, lässt sich auf den bequemen Drehstuhl fallen und klappt den Laptop auf.

Er geht auf ihren Schreibtisch zu und bleibt kurz davor stehen. »Wir sollten die Ruhe heute nutzen ...«, sagt er ruhig, mit fester Stimme.

Sie spürt, dass ihre Beine vor Aufregung anfangen, unruhig zu beben.

»... und die Projektpläne sorgfältig durcharbeiten, mir sind da ein paar Kleinigkeiten aufgefallen ...« Er legt einen Stapel Papier auf ihren Tisch.

Sie schließt die Augen. Natürlich. Sie haben ein Abkommen.

Den Vormittag verbringen sie in ihrem Büro, die Köpfe

über Papiere zusammengesteckt, diskutieren, lachen. Ein ganz normaler Arbeitstag unter Kollegen, denkt sie. Wenn nur nicht das schmerzhafte Ziehen in ihren Schamlippen, in ihrer Möse wäre, die nach ihm zu weinen scheint.

***

Es ist Mittag, die Kantine ist leer. Er hat sich kurz angebunden verabschiedet und wie immer zur Mittagspause das Büro verlassen. Sie hat dem Impuls, ihm heimlich zu folgen, kaum widerstehen können. Stacy ist noch nicht da, sie genießt noch einige freie Tage mit Mann und Kind. Sie sitzt allein auf einem Plastikstuhl in der Kantine und isst hastig einen Salat mit Putenbruststreifen und Joghurtdressing. Leises Murmeln um sie herum, geschäftiges Klappern hinter der Glastheke, in der die vorbereiteten Speisen anschaulich und dekorativ drapiert sind, um zu verführen.

Das Essen tut gut, sie hat in den letzten Wochen wenig Appetit gehabt und hatte sich ständig zum Essen zwingen müssen. Wenn sie an ihn denkt, versagt ihr Magen, darum konzentriert sie sich auf die Lektüre des Mitarbeitermagazins, das auf dem Tisch liegt. Die üblichen Geschichten über das Privatleben einiger Mitarbeiter, die besonders spannende Hobbys oder sonst ein für normale Angestellte aufregendes Leben zu führen scheinen.

Das Projekt gerät in seine erste Krise. Sie hat einige wichtige Termine versäumt, und verpasst, den Verantwortlichen rechtzeitig auf die Füße zu treten. Dafür muss sie sich nun rechtfertigen und vor der Geschäftsleitung erklären, wie es dazu kommen konnte.

Sorgfältig bereitet sie sich auf den Termin vor. Sie hat gestern eine ernsthafte Unterredung mit Marc geführt, nüchtern und sachlich hat sie versucht, ihm zu erklären, dass er doch für die Einhaltung der Termine verantwortlich ist, er muss doch aufpassen. Er hatte gegrinst und mit einem Augenzwinkern gesagt: »Es tut mir leid, ich wurde ... abgelenkt.« Dann hatte er an sich heruntergesehen und mit seinen Augen auf seine Erektion gedeutet. Sie hatte die Beine hastig übereinandergeschlagen, sie war wütend.

Nun stand sie da und musste ihren Vorgesetzten erklären, warum sie, die Hoffnung des Unternehmens, versagt hatte und wie sie gedachte, das Projekt wieder in ruhigeres Fahrwasser zu lenken. Sie hatte darauf bestanden, dass er nicht teilnimmt an dem Termin, er hatte das mit einem Achselzucken abgetan und war aufgestanden, nicht ohne ihr noch einmal schmerzhaft zu demonstrieren, worauf sie heute Abend verzichten müsste.

Verständnis, aber auch tadelnde Worte erfährt sie heute Morgen. Eine weitere Chance. Erleichtert kehrt sie in ihr Büro zurück.

Eine E-Mail von Stacy. »Essen?«

Rebecca lacht und greift zum Hörer. »Ich hol dich gleich ab«, sagt sie.

Sie erzählt von den Problemen im Projekt, Stacy hört aufmerksam zu und gibt wertvolle Ratschläge. Rebecca ist dankbar. Stacy hat immer eine Lösung. Eine Sekunde lang ist sie versucht, ihr Geheimnis zu beichten und der Freundin von ihm zu erzählen. Doch sie schluckt die Versuchung mit den Spaghetti hinunter und lässt sich auf Stacys amüsantes Geplauder über Kinderturnen und Seepferdchen im Schwimmverein ein.

***

Oben im Flur vor ihrem Büro kommt ihr eine junge Frau entgegen. Rothaarig, weiße Alabasterhaut. Sie trägt einen Pelzmantel, den sie mit einem breiten Ledergürtel eng um ihren Leib gewickelt hat. Sie ist groß, schlank, das lange rote Haar zu einem straffen Pferdeschwanz gebunden, unter dem Mantel eine enge Hose, die in schwarzen, hochhackigen Schnürstiefeln steckt. Sie hat sie schon einmal hier gesehen, vor vielen Monaten. Bei ihm. Wieder fährt die Eifersucht durch sie hindurch, zerschneidet ihre Eingeweide, brennt in ihr. Stirnrunzelnd sieht sie der Frau fest ins Gesicht, als diese mit einem aufreizenden Lächeln an ihr vorbeischwebt und auf den Aufzug zugeht. Sie dreht sich noch einmal nach ihr um, dann sieht sie die Reitgerte mit dem glitzernden, schwarzen Griff, besetzt mit funkelnden Kristallsteinen, die die Frau in der Hand mit dem fingerlosen, weißen Handschuh trägt.

Sie schluckt und betritt das Büro. Er sitzt an seinem Arbeitsplatz, in seinen Laptop vertieft, und sieht nicht auf, als sie an ihm vorbei in ihr Büro geht. Grübelnd nimmt sie an ihrem Schreibtisch Platz. Was hat diese Frau zu bedeuten? Ist sie eine seiner Gespielinnen? Was hat er in der kurzen Mittagspause getan? Und was hatte die Reitgerte zu bedeuten? Das Bild von dem glitzernden Griff und dem schwarzen Leder brennt in ihren Augen.

Kapitel 31

Eine Woche hat sie ihn nicht sehen dürfen, auch er war wütend über ihren Streit im Büro, das hat sie gespürt. Sie bereut, überhaupt etwas gesagt zu haben, hat sich entschuldigt und ihn angefleht, zu ihr zu kommen, doch er hat sie nur ernst angesehen und den Kopf geschüttelt, langsam und bestimmt. Aber heute soll es sein, seine Einladung war beinahe feierlich gewesen, mit geschwungener Handschrift hatte er sie in schwarzer Tinte auf einen Zettel geschrieben, der am Nachmittag plötzlich auf ihrem Schreibtisch lag.

In dem Umschlag befand sich neben dem handgeschriebenen Zettel auch noch eine schwarze, seidige Augenbinde. In dem feinen Seidenstoff ist der Geruch von weiblichem Parfüm, weiblicher Lust gefangen. Sie atmet tief ein und kann die Lust, die Qual und die Pein der anderen Frauen riechen, die sich ihm hingegeben haben.

Sie bereitet sich auf ihr Treffen vor, badet lange, verwöhnt die warme, noch feuchte Haut mit Kosmetik und einem rauen Seidenhandschuh, um perfekt für ihn zu sein, weich wie ein Seidenschal, zart wie der Flaum am Bauch eines kleinen Kätzchens.

Sie schminkt sich sorgfältig, zieht den Strapsgürtel und die Seidenstrümpfe an, ein kurzes, aber weit geschnittenes Kleid ohne Ärmel, das jederzeit Zugriff zu all den delikaten Körperregionen erlaubt, die ihm wichtig sind. Sie hat schon lange keine neuen Schuhe mehr gekauft und fragt sich, ob diese früher eine Art Ersatzbefriedigung für sie dargestellt hatten. Heute schlüpft sie in die hohen Lackpumps mit der kleinen Plateausohle und der dekorativen Schnürung vorn.

Sie ist groß in den Schuhen, ungefähr eins fünfundachtzig. Er ist größer als sie, auch wenn sie Schuhe trägt. Sie bindet die Haare zu einem lockeren Knoten zusammen und zieht einige Strähnen wie zufällig hervor, die ihr schmales Gesicht umspielen wie ein feiner Bilderrahmen.

***

Das kleine Tor öffnet sich, als sie das vertraute Summen hört. Leichten Schrittes geht sie die Marmortreppe hinauf, ihr blanker Schoß pocht erwartungsvoll.

Er begrüßt sie in der Wohnzimmertür. Sie trinken Cognac, er raucht eine Zigarette. Heute trägt er nicht den Bademantel, sondern einen eleganten dunkelgrauen Anzug. Vielleicht gehen wir noch aus, denkt sie und lächelt in sich hinein.

Noch immer sind ihre Besuche bei ihm wie eine kleine Abenteuerreise. Er überrascht sie jedes Mal, sie kann sich nicht vorbereiten auf ihre Besuche, weil sie nicht weiß, was sie erwartet. Doch sie ist bereit, sich auf alles einzulassen, denn er liebt sie, das kann sie fühlen, sie ist doch etwas Besonderes für ihn, sie ist die Beste von allen, das hat er ihr vor Wochen heiser ins Ohr geraunt, als er sie auf allen vieren auf ihrem Balkon, in eiskalter Winterluft, genommen hatte, bis ihre Knie blutig geschürft waren von den harten Fliesen.

Sie sitzen im Wohnzimmer, auf den Stühlen an dem großen, antiken Tisch, nebeneinander. Seine Hand ruht beruhigend auf ihrem Oberschenkel, sein Mund schmunzelt. Ihr Blick fällt wieder auf die Bilder an seiner Wand. Und dann wagt sie es, sie muss fragen, muss wissen, was die Bilder zu bedeuten haben, seine Mätressen, seine Dienerinnen ... »Da ist ... noch kein Bild von mir?«, fragt sie vorsichtig und sieht ihn ängstlich an. Will sie die Antwort hören? Ist sie bereit dazu?

Kleine, verschnörkelte Bilderrahmen, einige oval, manche rund, die meisten eckig. Die Bilder sind farblos, sie sieht in Frauengesichter, Großaufnahmen, die Haare kann man kaum erkennen. Alle Gesichter lächeln, und in ihrem Lächeln sieht sie die Qual, die Angst, die Lust. Sie erschauert und spürt, wie sich die feinen Härchen auf ihren Armen aufrichten.

Er wendet den Blick wieder ihr zu und lächelt versonnen. »Geduld, Chéri.« Die schwarzen Augen sehen sie fest an, unergründlich, unnachgiebig. Sie spürt seine Härte, seine Macht fast körperlich.

Sie ahnt, warum die Gesichter hier sind. Sie ahnt, warum sie Qual in ihren Augen zu erkennen glaubt. Doch sie will es nicht wissen, will es nicht sehen. Sie wendet sich ab und blickt aus dem Fenster, dann spürt sie, dass eine heiße, salzige Träne ihre Wange hinabrinnt.

Seine Lippen trösten sie, mit sanften Händen verbindet er ihre Augen mit dem seidigen Tuch. Dann trägt er sie in das Schlafzimmer hinüber, wo er sie hinstellt und sie langsam, behutsam auszieht. Sie spürt die zarten Finger auf ihrer brennenden Haut, gibt sich seinen Küssen und Liebkosungen hin, und lässt sich von ihm bereitwillig an das große Bett mit den weißen Leinenlaken fesseln.

So liegt sie da, wartet auf ihn. Und hört die Wohnungstür, die schwere, alte Holztür, hinter seinen Schritten ins Schloss fallen, hört gedämpft durch die Türen die Absätze seiner Schuhe, seinen festen Tritt, auf den Marmorstufen. Und sie erstarrt.

Sie weiß nicht, wie lange sie so daliegt. Sie hat versucht, sich zu befreien, hat versucht, zu rufen, doch sie weiß genau, dass niemand hier ist, dass niemand sie hören kann. Sie hat gefleht und gebettelt, er möchte zu ihr kommen, möchte sie freimachen. Doch nichts war geschehen, es blieb dunkel und still, sie konnte nichts sehen.

Langsam beginnen ihre Arme zu kribbeln, in der unnatürlichen Stellung drohen sie einzuschlafen. Seit wann ist er fort? Eine Stunde? Zwei Stunden? Sie weiß es nicht, hat kein Gefühl mehr für die Zeit. Warten. Quälend. Hilflos. Nun erst weiß sie, was das wirklich bedeutet.

Das Telefon auf dem Nachttisch neben ihr klingelt. Der Ton ist ihr fremd, sie hat es noch nie klingeln hören. Erschreckt wendet sie den Kopf, aber sie kann es nicht sehen, ahnt nur, dass es dort stehen muss. Dann hört sie ein Klicken und seine Stimme, tief, ruhig und fest. »Anrufbeantworter von Marc Lavie, bitte sprechen Sie jetzt.« Ein leises Piepsen ertönt, dann hört sie Rauschen. Gespannt wartet sie. Wird er ihr darüber eine Nachricht hinterlassen? Oder wird sie jetzt die Stimme von einem der Gesichter in seinem Wohnzimmer hören, verzweifelt wie sie, flehend und bittend, er möge zu ihr kommen und sie befreien, nur ein einziges Mal, bis sie ihn vergessen könnte, um ohne ihn weiterzuleben.

Sie hört seine Stimme, leise, im Hintergrund. Sie versteht nicht, was er sagt, es ist französisch, weich und sinnlich sind die fremden Laute. Dann hört sie eine Frau, ein zartes Lachen, ein liebevoll gehauchtes »Hmmm …«, dann ist Stille.

Wie ein eisiges Schwert durchschneidet die Erkenntnis ihre Lenden. Jetzt zerrt sie an den Tüchern, will sich befreien, von ihm, von ihrer Lust, von ihrer Eifersucht, die sie jetzt aufzufressen droht, die heiß in ihr brennt und ihre Eingeweide schmelzen will. Nein, bitte, wimmert sie und beginnt, laut ein Lied zu singen. Sie will nicht hören, sie will nicht wissen ... doch die Faszination übermannt sie, und endlich lässt sie sich ermattet zurück auf die Matratze fallen, ergibt sich ihrer Ohnmacht, und lauscht seinem Stöhnen, dem heftigen Atmen der Frau, ihren Schreien, dem französischen Liebesgeplänkel, dem surrenden Zischen der Reitgerte, bevor sie auf weiche, zarte Haut trifft, um dort dunkelrote, liebevolle Streifen zu hinterlassen. Und sie versteht.

***

Als sie erwacht, spürt sie seinen Atem nah vor ihrem Gesicht. Sie versucht zu blinzeln, aber die Augenbinde liegt noch immer eng auf ihren Augen, alles ist dunkel.

»Marc?«, flüstert sie heiser, ihre Stimme bricht, sie hat unendlichen Durst, sie muss stundenlang hier liegen, kein Wasser, viel zu viel geweint, viel zu viel geschrien.

Seine Lippen nähern sich ihren, seine Zunge öffnet ihren Mund und gleitet fordernd hinein. Sie spreizt die Lippen und lässt ihn ein, dann zuckt sie zurück. Sie schmeckt den süßen Saft der anderen Frau, sie riecht die fremde Lust, sie atmet die Qual der anderen wie ihre eigene. Dann spürt sie, dass er einen Finger in ihren Mund steckt, er schiebt ihn in sie hinein, und auch hier schmeckt, riecht, fühlt sie die Anwesenheit der anderen, vor ihren Augen tauchen Bilder auf, auf denen er die rothaarige Frau mit den Fingern in den Wahnsinn treibt, lächelnd, auf Französisch heizt er ihre Lust ein, während sie vor ihm steht und mit der Reitgerte leicht gegen ihren Oberschenkel schlägt.

Sie drängt den Finger mit der Zunge hinaus, sie glaubt, gleich würgen zu müssen, sie will die andere nicht, will nicht riechen, nicht schmecken.

Sie spürt, dass sie weint, und tonlos zieht er den Finger langsam aus ihrem Mund heraus. Er küsst sie wieder, seine Hände streichen über ihren Körper, fassen in ihren Schoß und reiben sanft ihre Mitte, ihre Seele. Dann fühlt sie zarte Haut an den Lippen. Gierig öffnet sie den Mund und nimmt seinen Schwanz in sich auf. Der Geschmack ist beißend, hier paart sich die Lust der anderen mit dem Beweis seiner Gier, sie schluckt heftig, kann aber doch nicht anders, als den Duft und den Geschmack dieser Vereinigung in sich einzusaugen, weinend und voller Mitleid für sich selbst, und doch brennend vor Sehnsucht und Verlangen nach ihm, nach der Erfüllung durch ihn.

Und endlich, endlich dringt er in sie ein, lässt sie spüren, dass er der anderen nicht alles gegeben hat, dass sie die Beste ist, dass er sie niemals allein lassen würde ...

Kapitel 32

Sie kann sich nicht konzentrieren. Sie muss mit ihm sprechen. Seit zwei Wochen sieht sie ihn nur im Büro, nüchtern, ohne ein Wort, ohne eine ersehnte Einladung. Abends sitzt sie zu Hause, neben sich das Telefon und den Blackberry, und ist sogar zu aufgewühlt, um fernsehen zu können. Sie sitzt einfach so da, manchmal bis spät in die Nacht, und wartet.

Wartet.

Er sitzt auf einem kleinen Sessel und schreibt Notizen in sein Buch. Er sieht müde aus, das kennt sie nicht von ihm. Sie zwingt ihn, lange im Büro zu bleiben, bei ihr. Doch was sie auch tut, er macht keine Anstalten, sich ihr zu nähern, auf diese unnachahmliche, lustvolle Art. Bis spät am Abend sitzt er da und schreibt, tippt, beantwortet E-Mails, macht Präsentationen. Sie hat ihn genötigt, in ihrem Büro zu arbeiten und nicht an seinem Arbeitsplatz, damit sie ihn wenigstens sehen kann. Sie hat ihm in den letzten drei Tagen die Mittagspausen verwehrt, indem sie Termine und Meetings in die Mittagszeit gelegt hat, was die Kollegen mit Murren quittiert haben. Es ist ihr egal, hier hat sie die Macht, hier kann sie ihm befehlen.

Von den vielen Stunden, die sie im Büro verbringt, arbeitet sie nur noch wenige. Umso mehr hat er zu tun, denn sie delegiert viele Aufgaben an ihn weiter, und weiß, dass er sie erledigen wird. Er ist pflichtbewusst und ehrgeizig, während sie oft stundenlang an ihrem Schreibtisch sitzt und ihn beobachtet, zerrissen von Sehnsucht und Leidenschaft.

Nein, der Gedanke, die Beziehung zu beenden, kommt ihr nicht eine Sekunde lang. Stattdessen hat sie aufgehört, im Büro einen Slip zu tragen, und sitzt häufig mit gespreizten Beinen an ihrem Schreibtisch, sodass er von seinem Platz aus direkt in sie hineinsehen kann.

Es rührt ihn nicht. Einige Male hat sie beobachtet, dass sich der Schritt seiner Hose wölbte, doch nie war er aufgestanden, nie hatte er ihr ein Zeichen gegeben, nicht einmal das markante Grinsen, das ihr die Hitze ins Gesicht treiben konnte, gönnte er ihr.

Sie war verzweifelt. Sie hatte ihn das letzte Mal in sich gespürt, als er sie allein in der Wohnung zurückgelassen hatte. Als sie zugehört hatte, wie er die andere Frau in den Irrsinn getrieben hatte. Als sie leidvoll geschmeckt hatte, dass sie niemals die einzige sein würde, dass sie ihn immer teilen müsse. Jetzt jagt ihr die Angst, dass er ein neues Lieblingsspielzeug gefunden haben könnte, eiskalte Schauer über den Rücken und eine beklemmende Panik in ihr Herz.

Sie räuspert sich. Er sieht kurz von seinem Papier auf, zieht eine Augenbraue hoch und wendet sich wieder ab.

»Marc«, beginnt sie und steht auf, will um den Schreibtisch herum auf ihn zugehen. »Können wir uns sehen? Heute Abend? Bitte ...« Sie steht vor ihrem Schreibtisch, das Fenster im Rücken, ihre Stimme bebt, flehend, ihr Magen zieht sich unangenehm zusammen, sie hat noch nichts gegessen heute, und sie hat Angst vor seiner Antwort, vor einer Ablehnung.

Er sieht wieder auf und lächelt. »Natürlich, Chéri«, sagt er.

Sie holt hörbar tief Luft. Natürlich, Chéri? Das ist alles? So einfach? Hat er vielleicht darauf gewartet, dass sie fragen würde? Warum hat er nie ...? Sie ist durcheinander und wütend.

Er steht auf und geht hinaus. Keine Zeit, kein Ort. Ihre Beine zittern, ihr wird schwindelig. Sie setzt sich auf die Schreibtischkante und wartet.

Heute kommt er nicht mehr ins Büro zurück. Um zwanzig Uhr klappt sie den Laptop zu, in den sie wilde erotische Fantasien getippt hat – E-Mails und Projektpläne können warten. Sie gibt noch nicht auf, er hat gesagt »Natürlich, Chéri«. Er wird kommen, zu ihr. Sie ist sicher, dass er kommen wird.

Das Gebäude ist leer. Als sie den langen Flur zum Aufzug entlanggeht, flackern die Deckenlampen automatisch auf und beschreiben ihren Weg. Sie fährt mit dem Aufzug direkt in die Tiefgarage. Die Garage ist fast leer, nur noch drei Autos stehen hier, eines davon ist der schwarze Mercedes. Sie hört das dezente Piepsen, als die Scheinwerfer kurz aufleuchten und die Türen sich automatisch öffnen. Sie fällt in das Lederpolster und schlägt die Tür zu.

Der kraftvolle Motor startet mit einem lauten Röhren. Ihr rechtes Bein zittert, sodass sie kaum Kontrolle über das Gaspedal hat. Stockend und nervös fährt sie in dem großen, schwarzen Wagen nach Hause, parkt das Auto routiniert in ihrer Parkbucht, die seit einigen Jahren ihr Kennzeichen trägt.

Sie steigt in den Aufzug, wirft einen Blick auf die Knöpfe, in denen sich ihr blasses Gesicht spiegelt. Sie löst den Haarknoten und schüttelt mit der Hand die langen, frisch gewaschenen Haare aus. Ihr Make-up ist kaum noch vorhanden, nur noch zu ahnen, dass sie heute Morgen frisch und selbstbewusst aussah. Jetzt sieht sie in ihre verwirrten Augen, sieht den Schmerz, die Lust, die Angst, die Sorge. Nackt, ungeschützt, hilflos. Alles ist ihr egal, sie will nur wissen, ob er da ist, ob er auf sie wartet, ob er ihre Verabredung einhält, ob er zu ihr kommen wird.

Als sie die Wohnungstür mit dem Schlüssel öffnet, hört sie ein leises Husten in der Küche. Ihr Herz hüpft und schlägt bis zu ihrem Hals. Natürlich hat er einen Schlüssel zu ihrer Wohnung, schließlich darf er zu ihr kommen, wann immer er will. Und er ist da. Sie hat es geahnt, sie hat es gewusst. Nervös wirft sie Handtasche und Mantel in eine Ecke und geht auf wackligen Beinen in die Küche.

Exotische Gerüche, Kurkuma, Ingwer, Anis, Safran dringen in ihre Nase, als sie die Tür öffnet. Er steht an ihrem Herd, den sie kaum je benutzt hat, sie kann nicht kochen und hat in Notfällen immer zu Pizzaservice und Chinaimbiss gegriffen, anstatt sich selbst abzumühen, eine nach nichts schmeckende, magenfüllende Nahrung herzustellen.

Er hat eine schwarze Schürze umgebunden, unter der er ein schwarzes Hemd, eine schwarze, eng sitzende Hose trägt. Langsam dreht er den Kopf in ihre Richtung.

Die Sorge fällt von ihr ab wie ein schwerer, nasser Mantel, sie atmet hörbar laut auf und lässt sich schnell auf einen der zwei kleinen Stühle sinken, die in ihrer Küche an einem kleinen Tisch stehen, hier frühstückt sie normalerweise nur, bevor ihre Knie den Dienst versagen.

»Bonsoir, Chéri«, sagt er und kostet mit seinen Lippen vorsichtig eine heiße Köstlichkeit von dem dunkel gefärbten Holzkochlöffel, den er in der Hand hält. Sie schließt die Augen, kann nichts sagen, sie möchte weinen vor Glück, er ist bei ihr, er hat sie nicht verlassen, er hat ihre Verzweiflung gespürt und war ihrem Wunsch nachgekommen, sie ist nicht allein, sie ist bei ihm, eingehüllt in den sinnlichen, scharfen Duft der brodelnden Sauce auf ihrem Herd.

»Keine Begrüßung?«, moniert er stirnrunzelnd.

Hastig steht sie auf, zieht den Rock des Kostüms glatt und geht auf ihn zu, vorsichtig greift ihre Hand nach ihm, sie will ihn anfassen, will ihn berühren, sie sind privat, sie sind zu Hause. Er wendet sich ihr zu und presst seinen Mund auf ihren, lässt sie von der köstlichen Speise kosten, die er für sie, nur für sie, zubereitet hat. Sie schmeckt Gewürze, fremd und ungewohnt, scharf und süß zugleich, ein wenig bitter dazu.

Sie will darin ertrinken, gierig sucht ihre Zunge seine, um noch mehr von dem köstlichen Geschmack zu kosten, der sich mit dem bekannten Duft seines Rasierwassers paart und sie in einen Taumel stürzt. Fordernd drängt sein Becken sie gegen den kleinen Tisch, mit beiden Händen hebt er ihren Po, nur ein paar Zentimeter, schiebt ihren Rock hoch, bis sie die kalte Glasplatte an ihrer Haut spüren kann. Sie umklammert seinen Hinterkopf mit beiden Händen, will seine Zunge ganz tief in sich spüren, die nun neckisch liebkost, erkundet, den exotischen Geschmack weiter in ihrer Mundhöhle verteilt.

Zwischen ihren gespreizten Beinen kann sie seine Erregung spüren, durch den rauen Stoff seiner Hose hindurch drängt sich seine Männlichkeit fest an sie, bedrohlich und verheißungsvoll zugleich. Sie stöhnt und zieht ihn noch enger an sich, doch er löst sich von ihr und lässt sie erregt und verwirrt auf dem kleinen Tisch zurück. Ihr Po scheint auf der Glasplatte festzukleben, ihre heißen, roten Schamlippen drücken sich sehnsuchtsvoll gegen das kalte Glas, unter ihr hat die Lust einen kleinen See hinterlassen.

Er geht zurück an den Herd, dreht an Knöpfen, öffnet Topfdeckel, die einen Schwall von Gerüchen und Hitze in die Küche entlassen, rührt langsam und bedächtig mit dem Holzlöffel in der sämigen Flüssigkeit.

Sie atmet schwer, sitzt noch immer mit gespreizten Beinen auf dem Glastisch, kann nicht aufstehen, kann sich nicht lösen, wartet erwartungsvoll auf das, was kommen wird ...

Sie essen. Geschmacksexplosionen in ihrem Mund. Er hat die Glasplatte nicht abgewischt, als er die Teller servierte, ist mit dem Finger in den nassen Fleck am Rand gefahren, der ihre Sehnsucht verrät, und hat die kleine Pfütze in einem Fantasiemuster auf dem Tisch verteilt.

Nach dem Essen hat er sie geliebt. Die Anspannung, die Sehnsucht der letzten Wochen ballt sich in ihrem Unterleib zu einem mächtigen Ungeheuer zusammen, das sich in den heftigen Kontraktionen ergießt, die zu ihrer Erfüllung führen, die sie schreiend und schluchzend die Fingernägel in seine Haut bohren lassen, ihn tiefer in sich hineintreibend, nicht loslassen wollend. Erschöpft hatte er sie zurückgelassen, wissend, dass sie auch weiter auf ihn warten würde. Wann immer er wolle ...

Kapitel 33

Es wird Frühling. Inzwischen ist es morgens hell, wenn sie erwacht, gelegentlich scheint die Sonne durch die großen Fenster. Klimaanlage, Innenstadt. Kein Vogelgezwitscher kann sie morgens aufwecken, nur gelegentlich dringen die Geräusche von vorbeifahrenden Autos und Krankenwagen an ihr Ohr.

Sie wälzt sich in dem großen Bett umher, kann nicht mehr schlafen, aber auch nicht aufstehen. Gestern erst haben sie sich getroffen, haben in ihrem Whirlpool gelegen, eng aneinandergeschmiegt, ihr Körper auf seinem, zwischen sich das heiße Wasser und die perlenden Luftblasen. Zärtlich, fast romantisch war er gewesen, hatte Kerzen und Teelichte im Bad aufgestellt, hatte sie liebevoll und langsam mit geschickten Händen in den Himmel katapultiert.

Er bleibt bei ihr, bis sie eingeschlafen ist. Sie weiß nicht, wann er verschwindet, doch wenn sie morgens aufwacht, heißblütig und verschwitzt von den Erinnerungen in ihren Träumen, ist er nicht da. Sie seufzt. Ihr Schoß brennt noch immer beim Gedanken an ihn.

Es ist Sonntag. Kein Büro. Keine Arbeit. Überhaupt, die Arbeit. Noch nie hat sie beim Anblick des Posteingangs, beim

Schrillen des Telefons das Gefühl beschlichen, dass sie das nicht will, dass sie keine Zeit dafür hat. Noch nie hat sie den Blackberry enttäuscht von sich geworfen, wenn sie sah, dass sie nur berufliche Nachrichten hat. Noch nie hat sie am Samstag den ganzen Tag auf dem Sofa verbracht, in wartender Position verharrt, unfähig, sich zu rühren oder gar das Haus zu verlassen.

Sie weiß nie, wann er kommen würde, sie muss warten. Sie hat das Warten perfektioniert, sie ist gut darin geworden. Vorbei die frühere Ungeduld, die sie ihr Leben lang angetrieben hat. Vorbei die Zeit, in der schon das Warten auf einen verspäteten Termin oder das tatenlose Herumsitzen in einem Wartezimmer beim Arzt sie in den Wahnsinn getrieben hat. Stundenlang kann sie dasitzen, in Stille, die Beine eng aneinandergepresst, die Gedanken bei ihm. Zu viele Erinnerungen an gemeinsame Erlebnisse, die das Warten versüßen, erträglich machen. Zu viele Momente, an die sie denken kann, wenn sie nur einfach die Augen schließt. Er hat Leben in sinnliche Erinnerungen verwandelt. Der Duft exotischer Gewürze, der Anblick des Autos, das Geräusch des Fahrstuhls, das Prasseln von Regen an den Fensterscheiben, der Geschmack von Champagner und Cognac, der Klang von Klaviermusik, der Geruch einer brennenden Zigarette ... Jeder Sinneseindruck löst das Brennen, das Pochen, das Kribbeln, die Hitze in ihr aus, ruft Gefühle wieder hervor, die vor Wochen, vor Monaten durch sie hindurchgeströmt sind.

Leblos sitzt sie da in lauernder Position, und wenn ihr Warten endlich von ihm beendet wird, fühlt sie sich so lebendig wie nie, sie spürt das Blut in den Adern durch den Körper rauschen, von den Beinen kriecht es hoch bis in ihre Schläfen, rauscht in den Ohren, um langsam wieder zurückzuwandern und sich in ihrer Mitte zu konzentrieren, in der ihre Seele wohnt.

Er hat ihr einen neuen Namen gegeben. »Das macht es einfacher für uns, für mich, Chéri«, hat er geflüstert und ihren Nacken geküsst, der Flaum hatte sich unter seinem heißen Atem aufgerichtet. Genevieve. So nennt er sie, wenn sie privat sind. Der Name klingt sanft in ihren Ohren, er klingt nach Wärme, nach Zuneigung, nach Liebe. Genevieve. Er spricht es weich und rund aus, mit einem gehauchten w am Ende. Sie liebt die Form seiner Lippen, die am Anfang wie zu einem Kuss geformt, am Ende markant und breit sind, das weiß der Zähne blitzt für eine Millisekunde hinter den sinnlichen Lippen auf. Er muss den Namen wiederholen, oft und langsam soll er ihn aussprechen, während sie sich lieben, damit er sich einbrennt in ihre Seele, eins wird mit ihr.

Wenn sie zusammen sind, ist sie nicht länger Rebecca, die Chefin. Dann ist sie Genevieve, seine willige Gespielin, die niemals nein sagen würde, was auch immer er mit ihr anstellen wird. Sie treffen sich wieder häufig in der letzten Zeit, und sie genießt jede Sekunde mit ihm, weiß sie doch, dass er in diesen Momenten nur bei ihr ist. Sie verdrängt die Gedanken an andere Frauen, es ist ihr egal, was er tut, wenn sie nicht bei ihm ist, solange er nur zu ihr kommt, sie nicht allein lässt, sich mit ihr zu einer einzigen Seele vereint, wenn er sie seine Macht spüren lässt.

Sie ist ein Teil von ihm, sie ist Genevieve, die Geliebte, sie ist Genevieve, die seine Berührung braucht und sich daran labt wie ein Schmetterling an einer prachtvollen Blüte.

Manchmal denkt sie an ihr altes Leben zurück. Wie leer und sinnlos erscheint es ihr jetzt. Nichts als Arbeit, getrieben von blindem Ehrgeiz und doch so leer, auf der Suche nach Erfüllung. Der Stolz, der sie früher noch ausgefüllt hatte, ist verschwunden. Sie spürt keinen Stolz mehr, keinen Egoismus.

Sie ist nur eins mit sich und ihrer Seele, wenn er bei ihr ist, wenn sie in seinem Körper versinken kann, wenn er durch immer neue, fantasievolle Entführungen in andere Welten Gefühle in ihr weckt, die mit jedem Mal intensiver werden.

Intensiver ist auch ihre Beziehung geworden. Er zeigt keine Schwäche, doch sie fühlt, dass sie etwas Besonderes für ihn ist. Manchmal übermannt sie im Büro die Sehnsucht, dann schmiegt sie sich in einem unbeobachteten Moment eng an ihn, nur um seinen Duft zu inhalieren, seinen Atem zu fühlen, ganz kurz ganz nah bei ihm zu sein. Er lässt es zu, lässt sie seinen Körper berühren, den vollen Busen gegen seine Brust oder seinen Rücken pressen, in freudiger Erwartung auf ihr nächstes Beisammensein.

Sonntag.

Lächelnd dreht sie sich auf die Seite und verbirgt das Gesicht in dem Kissen, das noch seinen Geruch trägt, der sich mit dem Duft ihrer eigenen Leidenschaft, der in der ganzen Wohnung liegt wie ein schweres Parfüm, paart und zu dem ganz besonderen Duft ihrer gemeinsamen Lust geworden ist.

Kapitel 34

Nervös wippt ihr Fuß unter dem Tisch. Sie stochert mit ihrer Gabel auf dem Teller herum, schiebt Pizzastücke von einer Seite zur anderen.

Missmutig trinkt sie die Cola, die schal schmeckt und jetzt lauwarm ist, und hört nur halbherzig ihrer Freundin zu, die von Stress mit ihrem Vorgesetzten erzählt und von zu viel Arbeit und zu wenigen Stunden für die Familie.

Sie will hier nicht sein, will hier nicht sitzen, will keine weitere Minute verschwenden mit dem langweilenden Geschwätz anderer Menschen. Stacy ist zu aufgebracht, um ihre Abwesenheit zu registrieren, sie hat sich in Rage geredet, ihre Augen blitzen, mit der Gabel deutet sie auf Rebecca und schimpft.

Rebecca seufzt und sieht auf die Uhr. »Ich muss hoch«, sagt sie entschuldigend und ergreift den noch halb vollen Teller.

»Schon?«, fragt Stacy verdutzt. »Das ist aber schade, wir sehen uns viel zu selten in letzter Zeit, ich hab dir noch so viel zu erzählen!«

»Ja, tut mir leid, aber ich hab gleich den nächsten Termin.« Sie kann ihr nicht erzählen, was geschehen ist. Niemals. Sie würde nicht verstehen, nicht begreifen.

Sie verlässt die Freundin und fährt mit dem Fahrstuhl hinauf, geht durch den langen, trostlos grauen Flur. Waren die Wände immer schon so grau, der Teppichboden immer schon so ausgetreten und fleckig? Mit raschen Schritten geht sie dahin, hört das dumpfe Geräusch ihrer Absätze unter sich, sie eilt in das Zimmer und sieht auf den leeren Tisch. Er ist natürlich nicht da, noch immer verlässt er mittags das Büro.

An ihrem Arbeitsplatz herrscht Chaos. Stapelweise liegen Papiere, auf ihre Unterschrift wartend, in einer Ablage. Der Laptop blinkt hektisch, zweihundertsiebenundachtzig ungelesene E-Mails. Keine Lust, sie zu lesen.

Heute Morgen hatte sie ein Gespräch mit der Geschäftsleitung gehabt, die sich Sorgen machen um sie, um ihre Arbeit, um das Projekt. Sie haben vorgeschlagen, dass sie sich krank meldet, Marc kann das Projekt während ihrer Abwesenheit weiterführen, er ist ja bestens im Bilde. Sie soll zu einem Psychologen gehen und sich auskurieren, um gestärkt wiederzukommen und das Projekt ebenso gut zu beenden, wie es begonnen hat. Burn-out Syndrom, hört sie wie durch einen Schleier, und sieht in Marcs schwarze, unergründliche Augen.

Ja, sie ist ausgebrannt. Woher wissen ihre Vorgesetzten das? Sie ist ausgebrannt vor Sehnsucht, vor Liebe, vor Sinnlichkeit und Lust. Doch sie braucht keinen Psychiater, sie hat ja alles, was sie braucht. Das kann sie nicht erklären. Natürlich nicht.

Langsam packt sie Laptop, Blackberry und einen Schnellhefter in ihre große Handtasche. Burn-out Syndrom. Sie lacht viel zu laut, viel zu nervös. Was wissen die schon darüber? Welche Ahnung haben sie auch nur, warum sie brennt, warum ihr ganzer Körper, ihre ganze Seele in lodernden Flammen steht?

Aber sie hat nicht widersprochen. Sie wird nach Hause gehen und sich kurieren lassen. Sie ist glücklich. Keine Arbeit, keine E-Mails, kein Telefon, keine Termine. Den ganzen Tag wird sie auf ihn warten können, bereit sein für ihn, wenn er abends zu ihr kommt und sich mit ihr lustvoll vereinen wird.

Ausgebrannt. Sie stößt schnaubend die Luft durch die Nase aus, als sie mit einem heftigen Stoß die Bürotür öffnet und wieder den Flur entlanggeht, über den düsteren Teppich, an den farblosen Wänden entlang, zu dem alten unheimlichen Aufzug, der sie in die kühle Dunkelheit der Tiefgarage führen wird, in den tröstenden Schoß des kraftvollen Autos.

KAPITEL 35

Der Arzt war freundlich gewesen. Sie bekam eine Überweisung zu einem Psychologen und eine Krankmeldung. Vier Wochen. Ihr Herz hüpft vor Freude, vier Wochen ohne Ablenkung, ohne Büro, ohne E-Mails. Einen Termin beim Psychologen macht sie nicht, das hat sie nicht nötig. Sie weiß ja, was ihr fehlt. Oder wer.

Vor ihrer Wohnungstür liegt ein Briefumschlag. Antiques Papier, dick und fest. Stirnrunzelnd hebt sie ihn auf, trägt den

Umschlag ohne Anschrift hinein und schließt mit dem Fuß die Wohnungstür hinter sich.

Es ist Mittag, im Büro werden jetzt alle in der Kantine sitzen und essen. Sie setzt sich auf das schicke Sofa und reißt den Umschlag auf. Als sie die schwarze, geschnörkelte Schrift sieht, pocht ihr Herz bis zum Hals. Zumindest heute weiß sie, was er in seiner Mittagspause gemacht hat. Sie lächelt glücklich, während sie das zartgelbe Papier auseinanderfaltet und die geschwungenen Buchstaben liest.

Chéri,

Zeit für Dich, die Du brauchen wirst. Genieße sie.

Hole Dich heute Abend ab, sei um acht Uhr auf der Straße vor Deinem Haus. Vor Deiner Tür steht ein Paket, nimm es und trage, was darin ist. Toujours, Marc.

Irritiert sieht sie auf. Vor ihrer Tür stand kein Paket, das hätte sie doch sehen müssen. Eilig öffnet sie die Tür zum Hausflur, und da steht es. Eine schwarze, glänzende Lackschachtel, eine große Schleife ist darum gebunden. Lang und flach ist die Schachtel. Aufgeregt bückt sie sich und hebt sie auf, sieht sich im Hausflur um. Doch da ist niemand, sie hört keine Schritte auf der Treppe, und doch spürt sie seine Anwesenheit, spürt das Kribbeln in ihrem Körper, das ihr verrät, dass er ganz nah bei ihr war, noch vor Sekunden.

Mit flatternden Händen geht sie zurück in die Wohnung, legt das schwarze, glänzende Paket in freudiger Erregung auf den Tisch und öffnet die große Schleife.

Sie faltet das schwarze, zart duftende Seidenpapier auseinander. Glitzern, Funkeln. Vorsichtig ergreift sie, was in der Schachtel liegt. Es ist ein Halsband, besetzt mit unzähligen glitzernden Steinen, die im Sonnenlicht prächtig funkeln und blinken wie Diamanten. Langsam zieht sie ein langes, blondes

Haar heraus, das sich zwischen den kleinen Steinen verhakt hatte. Eine eiserne Faust bohrt sich in ihre Eingeweide, Eifersucht.

Sie legt das Halsband um ihren Hals, verschließt den Haken in ihrem Nacken und befestigt den kleinen, silbernen Karabinerhaken an dem Häkchen vorn, an dem eine silberne Leine, ebenfalls edel und elegant glitzernd, angebracht ist.

Sie geht zum Spiegel und betrachtet sich. Das Halsband ist mondän, wie ein Schmuckstück, und doch lässt es ihr Gesicht hilflos, machtlos wirken. Groß umfängt es ihren gesamten Hals. Sie erschauert. Was hat er vor?

Sie legt das Halsband den ganzen Tag über nicht ab, spürt die Enge an ihrem Hals, fühlt es bei jedem Schluck straff an ihrem Hals, den Kehlkopf zuschnürend. Es passt ganz genau, nur wenige Millimeter Platz bleiben zwischen der rauen Oberfläche der kratzigen Steine und ihrer Haut, im Nacken scheuert es ein wenig. Sie hat die Leine auf den Tisch gelegt, ab und zu im Vorbeigehen gleitet ihre Hand darüber.

***

Um zehn Minuten vor acht steht sie auf der dunklen Straße, im Schein einer Laterne. Sie ist gut vorbereitet auf ihn, wie immer. Ihre Knie zittern, wenn sie daran denkt, dass er gleich bei ihr sein wird. An ihrem Hals glitzert das Halsband, die Leine hat sie unter dem leichten, schwarzen Trenchcoat versteckt, den sie über einem kurzen, schwarzen Kleid trägt. Ihre neuen Schuhe glitzern im trüben Licht der Straßenlampe, sie passen perfekt zu dem Halsband, eine funkelnde Symphonie. Sie hat die Hände in den Manteltaschen vergraben und wartet. Zwanzig Minuten später hält ein schwarzes Auto mit verdunkelten Scheiben vor ihr. Irritiert sieht sie auf, sie hatte die Straße entlanggesehen und erwartet, dass er ihr entgegenkommen würde.

Die hintere Fensterscheibe gleitet lautlos und langsam herunter, und sie hört seine Stimme durch die Fensteröffnung. »Chéri, steig ein.«

Wortlos greift sie zur Autotür hinten und öffnet sie, lässt sich in die Lederpolster fallen. Sie spürt seinen Arm an ihrem Körper, riecht den Duft seiner Haut, seiner Haare, sein Rasierwasser, das sie konditioniert hat wie einen pawlowschen Hund.

Die Scheibe gleitet wieder hinauf, die Tür wird geschlossen, seine Lippen berühren ihr Ohr, ihren Hals, ihren Nacken. Seine Hand erkundet prüfend, was sich unter dem Mantel befindet. Als er die Leine ergreift, kann sie sein Lächeln in der Dunkelheit beinah körperlich spüren. Sie zwinkert und versucht, in der Dunkelheit des Autos etwas zu erkennen. Vor ihr ist eine schwarze Scheibe, den Fahrer des Wagens kann sie nicht sehen. Sie küssen sich leidenschaftlich. Sein Mund kann sie beruhigen, kann das Brennen in ihrem Körper kurzzeitig löschen, nur um es mit seiner Zunge wie ein Windhauch im Kamin wieder zu entzünden. Sie versinken ineinander, der Wagen setzt sich in Bewegung, ruhig und sicher gleitet er dahin, über die dunkle Straße.

Nach einigen Minuten, in denen sie ineinander verschlungen in den weichen Rückenpolstern saßen, steigt er aus, hält ihre Tür auf und hilft ihr galant aus dem Wagen.

»Genevieve«, flüstert er in ihr Ohr, als er sie an sich zieht, auf der dunklen Straße. »Ma chère ...«

Sie seufzt glücklich, schmiegt sich an ihn. Er führt sie in seinem Arm durch eine kleine, unscheinbare Tür.

Schummriges Licht, sinnliche Musik, von einer Frauenstimme getragen. Die Bar ist klein und modern eingerichtet, an der ovalen Theke sitzen Männer, Frauen, Paare, suchende Singles. Dazwischen zwei Barkeeper in schwarzen Hemden, schwarzen Hosen und mit dunkelroten Krawatten. Junge Männer, attraktiv und verwegen. Er nimmt noch in der Tür ihren Mantel ab, und sie sieht, wie Köpfe sich drehen, sie beobachten, ein schönes Paar, denken sie, so sinnlich und geheimnisvoll. Sie bemerkt, dass sie auf ihr Halsband schauen, dessen Leine er jetzt mit einer Hand locker ergreift und sie daran hinter sich her zu einem Barhocker in der Ecke zieht. Sie setzt sich und genießt die Blicke der anderen, die sich fragen, was das zu bedeuten habe, was eine Frau wie sie dazu bringen würde, einem Mann an einer Leine wie ein Hund zu folgen. Wenn sie wüssten ...

Er legt die Schlinge am Ende der Leine um sein Handgelenk und bestellt einen Cognac für sich, einen Champagner für »Madame«. Der Barkeeper lächelt und lässt sich nicht anmerken, dass auch er sich fragt, was das Halsband zu bedeuten habe.

Er sieht ihr tief in die Augen, die Gläser klirren sanft, als sie sich berühren. Sie trinkt, der Champagner wärmt sie und füllt sie mit Mut und Sorglosigkeit. Sie trinkt hastig, unter den neugierigen Blicken der anderen spült sie ihre Unsicherheit und ihre Scham einfach hinunter. Wortlos füllt der Barkeeper das leere Glas wieder auf und zieht sich diskret zurück.

Sie will etwas fragen, will mit ihm sprechen, doch sie weiß nicht, was sie fragen soll. Büro, Arbeit, das interessiert sie nicht. Anderes gibt er nicht preis. Er beugt sich zu ihr und flüstert auf Französisch etwas in ihr Ohr. Sie versteht nicht, was er sagt, aber sie mag den Klang seiner Stimme, das Kitzeln seines Atems, sie saugt den Singsang in sich auf und lässt die wohlige Umhüllung, die das samtene Vibrieren seiner Stimme erzeugt, einfach zu.

Er legt ihre Hand auf seinen Schritt. Sie spürt die sanfte Erhebung in seiner Hose und direkt anschließend das bekannte, wohlige Kribbeln, das ihre Beine hinaufkriecht. Sie küssen sich, leidenschaftlich. Die Blicke der anderen sind ihr egal, sie nimmt sie nicht wahr. Sie will eins sein mit ihm, kostet den Cognac aus seinem Mund, herb, bitter, süß. Sie schmeckt, dass er vorhin noch geraucht haben muss, männlich, würzig. Seine Zunge raubt ihr den Atem, und durch den Zug an der Leine schnürt er ihr mit dem Halsband die Luft ab. Sie keucht, doch er lässt nicht ab von ihr. Beide Hände in ihrem Schoß, seine Zunge in ihrem Mund, die Leine wird mit den rhythmischen Bewegungen seiner Finger immer wieder straffgezogen, sodass ihr für Sekunden die Kehle zugeschnürt wird, sie die Luft anhält und seine Berührung dadurch noch intensiver wird.

Minutenlang sind sie so ineinander versunken, die neugierigen Augen der Gäste auf sich gerichtet, die vielleicht vermuten, was da geschieht, aber nicht sehen können, was er wirklich gerade im Schutz der oval gewölbten Bar mit ihr anstellt.

Sie genießt seine Macht über ihren Körper, sie gibt sich ihm hin, die Hände umklammern willenlos den Barhocker, auf dem sie sitzt, bis ihre Fingerkuppen weiß hervorstechen.

Als sie spürt, dass der erlösende Höhepunkt sich gleich einstellen wird und ihre Füße unkontrolliert anfangen zu zucken, lässt er von ihr ab, löst seine Lippen von ihren, zieht seine Hände zurück, die Leine noch immer um sein Handgelenk, sodass es ihren Kopf etwas herunterzieht. In einer demütigen Haltung sitzt sie jetzt da, mit gesenktem Blick direkt auf seinen prallen Schoß, damit sie sehen kann, was er ihr, hoffentlich, später geben wird.

Er bestellt noch zwei Getränke und plaudert mit dem Barkeeper über die Qualitätsunterschiede verschiedener Cognacsorten, während sie wartend, brennend und sehnsuchtsvoll, neben ihm sitzt, den Blick noch immer nach unten gerichtet, er hält die Leine kurz.

Er führt ihr vorsichtig das Champagnerglas an die Lippen und lässt sie liebevoll, fürsorglich daran nippen. Wie ein kleines Kätzchen trinkt sie, die Zungenspitze schnellt hervor, kurz und zügig, und kostet von dem süßen, wärmenden und prickelnden Getränk. Er trinkt die braune, bernsteinfarbene Flüssigkeit mit einem Zug aus, steht von seinem Barhocker auf, sodass sie plötzlich und unvermittelt am Halsband hochgezogen wird, wie eine Marionette folgt sie ihm.

Auf der Herrentoilette fickt er sie. Mit breit gespreizten Beinen hat er sie nur ein wenig hochgehoben, die Leine noch immer um den Arm gewickelt, sodass er mit den Bewegungen seiner Hand bestimmen kann, wie viel Luft sie atmen darf, wie viel dieses unerträglichen und beißenden Geruchs von Urin und Toilettenreiniger sie einatmen muss. Er hat ihren nackten Po auf die harte, kalte Oberkante eines Pissoirs gesetzt, und so steht er jetzt vor ihr, die Beine leicht gespreizt, die Hose nur bis knapp unter die Hüften heruntergezogen, und ungerührt und mit unbeweglichem Gesicht treibt er seinen harten Schwanz in ihre pulsierende Möse hinein, die so sehnsuchtsvoll nach ihm zu schreien scheint.

Sie schließt die Augen und nimmt nur unbewusst wahr, dass sich die Toilettentür öffnet und schließt, dass ein Mann hereinkommt und schnell wieder hinausgeht.

Marc hat die Augen geöffnet und sieht sie an, keine Regung ist in seinem Gesicht zu erkennen. Nur an dem heißen Strahl, den er plötzlich und ohne Ankündigung pulsierend in sie hineinpumpt, spürt sie seinen Höhepunkt. Die schwarzen Augen sehen sie ungerührt an, kein Zucken in seinem Gesicht, kein Laut dringt über seine Lippen. Sie fühlt, wie die warme, zähe Flüssigkeit aus ihr heraustropft, als er sich aus ihr zurückzieht. Mit einem Ruck zieht er den Reißverschluss seiner Hose hoch, wendet sich ab, geht zum Waschbecken, wäscht seine Hände unter dem warmen Wasserstrahl, wirft einen kurzen Blick in den Spiegel, fährt sich durch das dunkle, volle Haar, und lässt sie unerfüllt, nackt und heiß zurück, mit weit gespreizten Beinen auf dem harten, kalten Rand des Pissoirs, die Leine zwischen ihren Beinen herunterbaumelnd.

KAPITEL 36

Sie nippt an der Kaffeetasse und lauscht dem Plaudern von Stacy. »Krankenvisite«, hat sie fröhlich gerufen, als sie in der Tür stand, eine hübsche rosa Schachtel mit leckerem Kuchen in der Hand.

Sie hatte Kaffee gekocht und den Tisch gedeckt. Nun sitzen sie hier, plaudern unverfänglich. Stacy erzählt vom Büro, vom Projekt, das nun Marc leiten soll, er ist ja am tiefsten drin im Thema.

»Er macht das gut«, sagt sie, auf einem Stück Schokoladentorte kauend. Stacy seufzt und streichelt ihre Hand. »Kein Wunder, dass du ausgebrannt bist. Du hast die letzten Jahre nichts anderes im Kopf gehabt als die Arbeit, das Büro. Du hast ja kaum Urlaub gemacht, jetzt musst du dich entspannen. Fahr doch mal weg, du kannst es dir doch leisten. Fahr zwei Wochen irgendwohin, wo es schön ist, schönes Wetter, Strand. Vielleicht ein kleiner Urlaubsflirt, das würde ich dir gönnen.« Sie zwinkert vielsagend.

Rebecca muss lachen. »Dafür bin ich nicht der Typ«, sagt sie und denkt an den einzigen Urlaubsflirt, den sie je hatte. Damals, in ihrem früheren Leben. Sie war Single, sie war erfolgreich, und sie hatte sich auf einen zweiwöchigen Urlaub in einem Singleclub in Florida eingelassen. Der nette Herr im

Reisebüro hatte ihn für sie ausgesucht, er meinte, das passe zu ihr, viel Sport, ein bisschen Wellness, nette Menschen, keine Familien.

Bei dem Wort Familie hatte sich ihr Magen kurz verkrampft. Sie hatte an Luke gedacht und an seine gerade gegründete Familie. Nein, Familien, die wollte sie im Urlaub nun wirklich nicht um sich haben, keine schreienden Kinder, die ihre Ruhe stören würden, keine stummen Ehepaare, die sich beim Abendessen anschwiegen, weil sie sich schon seit Jahren nichts mehr zu sagen hatten, sich gleichgültig geworden waren. Was sie auch nicht ertragen würde, waren glücklich verliebte Menschen in den Flitterwochen, küssend, streichelnd, sich albern und lächerlich gegenseitig mit dem Essen vom Buffet fütternd. Sie schüttelte sich bei dem Gedanken, doch sie hatte ihn nicht geäußert. Er würde schon verstehen, der nette Herr.

Sie war noch nie allein in den Urlaub gefahren. Tatsächlich hatte sie noch nicht einmal allein in einem Restaurant gegessen, es war ihr zuwider, allein an einem Tisch zu sitzen, die mitleidigen Blicke von Kellnern und anderen Gästen auf sich gerichtet, während sie ohne ein nebensächliches Gespräch sich ausschließlich auf das Essen auf ihrem Teller konzentrieren musste.

Sie wagte das Abenteuer dann doch, fühlte sich plötzlich frei und unabhängig. Im Flugzeug plauderte sie mit ihrer Sitznachbarin, die dasselbe Ziel hatte wie sie und ebenfalls allein unterwegs war. Die dunkelhaarige Frau, die einige Jahre jünger war als sie selbst, machte keinen Hehl daraus, was sie von den kommenden vierzehn Tagen erwartete. Kichernd erzählte sie bei Sekt und Kaffee, zehn Kilometer über dem Meer, von ihrem letzten Urlaub im Club, von den vielen One-Night-Stands, die sie gehabt hatte, von den vielen Männern, die allein dort gewesen waren, um ihre Körper tagsüber beim Basketball, Surfen und Joggen auszupowern, um sich abends den anwesenden Frauen zu widmen und sich zu Hause damit zu brüsten, wie viele verschiedene Leiber sie in den vierzehn Tagen gespürt hatten. Ein ganzes Jahr lang würden sie davon zehren, hatte sie gedacht, ein Jahr in der Öde und Tristesse ihres Alltagslebens gefangen, Erinnerungen an eine gute Zeit, in der die Frauen willig und gelöst waren, so wie früher.

Sie hatten sich angefreundet und gemeinsam das Angebot genutzt – Kosmetik, Massagen, Yoga, Fitness. Die Tage waren ausgefüllt, zwischendurch hatten sie nebeneinander an dem feinen Sandstrand gelegen, in den Ohren das Rauschen der Wellen und das laute, heitere Lachen der Menschen um sie herum, hatten sich von der Sonne wärmen und bräunen lassen, um abends ausgelassen zu feiern und zu flirten.

Schon am dritten Abend hatte er sie gefunden und seine Absichten deutlich gemacht. Er hatte ihr gefallen, er war gut gebaut, schlank, hatte dunkelblondes Haar, das durch Sonne und Salzwasser nun etwas aufgehellt war, und war nett und zuvorkommend gewesen. Sie hatte von sich erzählt, von ihrem Beruf, ihrem Leben, ihrer Freundin. Er hatte von seiner Arbeit erzählt, ein ganz normales Treffen unter Fremden, und schon am ersten Abend hatte sie ihn mitgenommen in ihr Zimmer, wo sie etwas langweiligen, aber durchaus erfüllenden Sex hatten. Ja, sie war anspruchslos gewesen damals, entwöhnt von männlicher Haut und kratzigen Küssen, war schon lange Single, und allein der Anblick seines erigierten Schwanzes hatte genügt, ihr die Feuchtigkeit in den Schoß zu jagen.

Oberflächlich, bescheidet sie heute, langweilig und nichtssagend war das kurze Vergnügen gewesen. Urlaub. Sie schnaubt.

Stacy sieht sie fragend an. »Woran denkst du?«

»An meinen letzten Urlaub«, sagt sie lachend.

Stacy stimmt in ihr Lachen ein. »Ja, richtig, das ist ja auch schon wieder einige Jahre her ... Wie hieß er noch gleich? Kevin? Charles?«

Rebecca zieht die Augenbrauen zusammen. Sie kann sich nicht erinnern. Sie sieht noch die blonden Strähnchen in seinem Haar, kann sich an seinen Schwanz erinnern, an seine Pobacken, auf denen ein heller Flaum gewesen war, sie hatte ihn mit den Fingerkuppen gekrault, das weiß sie noch. Aber an seinen Namen kann sie sich nicht erinnern.

Am letzten Abend hatten sie sich am Meer geliebt. Sie grinst, wenn sie an das Klischee denkt. Sex am Strand, im Dunkeln. Sie konnte spüren, dass sie nicht die einzigen waren, in der schützenden Dunkelheit, der immer noch warmen Luft. Es hatte ihr nicht gefallen. Sie hatte Sand in jeder Ritze ihres Körpers gehabt, unangenehm hatte der Sand in ihr gerieben, als er in sie gestoßen hatte, besonders in der Pospalte war ihr das unangenehm gewesen. In ihre Pobacken hatte sich wie eine Scherbe eine kleine, spitze Muschel gebohrt, die sie vorsichtig herauszog, als er endlich fertig war. Sie hatte nichts gesagt, es war ja der letzte Abend, das letzte Mal, er sollte sie ruhig in guter Erinnerung behalten, seinen Urlaubsfick, den er nie wiedersehen würde.

Kapitel 37

Langeweile. Sie geht in die Stadt und besucht die Lieblingsboutique, in der sie nun schon seit Monaten nicht mehr war. Die Verkäuferinnen erkennen sie wieder, freuen sich über ihren Besuch, verwöhnen sie mit Schokolade und Kaffee. Sie fühlt sich frei, sie hat viel Zeit, keine Hektik diesmal. Sie probiert

Kostüme an, um festzustellen, dass sie diese gar nicht mehr brauchen wird.

Dann steht sie vor einem dunkelroten, langen Abendkleid. Es hat kleine, weiße Perlen aufgenäht und eine hauchzarte Tüllschicht über dem seidig glänzenden Stoff. Das Oberteil ist eine enge Corsage, im Rücken geschnürt. Aufgeregt streicht sie mit den Fingern vorsichtig über den weichen, zarten Stoff. Es ist ihr Kleid, sie sieht es gleich, die Farbe harmoniert mit ihrer zarten Haut und der dunklen Honigfarbe ihrer Haare. Die Verkäuferin lobt ihren guten Geschmack, es ist ein kostbares Kleid, handgenäht, auch die winzigen Perlen wurden sorgfältig einzeln aufgebracht.

Sie lässt das Kleid in die Umkleidekabine bringen, zwei Verkäuferinnen helfen ihr, es anzuziehen, schnüren ihren Oberkörper darin ein, ihr praller Busen liegt wogend und bebend direkt unter ihrer Nase, so scheint es.

Sie dreht sich vor dem Spiegel. Die Verkäuferinnen sind entzückt. Wunderschön, sagen sie mit glänzenden Augen. Sie sei eine Prinzessin aus einem fernen Land.

Das Kleid schnürt ihre Taille ein, nur, um knapp darunter ausladend ihre Hüften zu betonen. Sie kauft es. Sie wird es ihm vorführen, wird sich wie Aschenputtel beim Ball des Prinzen fühlen, wird die Schönste sein, für ihn, wird ihren Schuh und ihre Kontrolle verlieren und wird schwer atmend darauf warten, dass er sie findet, unter all den schönen Frauen, die den einen Schuh anprobiert haben. Kein Blut ist im Schuh.

Ziellos wandert sie durch die Stadt. Kauft wahllos irgendwelche Sachen, die sie nicht braucht, aber trotzdem haben muss. Irgendetwas muss die qualvolle Leere in ihr füllen. Sie kauft zwei neue Lippenstifte, Nagellack, einen neuen Fön, drei Bücher, die sie niemals lesen wird, eine neue Handtasche aus

Lackleder, zwei Paar Schuhe.

Die Temperaturen sind mild, es ist Frühsommer. Die Sonne lacht vom Himmel, fröhliche Menschen umgeben sie, auf dem Weg zur Arbeit, in die Schule, zu Freunden, in Eiscafés. Sie stellt die vielen Tüten neben sich ab und setzt sich in einem Café an einen der leeren Tische, bestellt einen Latte Macchiato. Genussvoll trinkt sie den heißen Milchschaum, leckt ihn mit ihrer Zunge von den Lippen.

Leben ist schön. Die Frauen tragen kurze Kleider und Sandalen, sie sieht rot lackierte Fußnägel, goldene Fußkettchen und sorgfältig rasierte Beine. Ein Mann neben ihr beobachtet sie offensichtlich interessiert. Er hat eine Zeitung aufgeschlagen vor sich, eine Tasse Kaffee auf dem Tisch. Er raucht einen Zigarillo, sieht elegant aus. Ungefähr fünfzehn Jahre älter als sie.

Sie schaut weg und beobachtet wieder das rege Treiben vor sich auf der Straße. Doch im Augenwinkel merkt sie, dass er sie noch immer fixiert. Sie schluckt nervös. Sie will keine Aufmerksamkeit, sie braucht sie nicht. Die einzige Aufmerksamkeit, nach der sie verlangt, ist Marcs.

Die Serviererin bringt ihr eine Schachtel Zigaretten, eine rote Schachtel mit französischen Gauloises. Sie hat noch nie geraucht, doch jetzt will sie es versuchen, um sich ihm nah zu fühlen. Vor ihren Augen sein Bild, in dem karierten Bademantel, lässig vor dem Kamin drapiert, die Zigarette locker zwischen zwei Fingern, sie sieht die sinnlichen Lippen, die sich um den Filter schließen, die Wangen, die sich leicht saugend nach innen ziehen, nur um kurz darauf in totaler Entspannung den blauen Rauch durch eine winzige Öffnung im Mund zu pusten. Sie hustet, ihre Augen tränen. Der Mann am Nebentisch unterdrückt ein Lachen. Sie sieht weg und zieht erneut an der Zigarette. Der beißende Qualm füllt ihren Mund und ihre

Lunge, es schmeckt scheußlich. Wieder hustet sie, und dann spürt sie, wie das Gift in der Luft, die sie soeben eingeatmet hat, aus ihrer Brust in den Kopf aufsteigt, sie schwindeln lässt.

Sie raucht die ganze Zigarette, bis der Filter unangenehm riecht. Dann wirft sie sie achtlos auf den Boden und tritt mit dem schmalen Absatz ihrer Schuhe auf das letzte Glimmen.

Kapitel 38

Gut gelaunt steht sie vor dem Spiegel zu Hause. Er hat das Kleid an ihr bewundert, sie hatte sich gefühlt wie eine Königin, als er sie beinahe ehrfürchtig begutachtet hatte. Vorsichtig hatte er über den zarten Stoff gestrichen, als wolle er ihn nicht zerstören.

Dann hatte er sie geliebt, in ihrem Kleid. Leidenschaftlich und liebevoll, er hatte sie in seinen Armen gehalten, hatte den Duft ihrer Haare eingeatmet, hatte »Genevieve« geflüstert, ihren Hals, ihre Lippen geküsst, hatte sie ganz fest gehalten.

Sie war glücklich.

Danach waren sie zu einem Schneider gegangen. Er hatte auf einem Stuhl gesessen, sie stand in ihrem Kleid, in dem sie sich kurz zuvor noch geliebt hatten, mit noch immer feuchtem Schoß und ohne Wäsche, vor dem alten Mann, der zu ihren Füßen kniete und mit einer Stecknadel und einem Maßband seine Anweisungen ausführte. Sie hatte nichts gesagt, hatte zugesehen, wie der alte Mann den zarten, teuren Stoff in der Mitte mit einem scharfen Messer zerschnitt, um es anschließend wieder zusammenzunähen, einen schmalen Schlitz zwischen ihren Beinen lassend, der sich bei jedem Schritt öffnete und den Blick auf ihre Schenkel freigab.

Er hatte sie erneut geliebt, in ihrer Wohnung, diesmal hatte er sie vorher andächtig und sehr langsam aus dem Kleid befreit, hatte es wie eine Zofe aufgeschnürt und über ihren Busen, ihre Hüften nach unten geschoben, bis es endlich raschelnd um ihre Füße herum zu Boden fiel. Dann hatte er sie, nackt, wie sie war, auf seine Arme genommen und in das Schlafzimmer getragen, wo er sie liebevoll befriedigt hatte.

Sie seufzt und betrachtet sich, betrachtet ihr Werk. Sie wartet auf ihn. Er hat ihr genau gesagt, wie er sie vorfinden möchte, wenn er heute Abend zu ihr kommt. Sie hat die dunkelrote Samtmaske aufgesetzt, die er ihr mitgebracht hat, sie passt perfekt zu ihrem Kleid, ist ebenfalls mit kleinen Perlen bestickt und verdeckt ihre obere Gesichtshälfte. Aus zwei kleinen Schlitzen blitzen ihre grünen Augen. Sie ist an den Seiten ihrer Augen katzenähnlich zu spitzen Bögen nach oben gezogen. Geheimnisvoll sieht sie damit aus, denkt sie, so könnte sie tatsächlich zum Ball des Prinzen gehen.

Gläserne Schuhe hat sie nicht, aber zarte Sandalen mit sehr hohen Absätzen, die nur aus zwei schmalen, goldfarbenen Riemen bestehen und den Füßen keinen Halt geben. Sie hat heute geübt, darin elegant und sinnlich zu gehen. Sie hat die Fußnägel lackiert, in dem gleichen dunkelroten Farbton, den auch ihr Kleid hat. Und nun wartet sie.

Sie hört den Schlüssel in der Tür. Erwartungsvolle Vorfreude durchzuckt sie, ein letzter Blick in den Spiegel, dann steht er vor ihr. Auch er trägt eine Maske, schwarz, aus Leder, die schwarzen Augen verlieren sich hinter den Schlitzen, die gerade, schlanke Nase ist zur Hälfte von der Maske verdeckt, ein bisschen wie ein Rabe sieht er aus. Sein Körper steckt in einem schwarzen Smoking, auf eine Fliege hat er verzichtet, das weiße Hemd ist am Kragen leicht geöffnet. Er bleibt stehen und bewundert sie aus der Entfernung. Sie lächelt und dreht sich um die eigene Achse, bleibt kokett vor ihm stehen, um den rechten Fuß unter dem langen Stoff hervorzustrecken, mit den Händen den zart raschelnden Stoff etwas zur Seite zu ziehen, nur ein wenig, und den Blick auf ihre langen, schmalen Beine zu öffnen.

Er lächelt unter der Maske. »Tu es très jolie, Genevieve, magnifique«, sagt er leise und geht auf sie zu, streckt seine Hand nach ihr aus.

Sie ergreift sie, ihr ist danach, einen Knicks zu machen, als er ihre Hand zu seinem Mund führt und mit seinen rosigen, zarten Lippen einen nur angedeuteten, formvollendeten Kuss darauf haucht.

Sie fahren mit ihrem Auto. Natürlich. Das Radio schweigt, sie hört nur das beruhigende Brummen des Motors und die sanften Fahrgeräusche, mit ruhiger Hand steuert er das Auto durch die dunkle Nacht.

Sie will nicht über die Arbeit sprechen. Von Stacy hat sie gehört, dass er seinen, ihren, Job gut macht. Alles im Griff, sagt Stacy. Natürlich, denkt sie lächelnd, natürlich hat er alles unter Kontrolle. Sie ist stolz auf ihn. Er arbeitet viel, hat Stacy erzählt, ist morgens oft schon um sechs im Büro. Sie ist in seine Abteilung gewechselt, er hat sie zur Unterstützung zu sich geholt, neben zwei anderen Kollegen. So kann er besser delegieren, sagt Stacy, das ist gut so. Alles wird gut, werde nur erst wieder gesund, hat sie hinzugefügt und tröstend ihr Haar gestreichelt. Sie hat gelächelt, aus müden Augen, ein blasses Gesicht, ihr Körper ist ausgezehrt.

Heute ist sie schön, heute ist sie die Prinzessin, die von ihrem Prinzen in der gläsernen Kutsche zum Ball gefahren wird. Sie weiß noch nicht, wo die Reise hingeht, sie vertraut ihm. Die prickelnde Vorfreude ihrer Scham hat sich vereint mit dem warmen Gefühl des Vertrauens, der blinden Hingabe.

Auf einem großen Parkplatz hält er an. Der Kies knirscht unter den Reifen, als der Wagen zum Stillstand kommt. Er hilft ihr aus dem Auto, sie hält das geschlitzte Kleid vorn zusammen. Sie fröstelt, trägt keine Jacke über dem Kleid. Durch die Maske ist ihre Sicht eingeschränkt, sie kann nur fokussieren, was unmittelbar vor ihr liegt, kann nicht zur Seite schauen.

Sie gehen auf ein altes, europäisch aussehendes Schloss zu, das hell erleuchtet ist. Hinter den hohen Fenstern sieht sie schemenhaft Menschen, die sich bewegen. Vor der schweren Pforte flackern zwei große Feuer in großen Steintöpfen. Er legt den Arm um sie, führt sie vorsichtig mit den schmalen Sandalen über den Kiesweg, die Treppe hinauf, bis sie vor der Pforte stehen. Er drückt auf einen Knopf, neben der Tür. Sie erschauert und presst die nackten Schultern eng an seinen Oberkörper. Sein Griff wird fester, er nimmt mit einer Hand ihr Kinn in die Hand, hebt es zu sich an. Die Maske verleiht ihm etwas Unheimliches, Grausames, doch seine Lippen lächeln.

»N´aie pas peur, ma chère«, sagt er leise, »keine Angst.«

Sie lächelt zurück. Die Pforte öffnet sich langsam und knarrend. Er tritt ein, zieht sie mit sich. Sie will sich nicht wehren, sie will ihm folgen. Als sie die große Halle betreten, sieht sie Menschen in altertümlichen Kostümen. Lachende Frauen mit aufgetürmten Frisuren, in Korsetts und Strapsen, laufen aufgeregt durch den Saal. Männer in Smoking, Anzug oder einfach nur mit einem Umhang bekleidet, stehen an der Seite, nippen an ihren Getränken und beobachten das muntere Treiben. Sie hört Klaviermusik, hört das Klappern von hohen Absätzen auf dem Marmorboden. Alle hier tragen Masken, manche besonders ausgefallene, mit langen Federn und Glitzersteinen. Eine junge Frau mit einer kleinen schwarzen Maske macht einen Knicks vor ihnen.

»Marquis«, sagt sie und hebt den Kopf ein wenig, um ihn anzulächeln.

Er lächelt zurück und nickt kurz. Die Frau in dem schwarzen Korsett, die kein Höschen trägt und deren feine, glattrasierte Scham kokett unter dem kleinen Spitzenrand hervorschaut, geht weiter.

Rebecca atmet den Duft der vielen Parfüms, schwer und sinnlich liegt er in der Luft. Sie riecht den Geruch von Wollust und lauscht der Musik, den Geräuschen, die leise, kaum hörbar an ihr Ohr dringen und von Vereinigung und Erfüllung verheißen. Ihr Schoß zieht sich zusammen, sie spürt, dass sich ihre Labien mit Blut füllen und sich aufrichten.

Langsam geht sie an seinem Arm durch den Saal, gleitet neben ihm über den glatten Marmorboden, sie ist die Prinzessin und er hat sie erwählt. Die Männer beobachten sie, wie sie den Saal betreten. Weitere Frauen kommen auf sie zu, begrüßen ihn huldvoll, er beachtet die anderen kaum. Aschenputtel, denkt sie, als er den Arm um ihre schmal geschnürte Taille legt und sie sanft, aber bestimmt mit sich zieht, durch die Mitte des großen Saals, sodass alle sie sehen können, hin zur anderen Seite, an der der Flügel steht, auf dem eine Frau hingebungsvoll eine sinnliche Melodie spielt.

Rebecca setzt sich auf einen mit rotem Samt bezogenen, üppigen Barocksessel, goldglänzend umrahmt sie die Zier des großen, alten Möbelstückes. Sie sieht sich um. An den Wänden hängen frivole Ölbilder, überdimensional groß. Sie sieht lüsterne Engel, die an nackten, prallen Frauenleibern saugen, eine Frau, die es mit einem Zentauren treibt, das Gesicht vor schmerzhafter Lust verzerrt, als das große, pferdgleiche Geschlecht des Fabelwesens in ihre weit geöffnete Scham eindringt. Ein Faun, der von Nymphen umgeben seinen Ziegenkopf in dem Schoß einer Frau versenkt hat, die sich in qualvoller Lust windet.

Marc ist zum Flügel gegangen, dort sitzt er nun und spielt, zusammen mit der anderen Frau, die eine große rosa Maske trägt, mit Federn verziert.

Rebecca seufzt und lässt sich in dem großen Sessel zurücksinken, lauscht der Musik, seinen Fingern. Eine Frau in einem Dienstmädchenkleid kommt auf sie zu und reicht ihr einen Kelch. Champagner. Sie trinkt ihn gierig, er wird ihr helfen. Das Treiben der Menschen lässt keinen Zweifel aufkommen, was hier gefeiert wird.

Überall im Saal sieht sie Paare, ineinander versunken. Sie hört leises Kichern von Frauen, die hinter Federfächern ihr Gesicht verbergen. Sie hört das leise Keuchen von Männern, die ihr Gesicht unter wallenden Röcken vergraben haben. In einer Ecke des Saals leckt eine junge Frau einer anderen die geschwollene, erregte Scham. Ein Pärchen ist in einer merkwürdigen Stellung ineinander verkeilt, ihre Augen glänzen, sein Gesicht verzerrt sich, als er sich stöhnend über der Frau aufbäumt und kommt. Es riecht nach Moschus, nach schwerem Parfüm, nach Lust. Sie atmet tief ein.

Ihr wird heiß, sie spreizt die Beine ein wenig, sodass das Kleid zur Seite fällt und ihre Beine entblößt. Die ganze Atmosphäre ist so fremd, so unnatürlich, dass sie sich davontragen und erregen lässt. Er spielt noch immer am Flügel, die Augen geschlossen, seine Finger gleiten behände über die Tastatur. Die andere Frau ist fort, er sitzt allein vor dem großen Flügel und spielt. Sie lauscht den zarten Tönen, die er dem großen Instrument entlockt. So sinnlich, so zärtlich. Dann wieder heftig, lauter, machtvoll. Sie schließt die Augen, hört auf die Geräusche und die Musik, trinkt den Champagner.

Dann fühlt sie eine Hand, die sich vorsichtig auf ihren Schenkel legt. Sie öffnet die Augen. Er spielt noch immer am Flügel. Ein junger Mann mit schwarzen, kurzen Haaren und einer braunen, schlichten Maske kniet vor ihr und sieht sie bittend an, während seine Hand ihren Schenkel hinaufgleiten will. Sie schüttelt schnell den Kopf, presst die Beine eilig zusammen und sieht ängstlich zu ihm. Er sitzt mit dem Rücken zu ihr, kann sie nicht sehen, die Finger fest mit den schwarz-weißen Tasten vereint. Der junge Mann macht ein bedauerndes Gesicht. Sie muss lachen und schüttelt wieder den Kopf, trinkt den Champagner aus ihrem Kelch und deutet mit einer Hand auf Marc am Flügel. Der junge Mann senkt den Kopf, nickt hastig und geht.

Sie runzelt die Stirn. Wozu ist sie hier? Um ihm beim Klavierspielen zuzuhören? Die Luft ist erfüllt von Sex und Gier, die Bilder um sie herum erregen sie. Sie presst die Oberschenkel zusammen und reibt ihre pralle Klitoris an den Innenseiten, um sich Erleichterung zu verschaffen. Dann steht sie entschlossen auf und geht zu ihm.

Von hinten legt sie ihre Hände um ihn herum, auf seinen Schoß. Sein Schritt ist hart, sie kann fühlen, dass auch er sich der besonderen Atmosphäre nicht entziehen kann. Sie schmiegt sich von hinten an ihn, streichelt seinen Schwanz durch den dicken Stoff der Hose. Ungerührt spielt er weiter auf dem Klavier, nur die unnachgiebige Härte, die unter ihren Fingern immer größer wird, zeugt von seiner Lust.

Da spürt sie wieder fremde Finger an sich. Durch die Maske kann sie nicht sehen, wer hinter ihr steht, sie wendet den Kopf soweit sie kann, doch sie erblickt nur schemenhaft, dass es ein großer, blonder Mann ist, der langsam und vorsichtig ihr Kleid hebt und von hinten mit dem Finger durch ihre

Pospalte gleitet. Sie will seine Berührung nicht, versucht, ihn mit dem Becken von sich zu stoßen. Es gelingt ihr nicht, er presst sich eng an sie und sie spürt durch den raschelnden Stoff ihres Abendkleides seine harte Männlichkeit an ihren Backen.

Sie schiebt ihn mit dem Becken zurück, widmet sich wieder ihrem eigenen Objekt der Begierde, der noch immer flink die Finger über die Tasten gleiten lässt und eins zu sein scheint mit der Musik, die er erzeugt und die sie erregt. Sie kennt die Melodie, er hat sie schon einmal für sie gespielt, damals. Es kommt ihr wie eine Ewigkeit vor, dass er sie auf dem Klavierschemel geliebt hat, in seiner Wohnung. Wie unbeholfen sie noch gewesen war. Sie schmunzelt bei der Erinnerung, gleichzeitig spürt sie, wie ihre Lust sich warm einen Weg aus ihrer Möse bahnt.

Der fremde Mann gibt nicht auf. Wieder steht er dicht hinter ihr, wieder finden seine Hände den Weg unter ihr langes Kleid, auf die heiße, feuchte Haut ihrer Schenkel. Sie dreht den Kopf zu ihm um und schüttelt ihn heftig, deutet mit dem Kinn auf den Mann, der vor ihr am Flügel sitzt. Er muss doch verstehen ...

Der andere zieht sich nun zurück, setzt sich auf den großen, schweren Sessel, auf dem sie zuvor noch gesessen und beobachtet hat, und wendet den Blick nicht von ihr ab.

Marc löst seine Hände vom Klavier, die Musik verstummt, doch die vielen, verkleideten Menschen mit den Masken nehmen es nicht wahr, vertieft sind sie in sich selbst, ineinander, in ihre eigene Lust und die der anderen.

Er dreht sich auf dem kleinen Schemel um, seine schwarzen Augen blitzen erregt unter der schwarzen Maske. Sie greift in sein Haar, fühlt es weich unter ihren Fingern, fährt hindurch und legt das Kinn auf seinen Kopf. So steht sie vor ihm, sein

Gesicht ist in ihrem prächtigen, köstlichen Busen vergraben, der weiß und voll durch das Korsett nach oben gedrückt zum Verweilen einlädt. Einige Minuten verharren sie so, innig ineinander verkeilt, als seien sie allein in dem großen Saal.

Dann steht er auf. Der blonde Mann sitzt noch immer auf dem Stuhl hinter ihnen und beobachtet sie. Er nickt Marc zu. Marc lächelt unter seiner Maske, nimmt sie bei der Hand und führt sie zu dem blonden, fremden Mann mit der merkwürdig verzerrenden Maske, die fast sein ganzes Gesicht verdeckt. Sie schluckt, ahnt, was er vorhat. Ist das tatsächlich sein Wunsch? Will er wirklich ...?

Zwei Schritte vor dem Stuhl, auf dem breitbeinig und geil der blonde Mann sitzt, lässt Marc sie los. Er beugt sich zu dem anderen herunter, flüstert in sein Ohr. Das Grinsen des Fremden wird breiter, es reicht jetzt beinah bis an den unteren Rand seiner Maske heran. Sie zittert.

Der Mann steht auf. Jetzt ist er ganz dicht bei ihr. Sie riecht den fremden Geruch von saurer, verschwitzter Haut, riecht seinen Atem, in dem sich Alkohol und Zigaretten vermischt haben zu einem unangenehmen Nebel. Hilfesuchend sieht sie zu Marc, sucht seine Augen, seine Hände, er soll ihr helfen, soll sie befreien. Doch der hat sich nun seinerseits auf dem Stuhl niedergelassen, gelassen sitzt er da, die Maske verschleiert seine Augen und lässt ihn kalt und abweisend erscheinen. Der fremde Mann mit der großen Maske hat nun seine Lippen auf ihr Dekolleté gelegt und kostet mit den Lippen sanft zupfend ihre feine, weiße Haut. Marc sitzt mit leicht gespreizten Beinen auf dem Stuhl und nickt, nur ein wenig, sodass sie es kaum wahrnehmen kann. Soll sie wirklich ...?

Ihr wird heiß, als der Fremde seine Hände unter ihr Kleid schiebt und die beiden vorderen Stoffbahnen zur Seite drängt, um den Blick freizuhaben auf ihre feuchte, glitzernde Scham.

»Hmmm«, raunt er mit einem Grinsen und dreht sich kurz zu Marc um, dem er anerkennend zunickt. Sie sieht, wie Marc seine Hand in den Schoß legt und langsam und bedächtig seine aufkommende Erektion durch den Stoff der Hose hindurch streichelt. So soll es also sein, denkt sie, sie will ihn nicht enttäuschen, sie will doch, dass er stolz ist auf sie, sie ist schließlich die Beste, das hat er doch gesagt.

Also lässt sie zu, dass der Fremde sich vor sie kniet, den Rock mit beiden Händen zur Seite legt, und seinen unbekannten Mund mit dem fremden Geruch um ihre Labien legt, ihre unkontrolliert hart werdende Perle liebkost. Er ist zart, sanft, die Berührungen sind angenehm. Und doch erregen sie sie nicht, sie sehnt sich nach ihm, nach seiner Zuneigung, seiner Zärtlichkeit.

Sie lässt es geschehen, stumm und ruhig steht sie da, fühlt Marcs Blick auf sich gerichtet, auf ihr Gesicht, ihren wogenden Busen, der unter ihrem schwerer werdenden Atem bebt und sich mit jedem Atemzug hebt und senkt, ihre nasse Möse, die nur von dem Kopf des Mannes verborgen wird, der jetzt noch zwei Finger in ihre Feuchtigkeit hineinschiebt und sie damit heftig fickt.

Sie sieht sein regloses Gesicht, als er einem weiteren Mann zunickt. Es ist der junge Mann von vorhin, dessen erster Versuch von ihr so schamhaft abgewehrt wurde. Einige Zuschauer haben sich um sie herum versammelt, warten gespannt auf das, was kommen wird. Frauen stecken tuschelnd die Köpfe zusammen, Männer streichen bedächtig über ihre teilweise schon freigelegte Männlichkeit, neugierig, andächtig.

Sie schließt die Augen und lässt sich treiben von dem Geschehen. Sie spürt fremde Hände auf ihren Brüsten, merkt, wie zarte Frauenhände langsam ihr Korsett aufschnüren, weiche Fingerkuppen sich auf ihre Haut legen, überall kann sie sie spüren. Ein hartes Glied reibt sich an ihren Pobacken, als ihr Kleid leise raschelnd zu Boden fällt. Sie wagt nicht, die Augen zu öffnen, stellt sich vor, dass er es ist, seine köstliche Zunge, seine schwarzen Augen, die sie anblicken, seine behänden Finger, die sie streicheln und liebkosen, sein steifer Schwanz, der jetzt ihre Nässe gründlich über ihrem ganzen Unterleib verteilt, ihn die Pospalte hinauf zerreibt, um sie vorzubereiten auf etwas, das sie noch nie zuvor getan hat. Mit unerwarteter Härte und einem stechenden Schmerz dringt der fremde Schwanz in sie ein, zwischen ihre Pobacken. Sie schreit auf, öffnet erschreckt die Augen. Zwei Frauen hinter ihr kichern. Sie sieht auf Marc, der noch immer mit geschlossener Hose dasitzt, allerdings ist seine Erektion jetzt so mächtig, dass sie um die feinen Nähte an dem teuren Stoff fürchtet.

Schnell schließt sie die Augen wieder. Sie ist darauf nicht vorbereitet, der andere Mann ist vorsichtig, langsam und nur wenige Zentimeter schiebt er sich in sie hinein, drängt sie auseinander, während der Blonde noch immer mit Finger und Zunge ihre Möse bearbeitet. Die Nässe tropft jetzt auf den Boden, auf das Kleid, das zerknüllt unter ihr liegt, ihr Prinzessinnenkleid, sie ist das Aschenputtel, und jetzt muss der Zauber zerfallen, es ist Mitternacht, jetzt verwandelt sie sich zurück in das kleine Aschenputtel, das unscheinbare Mädchen, das nackt und hilflos dasteht, gefangen zwischen zwei Männern, deren Augen, deren Gesicht sie nicht sehen kann.

Sie stöhnt auf, vor Schmerz und Pein, sie verzehrt sich nach Marc, doch ihr Körper reagiert ohne ihren Willen auf das Stoßen und Lecken der Männer. Langsam wird sie von zwei Armen zu Boden geführt. Ihre zitternden Knie sind dankbar und nehmen den harten, kalten Boden ohne jeglichen Widerstand an.

Dann wird sie von vielen Händen emporgehoben. Ein harter Penis dringt in sie ein, kurz öffnet sie die Augen, um zu sehen, ob er es ist, doch sie sieht nur den blonden Mann mit der großen Maske unter sich, die Augen geschlossen, der Mund geöffnet, aus dem sein Atem und keuchende Laute dringen. Mit den Händen umfasst er ihren Po, zieht die Pobacken weit auseinander und lässt sie auf seinem Geschlecht auf und ab gleiten. Mit einem schmatzenden Geräusch vereinen sich ihre nassen Labien mit seinen Lenden. Wenn er sie plötzlich fallenlässt und sie sich nicht halten kann, ihre Beine tragen sie nicht, sie muss auf ihm zusammenbrechen, zusammensinken. Sie schwitzt, ihr ist kalt, ihre Abneigung kämpft gegen ihren Körper, dem das Treiben offenbar gefällt.

Jetzt spürt sie einen anderen, mächtigen Prügel hinter sich, der ihre Poritze teilt und in sie eindringt. Sie ist ausgefüllt von zwei Männern, sie schreit auf, das Gefühl ist übermächtig, während beide Männer sie bearbeiten, eine Frauenhand gleitet über ihre Klitoris und reibt diese, eine andere umfasst von hinten ihre Brüste und knetet die harten, roten Brustwarzen fest und zart zugleich.

Sie will schreien, sie will nicht kommen, sie öffnet die Augen und sieht zu ihm, er sitzt da, mit weit geöffnetem Mund, er hat die Fassung verloren, das kann sie sehen, er sieht wütend aus, erregt, sein Gesicht ist merkwürdig verzerrt. Ihr wird heiß. Es gefällt ihm nicht, denkt sie, beinahe weinend. Es gefällt ihm nicht, was er sieht. Er soll doch stolz sein auf sie. Sie sucht seinen Blick, versucht zu ergründen, was sie tun soll. Der Mann hinter ihr, der tief in ihrem Anus steckt und dabei obszön laut keucht, stöhnt plötzlich heftig auf. Sie spürt das

Zucken in ihrem Anus, der sich nun ebenfalls rhythmisch zusammenkrampft, ein merkwürdiges Gefühl, und dann ist es geschehen, ihr ganzer Körper erstarrt und verkrampft in einem übermächtigen, ihren ganzen Leib erfassenden Orgasmus. Jetzt schreit sie, sie weint, sie schlägt um sich, sie wirft den Kopf zurück, greift mit einer freien Hand in ihren Schoß, drückt die Frauenhand so fest in ihre Klitoris, dass sie die Fingernägel schmerzhaft spürt, während sie noch immer kommt, die Augen fest geschlossen, die pulsierende Welle ihres Blutes rast durch ihren ganzen Körper, immer wieder. Der blonde Mann kann sich jetzt auch nicht mehr beherrschen, sein heißer Saft ergießt sich in sie, und zu dritt werden sie auf einer riesigen Welle der Lust davongetragen, weit fort von allen Zuschauern in diesem großen, altertümlichen Saal.

Als sie wieder zu sich kommt, merkt sie, wie das Sperma der fremden Männer aus ihr herausrinnt. Ihre Beine sind über und über davon bedeckt, warm und zäh klebt es an ihr, wird später auf ihrer Haut eintrocknen und einen schmierigen Film hinterlassen. Sie blinzelt durch die Maske. Nackt und wehrlos liegt sie da, auf dem kalten Boden, ihr Kleid achtlos zusammengeknüllt hinter sich.

Sie blickt auf und sucht ihn, kann ihn nicht finden. Eine junge Frau hilft ihr auf die Beine, bringt sie zu dem großen Stuhl, auf dem er eben noch gesessen hat, und führt ihr ein Wasserglas an die Lippen. »Trink«, flüstert sie und hält ihren Kopf, und sie legt das Gesicht an den Busen der anderen und weint hemmungslos wie ein Baby.

***

Auf dem Heimweg schweigen sie. Er fährt schneller, aggressiver als sonst.

Er hat ihr in das Kleid geholfen, hat sie an den Arm genommen und hinausgebracht, in die schützende Dunkelheit, die beruhigende Stille des Autos. Sie hatte sich an ihn gelehnt und geweint, er hatte ihr Haar gestreichelt und »Ssssh« gemacht, ganz nah an ihrem Ohr. Er hatte sie getröstet mit seinen Küssen, hatte sie seinen Schwanz anfassen lassen, der noch immer steif und hart war, und sie hatte ihn in den Mund genommen, hatte bereut und hatte ihm ihre ganze Liebe, ihre ganze Sehnsucht hingebungsvoll mit ihren weichen Lippen bewiesen. Als er in ihr gekommen war, hatte sie ihn in sich aufgesogen, tief, bis tief in den Körper hinein, warm hatte sie seinen Saft bis in den Magen hinabrinnen spüren, eine klebrige, zähe Spur in ihrer Speiseröhre.

Danach hatten sie eine Zigarette geraucht. Er ruhig und bedächtig, ohne eine Miene zu verziehen, sie hektisch und schnell, bis die Zigarette in ihren Fingern so heiß glühte, dass sie sich verbrannte.

Danach hatte er den Motor gestartet und war losgefahren. Eine Stunde Fahrt durch die Dunkelheit. Schweigend. Die Scheibenwischer gleiten hin und her auf der Windschutzscheibe, Regentropfen hinterlassen eine Spur auf dem Glas, die sie schmerzhaft an die Spur auf ihren Schenkeln erinnert.

Sie geht allein in ihre Wohnung. Dort reißt sie das Kleid von sich, wirft die feinen Sandalen in die Ecke und stürzt ins Bad. Das Wasser ist so heiß, dass sie es gerade ertragen kann, ohne sich zu verbrennen. Sie hält den Duschkopf zwischen ihre Beine und versucht, die Spuren der fremden Männer von sich zu waschen. Sie lehnt den Kopf an die kühlen Fliesen in der Dusche und weint.

KAPITEL 39

Der Anruf ihrer Mutter hatte sie kalt erwischt und kurzzeitig aus ihrer Trance herausgerissen.

Weinend hatte sie vom Tod des Vaters berichtet, sodass für einige Minuten der Schmerz über den Verlust alle anderen Gefühle zu überwiegen schien. Sie war nach Hause gefahren, hatte ihre Mutter getröstet, hatte alte Bilderalben durchgesehen, hatte geholfen, die Beerdigung vorzubereiten, mit dem Pastor die Trauerrede vorbereitet, sich um Blumen und Todesanzeige gekümmert. Die Mutter saß weinend, mit blassem Gesicht und rot unterlaufenen Augen, ständig ein Taschentuch unter der triefenden Nase, und war zu keiner Handlung fähig, gefangen in ihrem Kummer, ihrer plötzlichen und unerwarteten Einsamkeit.

Er war ja noch nicht alt gewesen, für die anderen Männer beginnt jetzt erst der Herbst ihres Lebens, den er nicht mehr erleben durfte.

Ein Mensch ist gestorben, doch die Erde dreht sich einfach weiter, erbarmungslos, nicht eine Sekunde lang hält sie inne, um der Fassungslosigkeit, der Ohnmacht, dem Schmerz Raum zu verschaffen. Wie durch einen Nebel sieht sie morgens beim Bäcker die anderen Menschen, die belanglos plaudern, fröhlich lachen. Ihr Vater ist tot, können nicht alle anderen einfach kurzzeitig einfrieren und ihrem Schmerz huldigen?

Bei der Trauerfeier ist sie stumm, hält ihre Mutter im Arm, die sich hemmungslos schluchzend an sie klammert. Sie will sie trösten, doch sie kann es nicht, zu groß ist ihre eigene Trauer, ihr eigener Schmerz.

Erst als Verwandte und Freunde beisammensitzen, um Kaffee zu trinken, Kuchen zu essen, wird ihr die innere Leere bewusst, die von ihr Besitz ergriffen hat, der Grund, warum sie die unbändige Trauer der Mutter plötzlich mitfühlen kann, kalt und erbarmungslos.

Sie verlässt den Raum und geht in ihr altes Zimmer hinauf, um dort hemmungslos zu weinen, um ihn, um sich ...

Es ist einige Tage her, dass sie wieder zurückgekehrt ist aus der düsteren, hoffnungslosen Atmosphäre ihres Elternhauses. Sie hat die Mutter tieftraurig zurückgelassen, um ihre eigene Leere zu füllen. Füllen zu lassen, von ihm.

Sie hat ihn angerufen, hat erzählt, wo sie in den letzten Tagen war und warum. Er war sehr verständnisvoll gewesen.

»Chéri, ich bin sehr traurig für dich«, hat er gemurmelt. »Ich komme und tröste dich.«

Und er hatte sie getröstet, auf die köstlichste Art. Ihr ganzer Körper hatte geweint, als er sie liebte, nachgiebig und sanft, und doch mit der gleichen fordernden Härte, die sie so liebte, so brauchte. Er hatte französische Worte in ihr Ohr geflüstert, hatte sie im Arm gehalten, hatte ihren Kummer einfach mit seinen Händen und seinem Schwanz aus ihr herausgestreichelt, bis sie selig und wohlig warm, beschützt, an seiner Brust gelegen hatte.

Der Schmerz der Sehnsucht war übermächtig in ihr, wenn sie Marc nicht sehen konnte. Doch sie wusste, dass er ihre Treffen bewusst sparsam dosierte, er wollte ihre gemeinsamen Augenblicke nicht entzaubern, hatte er gesagt und ihr dabei tief in die Augen gesehen. »Gewohnheit ist der Tod aller Leidenschaft.« Vielleicht hatte er recht damit.

Wollte sie die scheinbar unstillbare Sehnsucht, die sie manchmal aufzufressen drohte, die aber doch immer wieder dafür sorgte, dass sie sich so lebendig, so ganz fühlte, wenn sie sich sahen, wirklich aufgeben? Wollte sie ein normales Leben mit ihm führen, ein Hausmütterchen werden, seine Kinder gebären, ihm den Rücken freihalten, wenn er alles gab für seine Karriere, nur um einige Jahre später von ihm zu hören, dass er seine Sekretärin heiraten wolle?

Das ist doch der Lauf der Dinge, denkt sie böse, so geht es doch allen braven Hausweibchen, die zwischen Kochtopf, Bügelbrett und stinkenden Windeln versauern, deren eintöniges Leben keinen Platz lässt für Fantasie, die sich selbst und ihren Körper vernachlässigen, die Beine nicht mehr rasieren aus falsch verstandenem Stolz und mit diesem Anflug von Emanzipation, von dem sie in kitschigen Frauenromanen gelesen haben. Bis der Mann feststellt, dass es andere Frauen gibt, verführerisch, weiblich, die zarte Hände haben und viel Zeit für ihre eigene Sinnlichkeit, die er riechen wird, wenn er morgens ins Büro kommt.

Dann lässt er sie zurück, die Hausfrau, die nur noch für ihn gelebt hat, die keine eigene Persönlichkeit hat, die abends übermüdet ins Bett fällt, kein Raum für Liebe, für Sinnlichkeit.

Traurig, denkt sie spöttisch, während sie das Geschirr vom Mittagessen in die Spülmaschine räumt. So endet das Märchen vom Aschenputtel. Schließlich wird die Geschichte nicht bis zum bitteren Ende erzählt. Happily ever after.

Kapitel 40

Schwungvoll geht sie die kleine, schmale Straße entlang. Sie hat eingekauft, sie wird ihn heute abholen aus dem Büro. Um achtzehn Uhr hat sie einen Termin mit der Geschäftsführung. Sie wollen wissen, wie es ihr geht und wann sie zurückkommt. Sie weiß es nicht, weiß noch nicht, was sie sagen wird.

Ihr Leben ist ausgefüllt und schön, sie wartet auf ihn und ist immer vorbereitet auf ihn. Es gefällt ihm, hat er geflüstert, dass sie für ihn da ist, wenn er sie braucht. Und es gefällt ihm, dass sie keine Fragen stellt, wenn er nicht da ist. Sie will nicht wissen, was er tut, wenn er allein ist. Der Schmerz würde sie umbringen, das spürt sie.

Als sie das Büro betritt, ist ihr merkwürdig zumute. So lange war sie schon nicht hier gewesen, und doch schien die Zeit stillgestanden zu sein. Nichts hat sich verändert, das Grau der Wände ist noch immer trostlos und lähmt jede Kreativität und jede Sinnlichkeit.

Sie öffnet die Tür zum Vorzimmer. Es ist leer. Marcs Arbeitsplatz ist fort. Wo früher sein Schreibtisch gestanden hat, steht jetzt eine große Palme in einem tönernen Topf.

Rebecca geht hindurch, will die Tür zu ihrem Büro öffnen. Hält mit der Hand auf dem Türgriff inne, als sie Geräusche hört. Eindeutige Geräusche. Eine Frauenstimme, lustvoll, wimmernd. Ein zweischneidiges Schwert gleitet durch sie hindurch, raubt ihr den Atem. Sie hält sich am Türrahmen fest, taumelt, glaubt, ohnmächtig zu werden. In ihrem Büro! Dort, wo er sie immer hat leiden lassen, unprofessionell, hat er gesagt. Jede kleine Berührung hat sie sich hier erschleichen müssen, leidend und gedemütigt. Und jetzt dringen die Stimmen, das laute Atmen, das leise Poltern und dezente Quietschen des Schreibtisches an ihr Ohr. Eindeutig, ohne Zweifel.

Sie holt tief Luft, schließt kurz die Augen. Schwer atmet sie ein, mit zitternden Beinen und bebenden Fingern wird sie dem Treiben jetzt ein Ende setzen, wird ihm sagen, dass sie das nicht mehr zulassen kann, wird ihn anflehen, mit ihr zu kommen, sie hat eingekauft, für ihn, sie wird für ihn kochen, wie er es sich doch gewünscht hat.

Mit einem entschlossenen Stoß öffnet sie die Tür. Sie sieht den blonden Schopf von Stacy, bäuchlings liegt sie auf dem Schreibtisch, an dem sie so viele Jahre gesessen hat, er steht hinter ihr, die Hose um seine Fußknöchel. Ihr wird übel, sie macht einen Schritt rückwärts aus dem Büro hinaus, die Tür lässt sie aufstehen, und mit einem erstickten Schrei stürzt sie auf den Flur hinaus, wo sie sich heftig auf den grauen, ausgetretenen Teppichboden übergibt.

Kapitel 41

Sie lässt ihren Krankenschein verlängern. Sie kann nicht ins Büro zurück. Niemals wird sie sich dort wieder blicken lassen können. Sie ignoriert Stacys E-Mails und Anrufe, die unwissend ist und reden möchte.

Sie verweigert Marcs Aufforderung, zu ihm zu kommen. Der Schmerz wühlt tief in ihr, sie kann ihn nicht sehen, will ihn nicht hören. Sie hat ihm eine E-Mail geschrieben. Zwei Stunden hat sie gebraucht für diese knappe Nachricht, und als ihr Finger auf die Maus klickt, sie das kurze, leise Zischen hört, mit dem der Laptop verkündet, dass ihre Botschaft unterwegs ist zu ihm, ist sie erleichtert und ängstlich zugleich.

»Schwein!«, steht da, schwarz auf weißem Hintergrund. Mehr nicht.

Am Abend hört sie den Schlüssel in der Tür. Er steht vor ihr, mit einem um Entschuldigung heischenden und doch selbstsicheren Grinsen im Gesicht, einem erregten Flackern in den Augen. Er bedauert, es tut ihm leid, was sie gesehen hat, sagt er. Es sei ein Versehen gewesen, sie hätte ihn verführt, er habe nicht widerstehen können, diese glücklich verheiratete, naive Frau ... sie müsse verstehen.

Und sie versteht. Versteht ihre Freundin, die ihm nicht widerstehen konnte, so wie sie selbst, versteht den Reiz, den sie auf ihn ausüben musste, wusste er doch, wie nah sie sich waren, die zwei Frauen. Was konnte ihn mehr erregen, womit hätte er sie mehr verletzen können?!

Sie lässt sich trösten, lässt sich wieder einfangen von seinem Sog, den schwarzen Augen, dem Grübchen im Kinn, den starken Armen, die ihren Oberkörper über den Tisch in ihrem Wohnzimmer beugen und dem prachtvollen Schwanz, der nun mit dieser unmissverständlichen Härte in sie eindringt, sodass ihr Haar plötzlich zu einem blonden Lockenkopf wird, der Esstisch zu ihrem Schreibtisch, und schluchzend spürt sie, warum sie ihm verzeihen muss.

Kapitel 42

Die längsten Tage im Jahr. Die Anspannung in ihrem Unterleib bedeutet ihr klar, warum man diese so nennt. Quälendes Warten. Schon seit über einer Woche hat er sich immer nur kurz bei ihr gemeldet, hat von viel Arbeit gesprochen, hat mit seiner tiefen Stimme »Genevieve« in den Hörer gemurmelt, hat tief geatmet, während sie sich am anderen Ende der Leitung nach ihm verzehrte und die Glut zwischen ihren Beinen zu stillen versuchte.

Im Internet hat sie sich einen Vibrator bestellt, einen besonders starken. Mit einhundertzwanzig Volt, genährt durch die lange, weiße Schnur aus der Steckdose, trommelt und hämmert er nun auf ihre harte Klitoris ein, das sei das beste und stärkste Gerät, das es überhaupt zu kaufen gebe, hatten viele Stimmen im Internet jubelnd gelobt. Doch auch die Power, mit der der große Kopf des Vibrators auf sie einschlägt, kann ihr nicht helfen. Eine halbe Stunde lang liegt sie auf dem Bett, das laut brummende Gerät in der Hand, die Augen fest geschlossen, die Gedanken bei ihm, seinen Geruch in der Nase, sie hat das Kopfkissen mit seinem After Shave getränkt, damit er immer bei ihr ist. Auch als sie den breiten Kopf in sich hineinschiebt und spürt, wie er ihre Möse weit öffnet, sie dehnt, und mit derselben Kraft nun in ihr dröhnt und hämmert, ist ein erfüllender und erlösender Orgasmus nicht in Sicht.

Erschöpft schaltet sie das Ding schließlich aus. Ihre Hände vibrieren und zittern von den starken Erschütterungen, kribbeln bis in die Oberarme hinauf, und ihre Möse ist nass und geschwollen. Doch zu dem ersehnten Moment ist es nicht gekommen.

Seit Tagen schon versucht sie, sich selbst Erfüllung zu verschaffen, will sich emanzipieren, von ihm. Doch ihr Körper reagiert nicht auf ihre Versuche, auch der harte Bettpfosten, der ihr schon als Jugendliche stets einen wunderbaren Höhepunkt beschert hatte, versagte. Ihre eigenen Finger sind zu kontrolliert, sie weiß ja genau, was sie gleich tun werden, keine Spannung, kein Kontrollverlust.

Sie hat versucht, sich zu betrinken, um lockerer zu werden. Im Internet hat sie drei Stunden lang Pornofilme angesehen, schlecht gefilmte Amateurfilme auf kostenlosen amerikanischen Webseiten hat sie gesehen, hat die Lautsprecher am Laptop ganz laut gestellt, um das Stöhnen und Kreischen der Frauen deutlich zu hören. Die Filmchen hatten sie erregt, doch auch sie konnten ihr nicht helfen, zum Höhepunkt zu gelangen.

Müde schleppt sie sich ins Bad und duscht ausgiebig. Als sie aus der Dusche klettert, das weiße Handtuch um den Leib gewickelt, die nassen Haare kleben auf ihrem Rücken, hört sie das Brummen des Blackberry von nebenan.

»Hole dich gleich ab«, teilt er mit. Ihr Herz macht einen Satz bis in ihren Hals hinauf. Rasch trocknet sie sich ab, föhnt hingebungsvoll ihr Haar, lässt es frisch gewaschen, duftend über ihrem Rücken fallen, legt das Make-up auf, zieht seine Lieblingswäsche an, den nostalgischen Strumpfhaltergürtel, die Seidenstrümpfe, den offenen BH.

Warten, auf dem Sofa. Die Beine fest zusammengepresst, die Hände nervös. Den Vibrator hat sie versteckt, sie weiß nicht, wie er darauf reagiert, besser sie hält ihn geheim, wer weiß, wozu er noch dienen wird.

Er küsst sie heftig zur Begrüßung. Ihr Schoß drängt sich gegen seinen Unterleib, will ihn sofort, er soll ihre Lust stillen, jetzt gleich, auf dem harten Fußboden. Doch er lässt sie weiter warten.

Sie fahren in die Stadt, mit ihrem Mercedes. Sie spürt ihre Brustwarzen hart und steif aus dem BH herausragen, fast schmerzhaft fühlt sie ihre eigene Erregung zwischen den Beinen, ihre Möse, die sich lustvoll und erwartend zusammenkrampft.

Sie betreten ein schmuddeliges Geschäft. Mit schwarzer Folie ist das große Schaufenster blickdicht verklebt, in roter Schrift liest sie die riesigen Worte: »Sexshop« und »Peepshow«.

Ihr wird heiß. Sie hält seine Hand fest umklammert, in aufgeregter Vorfreude auf ihn, auf die Erfüllung, die er ihr geben wird. Immer wieder beugt er den Kopf zu ihr herab, küsst ihren Hals, ihre Schläfen. Sie ist sicher, das weiß sie. Bei ihm ist sie sicher.

Sie sitzen in einer kleinen, düsteren Kabine. Der Raum ist erfüllt von dem Gestank nach altem Sperma, klebrig und ätzend liegt der Geruch in der Luft. Sie sieht Spuren davon an der Vorderseite der Kabine, an dem kleinen Vorhang, der das Glasfenster der Kabine abschirmt von dem, was dahinter liegt.

Sie atmet schwer, ihre Brust hebt und senkt sich mit jedem Atemzug unter dem engen Kleid, das sie angezogen hat. Er wirft einige Münzen in einen Schlitz, setzt sich auf den einzigen Plastikstuhl in der schmuddeligen, düsteren Kabine, zieht sie auf seinen Schoß, mit dem Gesicht nach vorn, sodass sie nun zusehen kann, wie der Vorhang sich langsam, wie von Geisterhand, zur Seite schiebt und das Glasfenster offenbart, das er verborgen hat.

Hinter dem Glasfenster sieht sie eine junge Frau, mit rotgefärbten Haaren, Tätowierungen auf den Unterarmen und am Innenschenkel, ein Piercing in der Lippe und je eins in den rosa Brustwarzen der kleinen, aber noch festen Brüste. Kleine, goldene Ringe, die bei jeder wiegenden Bewegung der Frau hin und her schwingen.

Rebecca schluckt und lehnt sich mit dem Rücken gegen seinen Oberkörper, spürt unmittelbar unter sich, gegen ihren Schoß gedrückt, wie seine Erregung sich langsam steigert.

Die Frau wiegt sich im Takt einer Musik, die sie nicht kennt, hin und her. Lasziv und langsam öffnet sie hinter dem Rücken die Büstenhebe, die schwarze Hebe aus Lack, die ihre kleinen Brüste nur dekorativ unterstreicht, ohne stützende Funktion.

Langsam zieht sie sich aus, während sich der Boden unter ihr dreht, sodass sie sie von allen Seiten betrachten kann. Wie auf einem Raumschiff fährt sie an den Fenstern der Kabinen vorbei. Sie sieht weitere unverhängte Scheiben, doch dahintersehen kann man nicht, die Scheiben sind schwarz.

Die Frau beginnt mit ihrer Show. Mit weit gespreizten Beinen legt sie sich auf das drehende Plateau, greift mit beiden Händen dazwischen und zieht auf eine besonders obszöne Art die Schamlippen weit auseinander, sodass Rebecca direkt und tief in sie hineinblicken kann.

Marc hat die Hände um ihre Hüften gelegt und bewegt ihren Schoß sanft auf seiner härter werdenden Erektion hin und her. Sie spürt die unbarmherzige Härte durch den Stoff seiner Hose unter sich und fühlt ihre eigene Nässe hitzig zwischen den Beinen.

Sie möchte seine Hose aufreißen und ihn in ihrer wild pochenden Möse versenken, jetzt sofort. Doch er hält sie fest auf sich gepresst und reibt sie langsam und mit wenig Druck auf sich hin und her. Sie stöhnt und versucht, die Frau zu ignorieren, die sich jetzt in Ekstase versetzt und mit den Fingern der einen Hand schnell in sich hineinfährt, mit der anderen Hand reibt sie ihre Klitoris, an der sich auch ein kleines Piercing befindet. Rebecca muss fasziniert zusehen, wie der schmale, blasse Körper der Frau sich unter ihrem Höhepunkt aufbäumt, und schon spürt sie ihre eigene Erfüllung in sich aufsteigen, fühlt seinen harten Schwanz ganz nah an ihrem Schoß, spürt seine Erregung direkt unter sich, greift mit der Hand in ihren Schritt und fasst in das pralle, nasse Fleisch, knetet es mit den Händen und lauert auf den Höhepunkt, den sie seit Tagen herbeisehnt.

Er schiebt sie von seinem Schoß. Irritiert lässt sie von sich ab und sieht ihn an, als sich der Vorhang vor dem Glasfenster schließt. Die Show ist vorbei. Kein Geräusch dringt aus den Kabinen nebenan, sie weiß nicht, ob sie allein hier sind oder ob das Mädchen noch weitere Zuschauer hatte. Sie öffnet die Tür der dunklen, engen Kabine und drückt sich an ihm vorbei auf den schmuddeligen, stinkenden Flur hinaus, der nur spärlich beleuchtet ist, damit man die verräterischen Flecken nicht sieht, die überall kleben.

Mit wackeligen Beinen geht sie auf den Ausgang zu, doch er zieht sie zurück. Sein Blick ist wild, seine Augen fest auf ihre gerichtet, als er sie hinter sich her zieht und zu einer schwarzen Tür führt, durch die man nicht sehen kann. Als er sie öffnet, sieht sie die drehende Plattform, sieht noch die Hinterlassenschaft der jungen Frau auf dem Boden feucht glänzen.

Sie schluckt. Er schiebt sie bestimmt auf die Plattform, die schwarze Tür fällt hinter ihr ins Schloss. Suchend dreht sie sich um, doch er ist nicht da, sie steht allein in dem Licht eines einzelnen Scheinwerfers, der ihr Gesicht in einem angenehmen Rot beleuchtet.

Sie sieht, wie sich der Vorhang einer Kabine lüftet, doch sie kann nicht erkennen, was sich hinter der schwarzen Glasscheibe befindet. Sie blinzelt und zwinkert, dann sieht sie eine vorbeihuschende Bewegung hinter einer weiteren Scheibe.

Die Musik ist ihr fremd, sie ist langsam, ohne Stimme, wollüstig. Wie in Trance beginnt sie, sich auszuziehen, wissend, dass er hinter einer der Glasscheiben sitzt und sich von ihr erregen lassen wird. Vielleicht wird er seinen Schwanz aus der engen Hose befreien und in der Stille und Anonymität der dunklen, engen Kabine an ihm reiben, heftig und erregt.

Sie streift das Kleid über den Kopf und wirft es weit hinter sich. Langsam wird sie von dem Boden unter sich im Kreis umhergetragen. Sie schließt die Augen, lässt sich auf die sachte Bewegung ein, die sie schwindeln lässt, auf die fremde Musik, die nun betörend wirkt und ihre Hüften wie von selbst dazu bringt, sich in ihrem Takt zu bewegen. Sie hat der Frau zugesehen, und sie wird es ihr gleichtun. Nein, sie wird besser sein, sie wird nur für ihn tanzen, sie wird ihn verführen wie noch nie zuvor, dass er vor Lust nach ihr vergeht und sie gleich hier, vor aller Menschen Augen, ficken wird, er wird ungestüm und wild vor Lust durch die schwarze Tür stürzen und über sie herfallen, wird seinen Schwanz in sie hineinprügeln, bis sie schreit.

Sie muss die Erregung nicht spielen, die sie jetzt siedend heiß durchfährt. Sie spreizt die Beine weit, den Strumpfhalter mit den Strümpfen und den BH noch am Leib, mehr will sie nicht ausziehen, ihre Brüste sind schwer und werden gut gestützt von dem Halter, sie braucht den Schutz jetzt, da ihr auch noch andere Männer zusehen.

Sie weiß nicht, hinter welcher der schwarzen Glasscheiben, die langsam an ihr vorübergleiten, er sitzt. Sie wendet das Gesicht jeder Scheibe zu, hinter der sie nichts sehen kann, jeder soll ihre Lust, ihre Gier sehen und spüren. Sie reibt heftig mit der ganzen Hand an ihrer harten und steif geschwollenen Klitoris, die sich von ihrer weißen Haut abhebt und in dem roten Scheinwerferlicht beinahe grell leuchtet, obszön hervorsteht. Mein Minischwanz, denkt sie, und stellt sich mit geschlossenen Augen vor, wie sie ihn mit ihrem eigenen Schwanz ficken wird, ganz tief. Sie zieht die Vorhaut mit schnellen Bewegungen vor und zurück, bis es schmerzt, sie macht kreisende Bewegungen auf ihrer steifen Eichel, zieht die schützende Haut ganz zurück, und fährt gleichzeitig mit zwei Fingern der anderen Hand in ihre Möse hinein, bis sie spürt, wie sie ihre eigene Nässe durch die Bewegung feucht schmatzend in kleinen Spritzern um sich herum verteilt, sie spritzt auf den Boden, sie spritzt auf die Glasscheiben der Kabinen, stöhnt und schreit, wartet auf ihn, er muss doch gleich kommen, muss sie doch erlösen, er sieht doch, dass sie es nicht schafft, nicht allein.

Immer panischer werden ihre Bewegungen, schmerzhaft rubbelt sie an der empfindlichen, bloßgelegten roten Knospe, die aufzuschreien scheint. Dann lässt sie atemlos von sich ab. Raschelnd schließen sich die Vorhänge hinter einigen der Scheiben, sie glaubt, Keuchen und Stöhnen zu hören, der beißende Geruch fremder Spermen dringt in ihre Nase, vermischt sich mit ihrem eigenen nassen Geruch ihrer schamlosen und verzweifelten Geilheit.

Sie steht auf, hebt mit zitternden Beinen das Kleid hinter sich auf. Durch die schwarze Tür, wackelig, der Boden dreht sich noch immer, der Scheinwerfer leuchtet, die Musik ist unverändert, ruhig und sanft. Sie schaut in alle Kabinen hinein, die leer sind. Sie klopft an jede verschlossene Tür, ohne eine Antwort zu bekommen. Sie geht auf die Straße, warme Abendluft umfängt sie, hüllt sie ein. Sie wartet vor der Tür auf ihn. Keine Jacke, keine Handtasche. Sie zittert.

Er lässt sie lange warten. Erst nach einer halben Ewigkeit kommt er durch die alte, zersprungene Glastür mit der schwarzen Folie darauf, zieht eine Zigarettenschachtel aus der Hosentasche, steckt langsam eine Zigarette zwischen ihre Lippen, entzündet sie, beobachtet, wie sie gierig den beißenden, ätzenden Qualm inhaliert, um den Schwindel zu erzeugen, der ihre Sehnsucht und ihre Ungeduld beruhigen soll.

Dann legt er den Arm um sie und führt sie zum Auto, um sie nach Hause zu fahren, wo er ihr endlich die Erfüllung gibt, nach der sie sich nun so lange gesehnt hat, bis sie laut schreiend von einem minutenlangen Höhepunkt geschüttelt wird, der sich in ihr aufgestaut hat, einer Vereinigung all der Höhepunkte, die sie sich in der letzten Woche selbst nicht hatte verschaffen können ...

Kapitel 43

Das Leben der anderen zieht an ihr vorüber, Tag für Tag. Sie lässt sich gehen, sitzt manchmal den ganzen Tag lang im Bademantel auf ihrem Sofa, wartend und sehnsuchtsvoll. Der Pizzabote sieht immer etwas mitleidig aus, wenn er abends klingelt. Sie mag nicht essen, beißt nur ein paar Mal von der kalten, pappartigen Speise ab, um die Übelkeit zu bekämpfen, die seit Tagen in ihrem Magen herrscht.

Er hat sich entschuldigt, das Projekt im Büro geht auf sein Ende zu, ihr Projekt. Es interessiert sie nicht mehr. Er hat viel zu tun, kommt abends spät nach Hause. Sie weiß es, weil sie an fast jedem Abend in ihrem Mercedes auf der Straße vor seiner Wohnung sitzt, sich versteckt, obwohl sie genau weiß, dass er sie sehen muss, dass er ihr Auto sehen muss. Sie beobachtet ihn, wenn er heimkommt, er kommt zu Fuß, sie weiß nicht woher.

Wenn er das Haus betreten hat, wartet sie, bis das Licht in seiner Wohnung angeht. Dann steigt sie aus, schleicht zum Tor und klingelt. Er öffnet nicht. Das Tor bleibt stumm, kein Brummen ertönt. Er weiß nicht, dass sie es ist, die klingelt. Sie hinterlässt verzweifelte Briefe in seinem Briefkasten, von denen sie nicht weiß, ob er sie lesen wird.

Sie spricht auf seinen Anrufbeantworter, so lange, bis das lange Piepen ihr verkündet, dass die Maschine ihr nicht weiter zuhören wird. Dann legt sie auf, mit zitternden Händen und einem riesigen Klumpen im Magen.

Sie hat abgenommen, ihre prallen Brüste haben Form und Volumen verloren, die schlaffe Haut ärgert sie. Hartnäckig und unnachgiebig trainiert sie ihren Körper, zu Hause. Mehrere Stunden am Tag. Sie schwitzt, wenn sie die schweren Hanteln mit den Armen, mit den Beinen, mit dem Bauch hebt. Sie spürt die Muskeln unter den Armen, in den Waden. Manchmal übertreibt sie und fühlt sich tagelang wie gelähmt, kann vor Schmerz kaum laufen.

Die Unruhe in ihr treibt sie weiter an. Sie schickt E-Mails, verzweifelt, lockend, drohend. Ab und zu kommt eine kurze Antwort. »Chéri, ich melde mich bald, versprochen.«

Dann hält sie wieder einige Tage lang durch, die Nachrichten halten sie am Leben, lassen sie hoffen, wissen, dass er sie nicht aufgeben wird. Er hat viel zu tun, beruhigt sie sich. Keine Zeit. Das kennt sie doch, von früher, aus ihrem alten Leben.

Das Telefon trägt sie immer bei sich, nah am Körper. Wenn es schrillt, fährt ein freudiges Zucken durch sie hindurch, wie eine Ertrinkende nach einem Strohhalm greift sie dann danach, haucht erwartungsvoll in den Hörer, um direkt danach wieder aufzulegen, wenn sie nicht seine Stimme hört, das weiche, so sinnliche »Genevieve«. Auch ihre Mutter drückt sie weg, mit einem einzigen Knopfdruck auf der Tastatur. Wütend wird sie, wenn sie hört, dass ein anonymes CallCenter in der Leitung ist, ihr etwas verkaufen will oder um ihre Meinung bittet. Telefon blockieren, unverschämt.

Sie hat Rebecca schon lange vergessen. Sie hat irgendwann einfach aufgehört zu existieren. Doch Genevieve lebt, sie atmet aus jeder Pore, ständig umgeben von diesem süßlichen und unmissverständlichen Geruch, den auch die Hunde auf der Straße an ihr riechen und kläffend hinter ihr herlaufen, die Herrchen und Frauchen hilflos hinter sich herziehend.

Der Geruch ihrer Lust, der aus ihr atmet und sie umgibt wie eine Wolke. Kostbares Parfüm.

Wie ein Loch brennt die unerfüllte Lust in ihr. Sie kann sie nicht stillen, auch die Erinnerung an ihn, an seine Abenteuer, kann ihr nicht helfen. Verzweifelt irrt sie durch die Straßen, auf der Suche nach ihm, nach etwas, das ihre Leere füllen wird.

Sie kennt den Club, ist schon häufig hier vorbeigegangen. In einem Anflug von Agonie stößt sie die schwarze Tür auf, gibt ihre Jacke an der Garderobe ab, geht durch den schmalen, schwarzen Flur hinein in den schummrigen Raum, in dem so viele Männer stehen und warten.

Sie legt sich auf den Tisch in der Mitte des Raumes, schließt die Augen, und nach und nach lässt sie all ihre Körperöffnungen von den Männern füllen, hintereinander, gleichzeitig. Sie öffnet nie die Augen, sie hat die Lider fest zusammengepresst, nur ihr Mund, ihre Möse und ihr Hintern sind weit geöffnet, lassen sie herein, die Männer, die anonym und schnell in sie hineinstoßen, stöhnend und keuchend in sie hineinspritzen, bis kein Platz mehr sein kann in ihr, sie ausgefüllt ist, sie überläuft. Sie spürt das fremde, heiße Sperma wie einen Fluss aus sich hinauslaufen, die Schenkel hinab, wo es auf den klebrigen Boden tropft. Sie schluckt die fremde Lust, bis die Augen brennen und sie den beißenden Geschmack kaum noch erträgt. Und bei jedem Mann, den sie in sich hineinlässt, stellt sie sich vor, dass er es ist, sein Schwanz, seine Finger, in ihrer Möse, ihrem Mund, ihrem Hintern. Kleine, dicke, dünne, gerade, krumme, beschnittene Schwänze lässt sie in sich hinein, irgendwann muss es passieren, ihr Körper muss doch reagieren auf diese Flut von Schwänzen, von Fingern, die sie von allen Seiten anfassen, auf den beißenden Geruch von altem Sperma, das auf ihr trocknet, sodass sie es später unter der Dusche abknibbeln muss, um es von ihrer Haut zu lösen. Sie ist erregt, sie ist nass, sie ist wundgerieben, ihre Haut brennt, ihre Schamlippen bluten, die zarte Haut am Anus ist schmerzhaft aufgerissen und wund.

Und dann geht sie, Stunden später, mit Schmerzen zwischen den Beinen, humpelnd und mit der immer gleichen, betäubenden Leere in sich, nach Hause. Wartend.

Kapitel 44

Der Psychologe ist freundlich und zuvorkommend. Behutsam fragt er nach ihrem Befinden, nach ihrem Leben. Sie erzählt stockend. Von ihrer Kindheit, die glücklich war, von ihrer Karriere, ihrem Beruf. Von ihm erzählt sie nicht. Sie erzählt nicht von der Scham, der Erniedrigung, der unerfüllten Leere, die sie auffrisst, die sie nicht mehr leben lässt.

Nach zwei Stunden attestiert er ein ausgeprägtes Burnout-Syndrom und verschreibt Medikamente, viel Ruhe und Entspannung und zwei Stunden Therapie pro Woche.

***

Sommer. Die Straße ist hell, die Menschen sind fröhlich, Kinder laufen mit Wasserpistolen lachend an ihr vorbei, ein Hund hat sich von der Leine seines Herrchens gelöst und hechtet mit heraushängender Zunge über die Straße.

Die Autoabgase vermischen sich mit der brütenden Hitze, die über der Stadt liegt wie ein Schleier. Die Sonnenbrille schützt sie vor dem grellen Licht. Die im Dunkeln sieht man nicht, denkt sie, als sie die Straße entlanggeht.

Sie hat ihr Ziel erreicht. Vorsichtig drückt sie auf den Knopf. Das kleine Tor summt und gibt ihrem Stoß nach, lässt sie eintreten in die Welt, in der sie am liebsten versinken und nicht mehr auftauchen möchte.

Sie betrachtet ein letztes Mal die Bilder an der Wand. Ein leerer Bilderrahmen hängt in ihrer Mitte, oval und etwas größer als die anderen ist er. Dann führt er sie behutsam in sein Schlafzimmer, fesselt sie bäuchlings auf sein Bett, verbindet ihre Augen.

Ihre Spannung ist unerträglich. Ihr Schoß bebt und zuckt, wartet auf ihn, wartet auf die Erfüllung, die er ihr gleich geben wird.

Sie hört ein leises Summen. Sie macht sich bereit für ihn, spreizt langsam die Beine, und dann spürt sie den stechenden Schmerz, nur wenige Zentimeter über ihren Pobacken, an der empfindlichsten Stelle ihres Rückens, da, wo die sanfte Rundung ihres Hinterns beginnt.

Sie schreit, doch sie liegt still, wehrt sich nicht, wartet stundenlang, während er akribisch, sorgfältig und langsam ein ihr unbekanntes Kunstwerk auf ihren Steiß tätowiert, jeder Nadelstich wandert durch die zarte Haut direkt in ihr Herz, in ihren Schoß, hinterlässt eine Spur von Schmerz und Wollust.

Nach einer kleinen Ewigkeit wird sie von den stechenden Schmerzen erlöst, die ihren ganzen Körper gepeinigt haben, sodass er sich taub und schwerelos anfühlt. Sie spürt, wie er kleine Kirschkerne in ihren Anus einführt, das kennt sie schon, sie weiß, dass er sie nun dafür vorbereitet, gleich in sie einzudringen. Erregt presst sie die Pobacken zusammen und spürt die Kirschkerne, die er langsam und andächtig hineinschiebt, eine ganze Handvoll. Fühlt, wie die kleinen Kerne hinaufwandern, wie magisch hochgezogen werden von ihr, ihrem Körper, und sie vorbereiten, sie reinigen. Dann drängt er seinen steifen Schwanz zwischen ihre Pobacken, dringt hart und fest in sie ein, bis sie nicht mehr weiß, ob der Schmerz der frischen, blutenden Tätowierung oder der Schmerz tief in ihrem Anus größer ist. Es zerreißt sie innerlich, sie weint und presst den Kopf tief in das Kissen, erduldet den Schmerz, die Scham, spürt seine Finger an ihrer Klitoris, in ihrer doch trotz des Schmerzes feucht gewordenen Möse. Mit geschickten Händen treibt er sie an, bis der Schmerz der unerfüllten Gier in ihrem Schoß größer wird als alles andere, bis sie lustvoll in das Kissen beißt, um einen Schrei zu unterdrücken, und sich ihr Unterleib bebend unter ihm zusammenballt, sie ihn tief in sich spürt und fühlt, wie auch er zuckend in ihr kommt.

Als er fertig ist, verlässt er kurz das Zimmer. Sie liegt noch immer da, einer Ohnmacht nahe, kein Blut mehr im Kopf, pochender Schmerz in ihrem Rücken, in ihrem Leib, er raubt ihr den Atem, den Verstand. Seine sanfte Hand löst die Augenbinde von ihrem Kopf, sie blinzelt gegen das helle Licht, das sie unerwartet und erbarmungslos trifft. Er löst die Fesseln, hilft ihr, sich im Bett aufzusetzen, die blutende Wunde an ihrem Rücken brennt und pocht, sie spürt die feinen, warmen Blutstropfen die Haut hinabrinnen.

Er reicht ihr einen Spiegel, und mit seiner Hilfe liest sie die Worte, die er auf ihren Steiß tätowiert hat, langsam und ordentlich, in seiner wunderschönen, geschwungenen Schrift. Sie kann sie kaum lesen im Spiegel, die Buchstaben sind blutverschmiert und zerlaufen, sie kann die Schönheit dieses Kunstwerkes nur ahnen, doch dann liest sie, spiegelverkehrt, mit tränenverschmierten Augen.

»*La mienne, toujours*« – die Meine, für immer.

Eine altmodische Kamera. Lächelnd sieht er sie an, küsst ihre Hand ein letztes Mal, dann sieht sie den Blitz, den grellen, unbarmherzigen Blitz, der ihr Gesicht einfrieren wird für seine Galerie.

Er wird sie, irgendwann, besuchen, ihre ungestillte Sehnsucht endlich befriedigen, die glitzernde Reitgerte auf ihrer weißen Haut spielen lassen, während eine andere Frau, an sein Bett gefesselt, ihren lustvollen, glücklichen und verzweifelten Schreien lauschen wird. Für diesen Moment wird sie die nächsten Monate leben.

La mienne, toujours …

Weitere erotische Geschichten:

Trinity Taylor
Ich will dich

Leidenschaftliche Geschichten voller Lust und Begierde. Trinity Taylors erotische Geschichten berühren alle Sinne:

Auf einem Kostümfest in der Liebesschaukel, als Köchin mit dem Chef unter freiem Himmel oder im Schuppen mit einem Vampir ...

Abwechslungsreich, rasant und erotisch ziehen die Geschichten den Leser dauerhaft in einen Bann der Leidenschaft.

Trinity Taylor
Ich will dich noch mehr

Trinity Taylors erotische Geschichten berühren erneut alle Sinne:

Während einer TV-Produktion im Fahrstuhl, mit dem Ex auf der Massageliege, mit Gangstern undercover im Lagerhaus oder im Pferdestall mit dem »Stallburschen«...

Spannend und lustvoll knistern die neuen Storys voller Erotik und Leidenschaft. Sie fesseln den Leser von der ersten bis zur letzten Minute!

Trinity Taylor
Ich will dich ganz

Trinity Taylor entführt den Leser in Geschichten voller lasterhafter Fantasien und ungezügelter Erotik:

Im Theater eines Kreuzfahrtschiffes, auf einer einsamen Insel mit einem Piraten, mit der Freundin in der Schwimmbad-Dusche oder mit zwei Männern im Baseballstadion ...

Trinity überschreitet so manches Tabu und schreibt über ihre intimsten Gedanken.

Weitere erotische Geschichten:

Sara Bellford

LustSchmerz Erotischer SM-Roman

Sir Alan Baxter hat eine Passion:
Er sammelt Frauen!

Er will sie um ihretwillen besitzen

Sie wollen vom ihm gedemütigt und geliebt werden

Gemeinsam zelebrieren sie die schönsten Höhepunkte aus Lust, Schmerz und Qual ...

Joanna Grey

Befreie mich, versklave mich

Erotischer SM-Roman

Ein neuer Mann | Eine neue Liebe
Eine neue Erfahrung ...

Sie weiss nicht, dass in ihr eine Sklavin steckt.

Schritt für Schritt und mit viel Einfühlungsvermögen erweitert er ihre Schmerz- und Lustgrenzen.

Fühlen Sie das Vertrauen und die Nähe zwischen Dominanz und Unterwerfung.

Helen Carter

AnwaltsHure 1-4

Eine Hure aus Leidenschaft,
ein charismatischer Anwalt und
ein egozentrischer Sohn ...

... entführen den Leser in die Welt
der englischen Upper Class,
in das moderne London des Adels,
des Reichtums und der scheinbar
grenzenlosen sexuellen Gier.

Weitere erotische Geschichten:

Kim Shatner
VögelBar

Stellen Sie sich vor, Sie gehen in eine Bar und könnten frei wählen, mit wem Sie vögeln möchten ...

Die Vorstellung gefällt Ihnen?

Dann begleiten Sie Marc auf dem Weg zu seiner eigenen »VögelBar«, und lesen Sie von den sexuellen und frivolen Unwägbarkeiten eines solchen Vorhabens!

Gina Summers
Der Tauchlehrer

Ein Urlaub
zwei Tauchlehrer
eine Liebe
und viel Sex ...

Sina erlebt in Thailand nicht nur ihren schönsten Urlaub, sondern auch erotische Massagen, aufregende Tauchgänge, romantische Nächte und hemmungslosen Sex mitzwei Tauchlehrern.

Doch wer ist der Richtige für sie?

Denise Harris
SexLust

Kennen Sie diese Situation:
Ihr Partner ist perfekt,
aber Sie begehren einen anderen?

Sie betrügt ihn
und er betrügt sie -
trotzdem ist sie
extrem eifersüchtig ...

Es entbrennt ein
Wirbel an Konflikten!